W0306238

BASTEI
LÜBBE

REBECCA GABLÉ IM
TASCHENBUCH-PROGRAMM:

19 601 Jagdfieber
19 606 Die Farben des Chamäleons
13 917 Das Lächeln der Fortuna
13 948 Das letzte Allegretto

Rebecca Gablé

Das Florians-Prinzip

Thriller

BASTEI LÜBBE

BASTEI LÜBBE TASCHENBUCH
Band 14 185

Erste Auflage: Februar 1999

© Copyright 1999 by
Bastei-Verlag Gustav H. Lübbe GmbH & Co.,
Bergisch Gladbach
All rights reserved
Lektorat: Karin Schmidt
Titelbild: Wrobel
Umschlaggestaltung: ART Studio, Köln
Satz: KCS GmbH Buchholz/Hamburg
Druck und Verarbeitung:
Brodard & Taupin, La Flèche, Frankreich
Printed in France
ISBN 3-404-14185-7

Der Preis dieses Bandes versteht sich einschließlich der gesetzlichen Mehrwertsteuer

Die Handlung dieser Geschichte und ihre Personen sind frei erfunden. Nur die Müllmenschen gibt es wirklich. Die Beschreibung ihrer Lebensumstände sowie der geschilderten Müllschiebertricks habe ich in Winfried Schnurbus' hervorragendem Buch *Deutscher Müll für alle Welt* gefunden. Engagierten Journalisten wie ihm und den Aktivisten von Greenpeace und anderen Umweltorganisationen gehört meine größte Hochachtung.

R. G.

Prolog

Ich schlitterte den Abhang hinab. Der Wagen lag auf dem Dach, alle Fenster waren zersplittert, ein Reifen zerfetzt. Ich stolperte und fiel und rollte auf das brennende Wrack zu. Ehe ich dagegen stieß, kam ich wieder auf die Füße. Ich zögerte mit erhobener Hand. Ich wollte die Tür nicht öffnen, wollte es nicht sehen. Aber ich mußte es sehen. Das mußte ich immer. Ich wickelte die Jacke um meine Hand, damit ich mich nicht verbrannte, und riß die Wagentür auf. Angy hing mit baumelnden Armen in ihrem Gurt, ihr Kopf pendelte. Ich beachtete sie nicht weiter. Ich wußte, da war nichts mehr zu retten, es war Paul, um den ich mich kümmern mußte. Er lebte noch, auch wenn er schon brannte. Ich packte ihn unter den Armen und zerrte ihn nach draußen, raus aus dieser Flammenhölle. Ich wollte ihn den Abhang hinaufzerren. Ich war sicher, wenn ich ihn nur schnell genug den Steilhang hinaufschaffen konnte, dann war es nicht zu spät. Denn ich konnte seinen Puls fühlen. Ich mußte mich nur beeilen. Ich mußte oben sein, ehe der Wagen in die Luft flog. Ich strengte mich an, bis das Blut in meinen Schläfen pochte, ich zerrte mit zusammengebissenen Zähnen. Dieser verdammte Abhang war so steil und glitschig, und er wollte überhaupt kein Ende nehmen. Es regnete mir in die Augen. Aber ich ließ nicht locker, ich packte fester zu, sah auf Pauls verbranntes Gesicht hinab und zerrte. Zwei weißgewandete Typen mit einer Bahre stürmten auf mich zu, stießen mich weg und hoben ihn auf. Ich wollte protestieren, wollte ihnen erklären, daß ich ihn nach oben schaffen mußte, daß das seine und meine einzige Chance war. Aber ich brachte keinen Ton heraus. Stumm starrte ich auf ihre breiten Rücken, die mir die Sicht auf sein verunstaltetes Gesicht versperrten. Einer von ihnen drehte sich zu mir um, und ich sah ohne jedes Erstau-

nen, daß es nicht länger der Notarzt, sondern der Richter war. Er zog sich den Kittel aus, enthüllte seine Robe und sah auf einen Punkt über meiner rechten Schulter.

»Er ist tot, das steht mal fest. Er hatte keine Chance mehr. Er ist verbrannt. In Ihrem Wagen. Die Beweislage ist eindeutig. Im Namen des Volkes ergeht folgendes Urteil: der Angeklagte wird in allen Punkten für schuldig befunden. Der Angeklagte wird zu einer Freiheitsstrafe von vierundzwanzig Monaten verurteilt. Die Strafe wird zur Bewährung ausgesetzt. Die Sitzung ist geschlossen.«

Ich wachte auf. Erleichtert. Ich war immer erleichtert, wenn ich aus diesem Traum erwachte. Mit geschlossenen Augen blieb ich reglos liegen und lauschte auf den rasenden Puls in meinen Ohren. Ich konnte mein Herz spüren. Es hämmerte, penetrant, viel zu laut und irgendwie bedrohlich, wie ein Kolben, der trotz eines Widerstands mit normaler Geschwindigkeit weiterzulaufen versucht. Im gleichen Rhythmus pulsierte es vor meinen geschlossenen Lidern, rot-schwarz, rot-schwarz, rot-schwarz. Als das Hämmern nachließ, schlug ich die Augen auf. Ich hatte keine Schwierigkeiten zu ergründen, wo ich mich befand. Dieser Traum konnte mich schon lange nicht mehr desorientieren. Ich war zu Hause, ich lag in meinem Bett, allein.

Es war immer noch mörderisch heiß. Mein Kissen und das zerknitterte Laken waren feucht. Es mochte drei oder vier Uhr sein. Ich wußte, ich würde nicht mehr schlafen. Eine kühle Dusche. Danach stand mir der Sinn. Eine Dusche. Eine Zigarette und ein Kaffee vielleicht. Es würde ohnehin bald hell werden.

Ich setzte mich auf und blinzelte. Mein Kopf tat weh.

Nur ein bißchen. Dieser Traum verursachte mir immer einen leichten Kopfschmerz, begleitet von einer unterschwelligen, aber gleichzeitig schweißtreibenden Angst. Wie die Erinnerung an eine Panikattacke.

Ich stand auf, raufte mir die Haare und trat ans Fenster. Der Himmel leuchtete in einem seltsamen, matten Orange. Ich rieb mir die Augen, aber das Leuchten blieb. Entweder ging die Sonne heute im Nordwesten auf – drastische Veränderungen dieser Art sind schließlich nichts Außergewöhnliches mehr –, oder aber es brannte. Irgendwo am Rhein, vermutlich auf der anderen Seite. Ich blieb einen Moment am gekippten Fenster stehen und erwog, es weit zu öffnen und die Ohren zu spitzen. Aber es interessierte mich im Grunde nicht, meine Hände baumelten weiterhin untätig herab, keinerlei Anzeichen, daß eine sich heben wollte. Endlich mal eine Katastrophe, die mich nichts angeht, dachte ich gähnend.

Jeder kann sich mal irren.

Ich wandte mich ab, schlich ins Bad rüber und stellte mich unter die Dusche. Nach ein paar Sekunden unter dem kühlen Strahl hatte ich den Widerschein der Feuersbrunst am Nachthimmel schon vergessen. Statt dessen befaßte ich mich wieder mit meinem Traum und fragte mich, was zur Hölle ich denn noch tun sollte, wieviel Zeit denn noch vergehen müsse, bis er mich endlich verschonte.

1. Kapitel

»Sie will, daß ich mir die Haare abschneiden lasse.«

»Ah ja?«

»Hm.«

Gleißendes Sommerlicht fiel durchs Fenster und die offene Tür herein,

Staubkörnchen wiegten sich träge darin. Es roch nach Öl. Über unseren Köpfen drehte sich der Ventilator, aber sogar er wirkte schlapp, und man spürte eigentlich keinen Hauch.

»Sie sagt, wenn ich mir die Haare abschneiden lasse, kauft sie mir ein Moped.«

»Tja. Was für Geschäfte du mit deiner Mutter machst, ist allein deine Sache, Daniel.«

Das sah ihr doch wirklich ähnlich. Im Grunde genommen war sie immer schon ein erpresserisches Miststück gewesen. Es stand derzeit nicht gerade zum besten zwischen meiner Exfrau und mir, und während der vielen, einsamen Stunden in meiner Werkstatt vertrieb ich mir manchmal die Zeit damit, mich daran zu erinnern, was sie mir alles Gräßliches angetan und wie unerschrocken ich all dem die Stirn geboten hatte. Ich kam jedesmal zu der Erkenntnis, daß ich mich glücklich preisen konnte, daß sie ihren Hintern schließlich in das Bett ihres Tennistrainers gelegt hatte, und dann lächelte ich wie einer, der mit knapper Not einen Schiffbruch überlebt hat.

Ich machte mir ein Bier auf. »Was gefällt ihr nicht an deinen Haaren?«

»Sie sagt, ich seh' aus wie ein trauriges Überbleibsel aus längst vergangenen Tagen. Und sie sagt, ich seh' aus wie du vor zwanzig Jahren.«

»Vor zwanzig Jahren kannte sie mich überhaupt noch nicht. Sag ihr, wenn sie gelegentlich mal wieder die Augen aufmacht, wird sie feststellen, daß die Welt sich ein gutes Stück weitergedreht hat, seit sie zuletzt hingesehen hat.«

Ich fragte mich verdrießlich, ob's ihr lieber wäre, er würde sich den Schädel rasieren und in Springerstiefeln rumlaufen. Ich betrachtete ihn verstohlen. Morsche, mit System zerfetzte Jeans, ein ärmelloses T-Shirt undefinierbarer Farbe, Ohrring, Lederarmbänder, nichts Besonderes. Für meinen Geschmack sah er völlig in Ordnung aus. Vielleicht hatte sie recht, vielleicht schmeichelte es mir, daß er mit seiner Erscheinung das gleiche rebellische Statement abgab wie ich in seinem Alter. Aber was immer seine Gründe sein mochten, ich hatte ihn ganz sicher nicht dazu verleitet, denn ich wußte inzwischen, daß das letztlich nur ein schwaches, bedeutungsloses Aufbäumen war. Trotzdem hätte ich nicht übel Lust gehabt, es ihm gleichzutun und mir die Haare noch mal wachsen zu lassen. Aber einem Typen von beinah achtunddreißig kauft das ja keiner mehr ab. Und ich wollte lieber nicht wissen, was Goldstein dazu zu sagen hätte. Zwischen Goldstein und mir stand es auch nicht zum besten, und ich hatte nichts zu verschenken.

»Könntest du mal eben mit anfassen?«

Er stieg über das Werkzeug, das am Boden verstreut lag, und hielt die weiße Ledersitzbank fest, so daß ich sie festschrauben konnte. Das war eins der tausend Dinge, für die man wenigstens drei Hände brauchte.

»Ich weiß nicht, was ich machen soll. Haare wachsen wieder. Und ich brauche ein Moped. Aber irgendwie ...«

»Ich sag' dir was, Daniel. Wenn ich zwölftausend für dieses Motorrad hier kriege – und das werd' ich –, dann kauf' ich dir ein Moped. Spätestens von der nächsten. Ohne Bedingungen. Ich misch' mich ja sonst nicht ein, ich bin ja nicht lebensmüde, aber das geht einfach zu weit ...«

Er reichte mir eine Schraube an. »Letzte Woche hast du gesagt, wenn du die Harley gut verkauft kriegst, fliegen wir in Urlaub.«

»Tun wir.«

»Aber in der Küche liegt ein Brief von der Bank. Und der sieht haargenau so aus wie die Briefe, die dich höflich dran erinnern, daß du die Hypothek nicht bezahlt hast.«

Die Sitzbank saß fest. Ich trat einen Schritt zurück und betrachtete mein Werk. Was vor drei Wochen noch als stumpfes, räderloses Skelett in der Garage eines gichtgeplagten Altrockers gestanden hatte, sah beinah schon wieder aus wie eine Harley Davidson Heritage, Baujahr 91, ein chromblitzender Augenschmaus.

Ich setzte mich auf den Boden. Es war egal, ich war sowieso schon dreckig. Heutzutage machte ich mich bei der Arbeit immer dreckig. Das machte mir Spaß.

»Wirf mal die Kippen rüber, ja.«

»Wenn du nicht so viel qualmen würdest, würden wir 'ne Menge Geld sparen.«

»Oh, nicht schon wieder ...«

»Ich sag' ja nur ...«

Ich steckte mir eine an, nahm einen Schluck aus der Flasche und warf noch einen verliebten Blick auf das Motorrad. Es war jedesmal ein Wermutstropfen, daß ich sie nicht behalten konnte.

»Die Hypothek ist bezahlt, nur keine Bange. Es ist jetzt über zwei Jahre gutgegangen, willst du nicht endlich mal aufhören, dir Sorgen zu machen?«

Es reichte schließlich, wenn *ich* mir gelegentlich Sorgen machte.

Beinah zehn Jahre lang hatte ich einen relativ sicheren, relativ gut bezahlten Job als Bankrevisor gehabt, und so sehr ich die Bank auch manchmal gehaßt hatte und sie mich, hatten wir uns doch irgendwie aneinander gewöhnt. Bis eine meiner Ermittlungen einen grandiosen Steuerschwindel enthüllte, von dem niemand etwas wissen wollte. Unsere Hartnäckigkeit brachte meinen Freund und Partner Paul auf den Friedhof und mich in den Knast, weil ich den Vorstandsvorsitzenden der Bank, der die ganze Schweinerei unter den Teppich kehren wollte, krankenhausreif prügelte. Da war's dann natürlich aus mit meinem ›sicheren‹ Job.

Ich weinte meiner bürgerlichen Existenz keine Träne nach, aber die Situation stellte mich vor einen Haufen Probleme, denn ich hatte einerseits eine Hypothek und zwei Kinder am Hals, auf der anderen Seite keine Frau und keinen Job mehr. Eine Zeitlang war unsere Lage wirklich düster, und die Existenzangst wurde meine vertrauteste Bettgenossin.

Inzwischen hielt das Geschäft mit den Motorrädern uns meistens ganz gut über Wasser. Es war lange her, seit ich mich zuletzt dem demütigenden Ritual unterzogen hatte, meine Exfrau zu überreden, ihren Kindern mal für einen Monat das Dach über den Köpfen zu bezahlen.

Daniel setzte sich mir gegenüber an die Wand. Unsere Füße berührten sich fast. Die Garage war klein, und wir hatten beide lange Beine.

»Ich könnte dir helfen, jetzt in den Ferien«, schlug er vor.

»Ferien sind dazu da, um zu tun, was einem Spaß macht.«

»Es würd' mir Spaß machen.«

Ich fiel aus allen Wolken. »Was ist mit ...« Gott, wie hieß sie doch gleich wieder? »Anette?«

Er runzelte die Stirn. »Reden wir über was anderes, ja?«

»Oh. Tut mir leid.«

Er fuhr sich verlegen über die lange Matte. »Also, was ist jetzt? Wenn du mich helfen läßt, verdien' ich mir mein Moped.«

»Bitte, wenn du es so haben willst...«

»Ja.«

»Abgemacht.«

Es hörte nie auf, mich zu verblüffen, daß die Kampfhandlungen zwischen meinem Sohn und mir zum Stillstand gekommen waren. Ich hätte unmöglich sagen können, was dazu geführt hatte, es war einfach so passiert. Wir konnten immer noch nicht besonders gut miteinander reden, aber wir konnten problemlos im selben Raum sein, ohne einen Ton zu sagen, und uns einigermaßen wohl dabei fühlen. Vermutlich konnte die Sache jederzeit wieder kippen, ich machte mir da keine Illusionen. Aber ich war ziemlich sicher, daß er mir nicht auf die Eier gehen würde, wenn wir hier die nächsten Wochen zusammen arbeiteten. Die Vorstellung bereitete mir sogar ein eigentümliches Vergnügen. Ich hatte ihn gern. Viel lieber als früher, mußte ich gestehen, ich fand es leichter, je älter er wurde.

»Wo steckt deine Schwester?«

Er hob vielsagend beide Hände. »Drinnen. Sie liest. Heut ist sie besonders zickig. Besser, du läßt sie zufrieden.« Ich nickte, und er sagte, was ich dachte: »So ist sie immer, wenn wir ein Wochenende bei Ilona waren. Diese Besucherei ist Gift für Anna.«

»Ich kann's nicht ändern.«

Gemeinsames Sorgerecht war das Äußerste gewesen, wozu die Richterin sich hatte breitschlagen lassen. Am liebsten hätte sie es Ilona allein zugesprochen, sie befürchtete, die Kinder würden in der Obhut ihres vorbestraften Vaters verwahrlosen. Zum Glück hatte Ilona kein Interesse. Zum Glück gab sie sich mit dem Alibi-Wochenende pro Monat zufrieden. Und selbst das war ihr oft lästig. Wenn ihr Tennis-As zu einem Turnier fuhr, war sie immer dabei und ließ das Wochenende erleichtert sausen.

Das Licht nahm einen schwachen Kupferton an. Der Nachmittag ging zur Neige.

Daniel holte sich eine Cola aus dem Kühlschrank. Light. Daniel lebte so gesund, daß einem glatt schlecht davon werden konnte.

»Jedenfalls, als Ilona mein Zeugnis gesehen hat, ist ihr die Farbe aus dem Gesicht gefallen, aber sie hat eigentlich keinen Ton gesagt. Nur, daß sie mir ein Moped kauft, wenn ich mir die Haare abschneiden lasse.« Er schüttelte ratlos den Kopf. Offenbar bereitete es ihm Unbehagen, daß er die Strategie seiner Mutter nicht durchschaute. Ich erinnerte mich nur zu gut daran, was für ein Gefühl das war, aber ich ging nicht darauf ein.

»Dein Zeugnis war besser, als ich im Winter zu hoffen gewagt hätte. Kein Grund, sich aufzuregen. Eine Fünf kann man sich schließlich immer leisten, oder?«

Er bekopfschüttelte mich. »Es gibt eine Menge Leute, die das anders sehen.«

»Tja, bestimmt. Aber rechne lieber nicht damit, daß ich dir Dampf mache. Wenn du einen Physiknobelpreis gewinnen oder ein großverdienendes, nützliches Mitglied der Gesellschaft werden willst, mußt du dich schon selbst dazu antreiben.«

»Ja, ja. Ich weiß. Du willst nicht schuld sein, wenn ich irgendwann feststelle, daß ich ein goldenes Kalb anbete.«Ich sah ihn verdutzt an, das war so gar nicht sein Wortschatz.

Er grinste. »Das hast du zu ihr gesagt. Am Telefon. Als ihr euch mal wieder angebrüllt habt.«

»Kann sein.« Und in diesem Fall konnte ich auch gut zu dem stehen, was ich gesagt hatte. Trotzdem plagte mich mal wieder mein Gewissen, weil ich meine väterlichen Pflichten so sträflich vernachlässigte. »Wenn du denkst, daß du was gegen die Fünf in Englisch tun solltest, dann fahr ein paar Wochen zu Sarahs Bruder.«

»Ihr Bruder? Wohnt er in England?«

»In Israel. Aber seine Frau ist in England geboren, und sie sprechen nur Englisch. Sarah meint, wenn du willst, ruft sie ihn an, das wär' sicher kein Problem.«

Er dachte darüber nach und sagte eine Weile nichts. Dann fragte er: »Was ist eigentlich mit Sarah? Ich hab' sie seit Tagen nicht gesehen.«

Ich winkte mit meiner ölverschmierten Rechten ab. »Reden wir über was anderes, ja.«

»Stimmt was nicht?«

Ich schüttelte den Kopf. Ich hatte kein Bedürfnis, ihm zu sagen, daß meine Freundin im Begriff war, mich für einen geschniegelten, glattrasierten Versicherungstypen mit Zukunft abzuservieren. Es laut auszusprechen hätte bedeutet, eine Grenze zu überschreiten. Derzeit konnte ich mir noch einreden, das Problem würde vielleicht von selbst verschwinden, wenn ich die Augen nur fest genug zumachte.

Er stand auf und trat auf die Harley zu. Mit ehrfürchtigem Blick strich er über den schwarzen, glänzenden Tank.

Anna erschien am Garagentor. Sie blieb einen Augenblick stehen, bis sie uns im dämmrigen Innern entdeckte. Dann kam sie näher, kauerte sich neben mich an die Wand und legte das Kinn auf die angezogenen Knie.

»Ich wollte Pudding machen, aber die Milch ist angebrannt«, verkündete sie der Welt im allgemeinen.

Daniel stöhnte. »Klasse, Anna. Ich hab' dir gesagt, du sollst die Finger vom Herd lassen, wenn du allein im Haus bist.«

»Laß mich zufrieden«, fauchte sie, so giftig, daß ich sie verwundert ansah.

Ganz im Gegensatz zu ihrem Bruder stand Anna neuerdings auf kurze Haare. Eigenhändig hatte sie sich Anfang des Jahres ihre langen Engelslocken abgeschnitten. Ich hatte mich zu der Tat nicht geäußert, aber ich wurde das Gefühl nicht los, daß sie sich verstümmelte. Ich war einigermaßen sicher, daß ich ihre Motive durchschaute: Sie war es satt, Papis kleiner Liebling zu sein, und sie war es ebenso satt, die einzige Frau im Haus zu sein. Also hatte sie sich darangemacht, sich selbst, mich und den Rest der Welt zu überzeugen, daß sie weder das eine noch das andere war. Sie prügelte sich in der Schule rum, vergraulte ihre Freundinnen und tat alles, was ihr einfiel, um mir das Leben schwerzumachen. Wenn gar nichts anderes half, erpreßte sie mich damit, daß sie nichts aß. Sie war gerade mal acht Jahre alt, aber wenn es darum ging, mich fertigzumachen, war sie genauso erfinderisch wie ihre Mutter. Daß ich sie trotzdem nach wie vor anbetete, machte es für uns beide nicht leichter.

»Hast du wenigstens Wasser in den Topf getan?« fragte Daniel ohne viel Hoffnung.

Sie nickte und fuhr sich mit der Hand über die Stirn,

als seien dort immer noch Haare, die es wegzustreichen gelte. Das hatte sie sich noch nicht abgewöhnt. Sie nahm Daniel die Coladose ab und trank.

»Hast du's ihm erzählt?«

Er zog gereizt die Stirn in Falten. »Nein. Ich hab' dir gesagt, das Thema existiert für mich nicht.«

Sie stellte die Dose auf den Boden, drehte sie zwischen den Händen und warf mir von der Seite einen rätselhaften Blick zu.

Angriffslustig und resigniert zugleich.

»Er traut sich nicht, es dir zu sagen. Er hat Angst, du rastest aus.«

Mein Mut sank. Alles in allem wollte ich lieber nicht wissen, was sie wieder getrieben hatten, um ihre Mutter davon zu überzeugen, daß ein Wochenende mit ihnen echt kein Spaß ist.

Ich wappnete mich. »Also?«

»Sie will mit uns in Urlaub fahren. Nach... verdammt, wie heißt das, Daniel?«

»Keine Ahnung. Schon vergessen«, log er.

»Sag doch.«

»Barbados.«

Ich pfiff unwillkürlich vor mich hin. »Tja, Leute, da kann ich nicht mithalten.«

Ich war nicht ganz sicher, welche Art von Reaktion sie von mir erwartet hatten, mehr Entrüstung, vermutlich. Aber ich hatte mich von Anfang an bemüht, all das vor ihnen verborgen zu halten, meine Entrüstung, meinen Zorn, und ich fand, es war auch jetzt besser, wenn sie nichts von meiner Eifersucht ahnten.

»Willst du das etwa zulassen?« verlangte Daniel zu wissen.

»Keine Ahnung. Ich bin nicht mal sicher, ob ich eine Wahl hab'. Du willst nicht, nein?«

»Pah. Von mir aus kann sie sich ihren Schickimickikaribiktrip in den …«

»Daniel, es ist deine Mutter, von der wir hier reden. Also bitte.«

Er verdrehte die Augen. »Vorhin hast du gesagt, wir fahren zusammen weg.«

»Das war auch meine Absicht.«

»Aber du hast noch nichts gebucht, oder? Was glaubst du eigentlich, wie wir in den Ferien noch an einen Flug kommen sollen? Du bist so hoffnungslos *unorganisiert*, ich meine, da ist es echt kein Wunder, daß sie andauernd ihren Willen kriegt, und manchmal, ehrlich, manchmal macht ihr mich krank.«

»Schön, du hast recht, ich bin hoffnungslos unorganisiert. Aber ich sehe nicht, was das mit dieser Sache hier zu tun hat.«

»Wenn du wie normale Leute im Januar für uns gebucht hättest, stünde die Sache überhaupt nicht zur Diskussion.«

Im Januar hatte der Pleitegeier seine Kreise über unseren Köpfen gezogen. Der Winter war immer die Durststrecke fürs Motorradgeschäft.

Daniel hatte offenbar beschlossen zu vergessen, daß ich mir die eisigen Januarnächte als Nachtwächter in einem zugigen Lagerhaus um die Ohren geschlagen hatte. Und ich hatte keine Lust, ihn daran zu erinnern.

»Hat *sie* denn schon gebucht?«

»Weiß der Henker. Ich fahre sowieso nicht mit.«

»Kann ich vielleicht auch mal meine Meinung sagen?« fragte Anna.

Ich atmete tief durch. Was für eine Misere. »Und? Wie stehst du dazu?«

»Ich will nicht mit ihr fahren. Und mit dir auch nicht.

Ich will hierbleiben und den Ferienkurs bei der DEG mitmachen.«

Sie sah wohl an meinem Gesicht, was ich davon hielt, und verkündete herausfordernd: »Das hab' ich dir schon vor Monaten gesagt. Aber du hast es vergessen, stimmt's?«

»Nein, nein. Nur ...« Ich suchte nach einer diplomatischen Formulierung, die nicht verriet, daß ich der chauvinistischen Auffassung war, daß Eishockey kein Mädchensport ist. »Mir ist nicht wohl dabei, das hab' ich dir gleich gesagt. Ich find's gefährlich.«

»Quatsch. Hör mal, ich wollte im Winter schon, und da hast du gesagt, es wär' zu teuer. Aber der Sommerkurs kostet nichts, und ich *will* da mitmachen. Es ist mein Ernst.«

»Ja, das bezweifle ich nicht. Trotzdem...«

Das Telefon klingelte. Daniel stand auf, sah sich suchend um und entdeckte es unter einem Stapel öliger Lappen. Mit einem strafenden Blick in meine Richtung nahm er ab. »Hallo?«

Er lauschte einen Moment, dann reichte er es mir herüber.

»Für dich. Sarah.«

Mein Herz schlug einmal kurz in meiner Kehle. Ich nahm das Telefon. »Goldstein, sieh an.«

»Hättest du vielleicht Lust, vorbeizukommen?«

»Ich dachte, du willst zu einer Ausstellungseröffnung. Sag nicht, der Ehrenhof ist schon wieder abgebrannt.«

»Das würde mich nicht wundern. Also ja oder nein?«

Mir ging auf, wie seltsam ihre Stimme klang. Ich schickte meinen Sarkasmus auf die Reservebank. »Ist was mit Tobias?«

»Nein. Ich ... es ist nichts weiter.«

Aber ich spürte, daß das nicht stimmte. »Na schön. Ich komm'. Halbe Stunde oder so.«

»Okay.«

Ich drückte die kleine lila Taste und sah Daniel und Anna entschuldigend an. »Das war ein Notruf.«

Sie wechselten einen vielsagenden, genervten Blick.

Ich stand auf und steckte meine Kippen ein. »Ich muß mir die Sache durch den Kopf gehen lassen. Und ich werde mit Ilona reden. Wir entscheiden in den nächsten Tagen, okay?«

Daniel verschränkte die Arme. »Ich hab' mich schon entschieden.«

Anna nickte nachdrücklich. »Ich auch.«

Ich seufzte. »Wenn ihr älter werdet, werdet ihr lernen, daß die Dinge selten so einfach sind, wie sie auf den ersten Blick scheinen.«

Vier Hände hoben sich mir abwehrend entgegen. »Keine Sprüche!«

2. Kapitel

Sarah Goldstein war in gewisser Weise das letzte Bindeglied zwischen mir und meinem alten Leben. Sie war als Kollegin zur Bankrevision gekommen, kurz bevor alles zum Teufel ging und Paul ums Leben kam. Als ich im Knast landete, hatte sie mich zusammen mit unserem Chef Dr. Ferwerda rausgeboxt. Beide hatten bei der Bank gekündigt und waren zu einer Versicherung gegangen, beide hatten im Gegensatz zu mir einen nahtlosen Übergang gefunden, denn das Leben geht schließlich weiter, man darf sich nicht gehenlassen und so weiter und so fort. Und Sarah war ohne mit der Wimper zu zucken in Pauls Wohnung gezogen. Warum auch nicht, sie stand schließlich leer. Aber ich hatte sie beinah ein Jahr lang nicht besucht.

Inzwischen ging's. Ich konnte mich dort aufhalten, sogar eine Nacht dort verbringen, ohne permanent an Paul zu denken. An den brennenden Wagen und sein Gesicht mit dem schiefen Brillengestell. Sarah hatte die Wohnung vollkommen verändert, Pauls eher fade Gemütlichkeit war wagemutigen Farbkombinationen und ihrem erlesenen Geschmack gewichen. Pauls kleines, mit Computerschrott vollgestopftes Arbeitszimmer, wo wir uns meistens aufgehalten hatten, wenn ich dort war, hatte jetzt eine Tapete mit blauen Schmetterlingen und ein Flugzeugmobile am Fenster. Es war Tobias' Zimmer, das er bewohnte, wenn Sarah ihn gelegentlich übers Wochenende aus seinem Behindertenheim holte, und ich hatte selten Grund, es zu betreten. Pauls zusammengewürfelte Junggesellenküche ohne Herd war durch ein ergonomisch perfektes Einbauwunder in Pastelltönen ersetzt worden, seine nervtötende Wohnzimmerschrankwand durch ein paar spärliche, asiatisch angehauchte Designermöbel. Es war Sarahs Wohnung durch und durch.

Nur im Treppenhaus überfielen mich immer noch hin und wieder höchst unwillkommene Zustände, wenn der Teil meines Gehirns, der einem Paar ausgetretener, karierter Filzpantoffeln entspricht, mir vorgaukelte, ich steige die Stufen rauf, um ihn zu besuchen. Regelmäßig blieb ich dann mitten auf der Treppe stehen, wie geohrfeigt von den Realitäten, eine Hand auf dem Geländer, und rührte mich eine geraume Zeit nicht mehr.

Nicht so an diesem Abend. Ich beeilte mich auf der Treppe, weil ich ihre Stimme im Kopf hatte. Als ich den Schlüssel ins Schloß steckte, machte sie mir auf.

»Danke, Mark.«

»Keine Ursache.«

Sie stand in der kleinen Diele, hatte die Arme gekreuzt und die Hände auf die Schultern gelegt. Sie trug eins von diesen Kleidern, die mich so mühelos in Hochstimmung versetzen konnten, kurz und eng, aus dunkelblauem Leinen, das selbst an Tagen wie diesem kühl aussah. Ihre dunkelrote Löwenmähne war im Nacken zu einem lockeren Knoten aufgesteckt. Sie ließ sich nie ganz bändigen, ein paar Strähnen stahlen sich immer heraus, aber ihre gesamte Erscheinung wirkte distinguiert, ein klein wenig erhaben und auf mich unwiderstehlich.

Ehe ich eine Hand nach ihr ausstrecken konnte, wandte sie sich ab und ging ins Wohnzimmer. Ich folgte ihr, und mein Herz sank. *Er* war da.

»Hallo, Mark.«

Ich nickte. »Bodo.«

Er saß auf dem filigranen, schwarzen Sofa, hatte die

Krawatte gelockert und hielt ein Weinglas in der Hand. Sein Gesichtsausdruck war von Natur aus eher ernst, ein bißchen versonnen vielleicht, und er redete nie viel. Das Katastrophale an diesem Kerl war nämlich das: Er war wirklich sympathisch. Unter anderen Umständen hätte ich ihn wohl gern gemocht.

Er lächelte schwach. »Ziemlich heiß für eine Krisensitzung, was.«

»Hm.«

»Willst du was trinken?« fragte Sarah.

»Ich geh' schon. Setz dich. Rauch dir eine, mach Musik an. Komm, so furchtbar kann es nicht sein.«

Sie schüttelte ungeduldig den Kopf. »Du hast keine Ahnung ...«

»Nein. Stimmt.«

Ich ging in die Küche, holte mir ein Bier und machte ihr einen Wodka-Lemon. Weil ich ihr einen Gefallen tun wollte, aber auch, mußte ich einräumen, um klarzustellen, daß *ich* derjenige war, der hier Hausrechte genoß und der wußte, was sie jetzt brauchte. Ich belächelte mich, und die Flaschen beschlugen, kaum, daß ich sie aus dem Kühlschrank nahm.

Ich stellte ihren Cocktail vor sie auf den Tisch und setzte mich neben sie auf den Boden. »Also?«

Sie schwiegen beide, ihre Augen schienen den cremeweißen Teppichboden nach nicht vorhandenen Mustern abzusuchen.

Ich streckte die Beine aus und trank von meinem Bier. Es heißt ja allgemein, ich sei geduldig.

Schließlich gab sie sich einen sichtlichen Ruck. »Es sieht so aus, als hätte ich so ungefähr zwei Millionen in den Sand gesetzt.«

Ich kannte mich in ihrem neuen Geschäft nicht gut genug aus, um einzuschätzen, ob das ein kleines Mißgeschick oder eine Katastrophe war. Aber für meinen Geschmack klang es eher nach Katastrophe.

»Dr. Ferwerda hat gesagt, ich hab' mir nichts vorzuwerfen«, fügte sie hinzu. Es klang sarkastisch.

Ich wußte, daß diese Bemerkung ebensogut eine Schuldzuweisung wie ein Trost sein konnte. Er war schließlich lange genug mein Chef gewesen, ich kannte seine Tour ganz genau.

»Das scheint dich wenig zu trösten.«

Sie winkte ärgerlich ab. »Das Verrückte ist, ich kann mir einfach nicht vorstellen, was ich hätte anders machen können.«

»Wie wär's, wenn du mir erzählst, was denn eigentlich passiert ist?«

Sie verknotete nervös die Finger ineinander. »Die Abteilung Sachversicherungen kam vor zwei Wochen mit der Geschichte an. Jemand wollte eine Warenlieferung Rostschutzfarben und Speziallacke gegen Diebstahl, Feuer und Vandalismus versichern. Erst mal für dreißig Tage, bis dahin sollte die Ladung planmäßig verschifft sein.«

»Und weiter?«

Sie trank einen Schluck, und als sie nicht gleich antwortete, fuhr Bodo fort: »Den Leuten in der Sachversicherung war das Ding nicht geheuer. Der potentielle Kunde war ein unbeschriebenes Blatt, und es ging schließlich um viel Geld, kurz und gut, sie riefen Ferwerda an, ob er die Sache durchleuchten könnte. Er setzte Sarah darauf an. Sie hat das Lager und die Ware besichtigt. Die Papiere gesehen. Den Kunden gesprochen. Erkundigungen eingezogen. Er schien in Ordnung, die Sicherheitsvorkehrungen schienen in Ordnung, sie gab grünes Licht. Daraufhin hat die Secura die Ware versichert. Der Versicherungsschutz begann am siebten um null Uhr.« Er legte eine kleine Kunstpause ein und warf Sarah einen ängstlichen Blick zu. Aber sie machte alles in allem nicht den Eindruck, als wolle sie zusammenbrechen. Sie wirkte eher wütend.

»Am achten, so gegen ein Uhr dreißig, ging das ganze Lager in Rauch auf.«

»Vorletzte Nacht? Lag das Lager zufällig im Neusser Hafen?«

Sie zog die Brauen hoch. »Erzähl mir nicht, du bist unter die Zeitungsleser gegangen, Malecki.«

»Bin ich nicht.« Aber ich hatte den Widerschein eines großen Feuers gesehen, als ich nachts aufgewacht war.

»Den ganzen Sonntag hat die Feuerwehr die Bevölkerung im Süden Düsseldorfs vor giftigen Dämpfen gewarnt«, erklärte Bodo ernst. Und ich war ganz froh, daß meine Kinder das Wochenende bei Ilona in Grafenberg verbracht hatten und ich allein in den Genuß dieser Dämpfe gekommen war.

Ich wandte meine Gedanken wieder ihrem Problem zu. »Also kaum vierundzwanzig Stunden nach Beginn des Versicherungsschutzes ist der Versicherungsfall eingetreten.« Ich fand ihren Kunden reichlich plump. »Was meinen die Experten der Feuerwehr?«

Sarah schüttelte den Kopf. »Sie haben die Untersuchung noch nicht abgeschlossen. Aber inoffiziell haben sie mir zu verstehen gegeben, daß keine Spuren von Brandbeschleunigern gefunden wurden, und wenn's ein getürkter Kurzschluß war, wird niemand das jemals beweisen.«

»Und was sagt die Staatsanwaltschaft?«

»Mehr Glück beim nächsten Mal.«

Es war einen Moment still.

Ich ließ mir die Geschichte auf der Zunge zergehen. Neutral gesehen, war ich geneigt, die Meinung des

Staatsanwalts zu teilen. Jemand hatte eine Warenladung versichert, und der Versicherungsfall war eingetreten. Soweit kein Drama. Genau dafür sind Versicherungen schließlich da. Und die Secura war ein großes Unternehmen mit jährlich steigenden Gewinnen, zwei Millionen bezahlten die locker aus der Portokasse. In einem stillen Winkel meines Anarchistenherzens gönnte ich ihnen den Verlust. Vier Wochen hatte ich für sie gearbeitet, nachdem ich auf Bewährung rauskam. Um Sarah einen Gefallen zu tun, um Ferwerda einen Gefallen zu tun, um mein Leben wieder in die Hand zu nehmen. Aber es ging nicht. Ich konnte diese Arbeit einfach nicht machen. Krumme Versicherungsfälle aufzuklären hatte einfach zu viel Ähnlichkeit damit, dubiosen Bankgeschäften nachzugehen. Das hatte ich über zehn Jahre gemacht, sogar einigermaßen erfolgreich, aber letztlich hatte es meine Ehe zerrüttet, meinen besten Freund das Leben gekostet und mich um ein Haar auf unabsehbare Zeit ins Gefängnis gebracht. Und ich hatte meine Lektion gelernt. Also tat ich mein Bestes, um die Sache so schnell wie möglich hinter mich zu bringen. Ich kam betrunken und zu spät zur Arbeit und benahm mich so schlecht, wie ich nur konnte. Nach vier Wochen setzten sie mich vor die Tür. Wir trennten uns, wie sie es ausdrückten, in gegenseitigem Einvernehmen. Das war insoweit richtig, als beide Seiten gleichermaßen erleichtert waren, insofern falsch, als Ferwerda und ich uns anläßlich unserer letzten Unterredung so verkrachten, daß wir seither kein Wort mehr gewechselt hatten. Mit ein paar Beulen war ich endlich aus seinem väterlichen Schatten gekrochen. Dieser Meinung war ich jedenfalls heute. An dem Tag damals war ich allerdings so außer mir, daß ich mein Motorrad vor einen soliden Brückenpfeiler fuhr. Versehentlich natürlich. Der Schutzengel aller Trunkenbolde legte sich ins Zeug: Ich stand fast ohne einen Kratzer wieder auf, und niemand hatte zugesehen. Ich konnte die Spuren beseitigen, ehe irgendwelche Freunde und Helfer aufkreuzten. Die Trümmer meiner Goldwing brachte ich in meine Garage, holte mir auf dem Schrottplatz, was ich brauchte, und erweckte sie zu neuem Leben. So war ich in meine neue Existenz geschlittert.

Sarah Goldstein war hingegen immer noch auf Karrierekurs. Und sie haßte es, wenn damit irgend etwas schieflief. Nicht nur, wie sie sich selbst und mir immer einzureden versuchte, weil sie für ihr kostspieliges, behindertes Kind vorsorgen mußte, sondern vor allem, weil sie sich davor fürchtete zu versagen. Erwartungen zu enttäuschen.

Sie sah mich an, und ihr Blick war beinah feindselig. »Verflucht, Mark, sag doch was.«

Ja, los, sag was, Mark. Ignoriere die Warnung deiner Instinkte und gleite in die alten Denkmuster zurück. Du kannst es bestimmt noch. Es braucht nur einen winzigen Schubs... Ich rieb mir die Nasenwurzel. »Das Lagerhaus. Bist du noch mal dagewesen?«

»Gestern morgen, gleich, nachdem ich davon erfahren hatte. Es ist alles verbrannt. Die Rauchmelder haben einwandfrei funktioniert, aber als die Feuerwehr kam, stand schon alles in Flammen.«

»Tja. Bei Lacken und Farben kann man auf Brandbeschleuniger getrost verzichten. Man kann auch riskieren, die Brandmeldeanlage eingeschaltet zu lassen. Das Zeug brennt schneller als Benzin.«

»Du kennst dich mit so was aus?« fragte Bodo.

Ich hob kurz die Schultern. »Ich lackiere hin und wieder Motorräder. Und der Typ, der mir dazu die Lackiererei in seiner Werkstatt zur Verfügung stellt, hat mir ein paar wilde Geschichten erzählt. Er wollte mir klarmachen, daß das eine Sache ist, bei der man wirklich besser nicht raucht.« Ich dachte wieder über ihr Farblager nach. »Und keiner hat was gehört und gesehen?«

»Nein. Es war ja mitten in der Nacht und Wochenende. Ein Nachtwächter einer Spedition auf dem Nachbargrundstück hat die Feuerwehr angerufen, als er durch ein Fenster die Flammen sah, aber da waren sie schon unterwegs.«

»Wem gehörte das Lagerhaus?«

»Einer Reederei. Und bevor du fragst, das Gebäude selbst war nicht bei uns versichert.«

»Wohin sollten die Farben verschifft werden?«

»Nach Ägypten.«

»Und euer Kunde? Die Herstellerfirma?«

»Nein, ein Zwischenhändler.«

Ich sah sie abwartend an und versuchte, nicht zu zeigen, was meine Vorurteile über ›Zwischenhändler‹ besagten, daß sie sich in meiner Vorstellung nämlich ausschließlich in den Grauzonen zwischen Gesetzen und Märkten bewegten, daß sie die überflüssigsten Kreaturen der Schöpfung waren, die nichts weiter taten, als Käufer und Verkäufer zusammenzubringen und die Preise in die Höhe trieben, damit sie eine um so fettere Provision kassieren konnten. Und sie kassierten nicht schlecht. Ohne je einen Finger krumm zu machen.

Sie las mal wieder mühelos meine Gedanken. »Nicht so, wie du denkst. Er vermittelt Handelsgeschäfte zwischen EU-Staaten und dem Mittleren Osten, aber er tritt oft selber als Käufer oder Verkäufer ein. Er hat Kapital. Der Lagerbestand gehörte seiner Firma.«

Im- und Export, dachte ich ironisch, aber ich sah, daß sie drauf und dran war, ihren Zorn an mir auszulassen, und auch in diesem Fall fand ich Brandbeschleuniger überflüssig und sagte deshalb nichts.

»Er ist Araber«, klärte Bodo mich auf. »Hasan Rashid.«

Sarah wollte einen Schluck trinken, aber ihre zittrigen Finger stießen das Glas um, Wodka-Lemon ergoß sich über den Tisch, tröpfelte auf den Teppichboden, und die Zitronenscheibe rollte wie ein Hula-Hoop-Reifen unters Sofa.

Sie schlug sich mit der Faust aufs Bein. »Ach, Scheiße!«

Ich stand auf, holte ein Tuch aus der Küche und versuchte, die Flüssigkeit aus dem flauschigen Velours aufzusaugen.

»Reg dich nicht auf. Hätte Rotwein sein können.«

Sie lächelte angestrengt, Bodo zückte ein lupenreines Taschentuch und wischte über die gläserne Tischplatte. Ich sah ihn an und erwischte ihn dabei, daß er mich neugierig und vielleicht abschätzend betrachtete. Er hatte mir gegenüber noch nie den geringsten Unwillen oder gar Aggression gezeigt. Er war ein zurückhaltender Typ. Blond, sportlich, und er hatte eine Art, langsam und bedächtig zu reden, die Vertrauen erweckte. Solide wie eine hundertjährige Eiche. Ein Typ, auf den man sich verlassen konnte. Und ich war sicher, er kannte seine Vorzüge. Vermutlich hatte er sich ausgerechnet, daß er nur lange genug ausharren mußte; irgendwann würde sie endgültig genug von mir haben. Es konnte nur eine Frage der Zeit sein. Aber jetzt erkannte ich, daß es ihm weitaus lieber gewesen wäre, sie hätte mich nicht angerufen. Ich gehörte nicht zur Firma, die Angelegenheit ging mich nichts an, und außerdem, ging mir auf, wollte er gern der unerschrockene Held sein und den Drachen mit eigener

Hand erschlagen, der die Jungfrau bedrohte. Ich war verblüfft. Wenn er wirklich noch nicht kapiert hatte, daß diese Jungfrau jeden zum Teufel jagte, der ihr ihre Drachen abspenstig machen wollte, dann hatte ich von ihm vielleicht weniger zu fürchten, als ich angenommen hatte.

Aber er raubte mir meine Illusionen gleich wieder. Er steckte sein klebriges Taschentuch ein, trank seinen Wein aus und beugte seinen langen Oberkörper zu ihr herab, um sie auf die Wange zu küssen. »Ich muß los. Sei nicht so geknickt, Sarah. Wenn irgendwer sich diesen Flop leisten konnte, dann du. Und außerdem wär' dir glatt zuzutrauen, daß du dem Drecksack die Geschichte nachweist.«

Sie seufzte, aber sie war besänftigt. »Dafür bräuchte ich ein Wunder. Danke, Bodo.«

»Ich find' schon hinaus. Macht euch einen schönen Abend.«

Er lächelte mir zu, und ich lächelte unwillkürlich zurück.

Wenn ich ihn vor mir sah, fand ich mich immer völlig entwaffnet. Es war nachts, wenn ich allein war mit all meinen Gespenstern, daß ich ihn haßte und ihm die Pest an den Hals wünschte.

Als die Tür ins Schloß fiel, nahm ich ihre Hand. »Er hat recht, weißt du. Es ist nur Geld. Und es ist keine solche Katastrophe. Du kannst nicht jedesmal denken, es sei deine Schuld, wenn die Secura zahlen muß.«

»Aber Ferwerda denkt, daß es meine Schuld ist. Ich weiß es.«

»Er ist zu gerissen, um weniger von seinen Leuten zu erwarten als sie selbst. Das wäre Kapazitätsverschwendung.«

Sie nickte unwillig, befreite ihre Hand aus meinem

Griff und zündete sich eine Zigarette an. »Trotzdem. Nächsten Monat wird in der Transportversicherung eine Abteilungsleiterstelle frei. Ich hatte mir echte Chancen ausgerechnet. Aber nach diesem Fiasko …«

»Mit welchem Recht könnten sie dir einen Vorwurf machen? Du hast nichts versäumt. Weiß der Teufel, vielleicht *war's* ein Kurzschluß. Einfach Pech. Das ist immerhin denkbar.«

Sie hob die Schultern. »Es spielt letzten Endes keine Rolle, was den Brand verursacht hat. Entscheidend ist, daß alle denken, es sei Brandstiftung und Versicherungsbetrug. Und ich habe es nicht verhindert. Nur das zählt.«

Sie war jetzt ruhiger. Es wäre ein schmeichelhafter Gedanke gewesen zu glauben, daß ich das bewerkstelligt hatte. Aber so war es nicht. Sie verlor selten die Ruhe, und wenn es passierte, fand sie sie immer schnell wieder, in sich selbst. Nicht in mir. Für gewöhnlich machte sie bei mir das Krisenmanagement, nicht umgekehrt. Vielleicht deshalb, vielleicht, weil mir so sehr davor graute, daß sie mir durch die Finger schlüpfte, sprang ich mit weit geöffneten Augen ins tiefe, dunkle Wasser.

»Erzähl mir, was du über diesen Lagerbestand weißt. Wie er aussah. Sag mir alles, was dir aufgefallen ist. Mach die Augen zu und versuch, dich zu erinnern.«

Sie sah mich kopfschüttelnd an, stand auf und geisterte ein paar Minuten herum. Sie legte Tory Amos auf, leerte den Aschenbecher, holte sich ein Glas Wasser, schloß die Lamellen an der Balkontür. Dann setzte sie sich wieder zu mir und erhob keine Einwände, als ich mir einen ihrer Füße schnappte und ihn auf mein Bein legte.

»Ich bin nicht sicher, ob ich will, daß du dich in diese Sache reinhängst, Mark.«

Ich war auch nicht sicher, ob ich das wollte. »Die Entscheidung liegt allein bei dir.«

»Es ist hoffnungslos. Wir sollten unsere Zeit nicht damit verschwenden, auf einen toten Gaul einzuprügeln.«

»Da hast du zweifellos recht.«

»Herrgott noch mal, sag nicht zu allem ja und amen!«

»Was sagt denn der weise Dr. Ferwerda zu der Frage, was du unternehmen sollst?«

»Er sagt, ich soll nicht mehr dran denken. Berufsrisiko, man könne nicht immer gewinnen, blablabla.«

»Er muß es wissen. Ich erinnere mich an ein paar Gelegenheiten, wo sie ihn und mich an der Nase herumgeführt haben. Und wir haben's genau gewußt, aber wir konnten nichts machen, weil wir es nicht beweisen konnten. Manchmal sind die Indianer eben schlauer als die Kavallerie. Und was diesen Fall hier betrifft, gilt wohl die Regel, daß der einfachste Plan immer der genialste ist.«

Sie stützte das Kinn auf die Faust. »Trotzdem. Ich würd' mir das Schwein zu gerne schnappen.«

Hatte ich wirklich gehofft, sie würde mich wieder vom Haken lassen? Ich verkniff mir eine schmerzliche Grimasse. »Dann laß uns mit dem anfangen, was wir haben. Gib was zu schreiben, und wir stellen die Fakten zusammen.«

Sie angelte einen Block und einen Filzschreiber aus einer Schublade und reichte sie mir mit ironisch erhobenen Brauen. »Glaub lieber nicht, das hier wäre eine Untersuchung unter deiner Leitung und du könntest mich wie früher rumkommandieren und mir die Handlangerjobs aufhalsen.«

Ich ließ die Hand mit dem Stift sinken. »Das hab' ich nie getan!«

Sie verzog spöttisch den Mund. »Los, bleiben wir bei den Fakten ...«

Als ich auf die Straße kam, hatte ich einen staubigen Geschmack im Mund. Die Platten auf dem Bürgersteig waren von der Sonne aufgeheizt, ich konnte es durch die Schuhsohlen spüren. Die Nachtluft war wie heißer Brei. In der Straßenbahn waren alle Fenster offen, trotzdem konnte man mühelos riechen, daß während dieses langen Tages Hunderte schwitzender Menschen darin gefahren waren. Ich dachte oft, daß es eine hinterhältige Tücke des Schicksals war, daß ich eine so gute Nase hatte.

Ich fuhr bis zum Jan-Wellem-Platz und ging zu Fuß in die Altstadt.

»Hallo, Osman.«

»'n Abend, Mark.«

»Dein Vater nicht da?«

»Doch, oben. Er kommt gleich.« Er nahm die Hände aus dem Spülbecken. »Soll ich andere Musik machen?«

»Nicht wegen mir.«

»Du kannst ruhig zugeben, daß es sich für dich wie Gedudel anhört.«

»Stimmt. Aber manchmal hab' ich arabisches Gedudel ganz gern.« Es war beruhigend.

»Willst du was trinken?«

Ich nickte, und er schenkte mir einen Bourbon ein.

Ich ließ mich auf meinem Hocker nieder. »Du wirst ein ebenso guter Wirt wie dein Vater.«

Er grinste und feuerte das Handtuch neben die

Spüle. »Scheiß drauf. Hast du was zu rauchen für mich, Mark?«

»Junge, das hab' ich nicht gehört.«

Er hüstelte spöttisch und machte Anstalten, durch die Tür hinter der Theke zu verschwinden. »Komm nicht auf die Idee, mich zu fragen, wenn du mal auf dem trockenen sitzt.«

»Das könnt' mir im Traum nicht einfallen. Gibt's Schafskäseröllchen?«

»Klar. Ich bring' dir welche.«

Er war ein netter Junge. Seit er achtzehn war, half er seinem Vater gelegentlich in der Kneipe und verschaffte ihm ein paar freie Stunden, obwohl er nichts von der Kneipe hielt. Er war nicht mehr so verbissen wie noch vor zwei Jahren, er war auch kein halbstarker Angeber geworden. Und er regte sich auch nicht mehr auf, wenn seine Schwester geschminkt zur Schule ging. Ich fand, er war abgeklärt für seine Jahre.

Tarik kam mit einem Teller fingerdicker, knuspriger Teigröllchen und stellte sie vor mich hin.

»Sie sagt, wenn du das Zeug weiter so frißt, wirst du fett.«

»Schön. Ich werd' mich vorsehen.« Aber das war nur so dahergeredet. Ich war süchtig nach Schafskäseröllchen. Ich schloß die Augen und biß die Hälfte von dem ersten ab.

Tarik machte die Runde an den vier, fünf Tischen, die besetzt waren, kam mit leeren Gläsern zurück, zapfte ein paar Biere an und warf mir einen eulenhaften Blick zu. »Du bist nicht in Form.«

»Kann schon sein.«

»Laß mich raten. Sie hat schon wieder nicht angerufen. Junge, wenn du meinen Rat willst, stellst du sie ein paar Wochen kalt. Dann kommt sie schon von alleine drauf, was sie will.«

»Doch, doch, sie hat angerufen.«

»Also was ist es dann?«

Ich zündete mir eine Zigarette an und drehte meinen Deckel zwischen den Fingern der Linken. »Ilona will mit den Kindern in Urlaub fahren.«

»Und? Als sie sich nicht um sie gekümmert hat, hat es dir auch nicht gepaßt.«

»Nein. Mir kann man's einfach nicht recht machen.«

»So ist es. Was sagen die Kinder dazu?«

»Sie haben keinerlei Interesse.«

»Und das freut dich, ja?«

»Sag mal, für wie runtergekommen hältst du mich, he?«

»Damit hat es nichts zu tun. Es wäre nur natürlich.«

»Nein, es freut mich nicht. Wenn man's mal genau betrachtet, ist es jammerschade. Und das letzte, was mir fehlt, ist ein Familienkrach.«

Er nickte mitfühlend. Manchmal fragte ich mich, wie viele Typen außer mir noch ihren Schutt bei ihm abluden, wie er das aushielt, sich ewig all die Sorgen und Kümmernisse anzuhören, ob er trotzdem oder gerade deswegen so heiter und gelassen war.

»Sag mal, kennst du einen Hasan Rashid?«

Er schien einen Moment nachzudenken und schüttelte dann den Kopf. »Nein. Nicht einen. Drei.«

»Der, den ich meine, ist Geschäftsmann und hat ein Büro am Wehrhahn.«

Er zeigte keine Regung. Er nahm sein Tablett wieder auf, lieferte seine Biere ab, blieb hier und da stehen und redete ein paar Takte mit den Gästen. Als er wiederkam, murmelte er: »Was hast du zu schaffen mit diesem Hasan Rashid?«

»Noch nichts.«

»Dann laß es dabei.«

»Warum?«

Er machte ein finsteres Gesicht und alles in allem den Eindruck, als wolle er sich zu dem Thema nicht weiter äußern. Ich nutzte die Stille, um mein letztes Röllchen zu vertilgen. Schließlich verschränkte er die Arme und zog seine buschigen Brauen zusammen.

»Ich höre dich noch sagen, daß du nie wieder mit solchen Geschichten zu tun haben willst. Nie wieder. Du hast hier auf diesem Hocker gesessen und jeden heiligen Eid darauf geschworen.«

»Es war auch mein heiliger Ernst. Ich glaube nicht, daß Rashid zu ›solchen Geschichten‹ zählt. Wie ich höre, ist er ein angesehener Geschäftsmann.«

»Oh, sicher.«

»Tarik, verschon mich mit deiner Orakelnummer und klär mich auf, wie wär's.«

»Er ist aus Katar.«

»Nie gehört.«

»Ein Emirat. Sehr reich.«

»Öl?«

»Klar doch. Hasan Rashid hat einen Vetter, der ist Wirtschaftsattaché bei der katarischen Botschaft.«

»Meine Güte, was du alles weißt. Und?«

»Er kommt aus einer sehr einflußreichen Familie. Aber irgendwas hat er angestellt, und sie haben ihn verstoßen.«

»Sag mal, was erzählst du mir da?«

Er nickte nachdrücklich. »Seine Familie gehört zu dem erlesenen Kreis, der das Land regiert. Unter normalen Umständen hätte er es nicht nötig, hierherzukommen und Geschäfte zu machen. Aber sie haben sich von ihm distanziert, haben ihm vermutlich ein bißchen Geld gegeben und ihn weggeschickt.«

»Und was für Geschäfte macht er?«

»Er kauft. Er verkauft. Immer die richtige Ware zum richtigen Zeitpunkt.«

»Welche Waren zum Beispiel?«

Tarik hob vielsagend die Schultern.

»Öl?«

»Bestimmt.«

»Stinger-Raketen?«

Tariks Lider waren halb geschlossen. »Möglich. Und Teppiche und Edelmetalle und Mädchen und Rohopium, um ehrlich zu sein, ich habe keine Ahnung. Wenn du ihn siehst, wirst du sagen, er ist ein wirklich netter Kerl. Sehr sympathisch. Aber wenn du ihm die Hand gibst, solltest du anschließend nachzählen, ob noch alle Finger dran sind.«

3. Kapitel

Daniel hielt Wort. Am Montag der ersten Ferienwoche half er mir, die Harley fertig zu machen, und brachte sie auf Hochglanz. Er war weder bockig noch besonders genervt und tat meistens kommentarlos, was ich ihm sagte. Das war ich nun wirklich nicht gewöhnt, normalerweise ließ er sich von mir nämlich rein gar nichts sagen, ohne nicht wenigstens seine Gegenargumente vorzubringen. Auf »Daniel, du bist dran mit Spülen«, hörte ich in der Regel »Wann läßt du die verdammte Spülmaschine reparieren«, auf »Daniel, ich möchte, daß du in der Woche abends um elf zu Hause bist«, konterte er »Soll Anna das überwachen, oder wirst du extra dafür anreisen?« Aber bei dieser Sache hier war endlich mal klar, wer der Boß war. Er hatte offenbar wirklich die Absicht, die Angelegenheit als Ferienjob anzusehen, der ihn ans Ziel seiner Träume bringen würde. Er redete schon seit Ewigkeiten von diesem Moped und hatte den Führerschein aus der eigenen Tasche bezahlt.

»Das war's, Daniel. Ich denke, sie ist fertig.« Voller Stolz betrachteten wir unser Werk.

»Und wie geht's jetzt weiter?«

»Morgen bringen wir sie zu Roland in die Werkstatt und lassen sie durchmessen. Wenn sie okay ist, bring' ich sie durch den TÜV. Und dann setzen wir sie in die Zeitung.«

»Was heißt durchmessen? Die Leistung?«

»Nein, nein, den Rahmen. Wir müssen sichergehen, daß sie nicht aus der Spur ist, sonst ist sie lebensgefährlich.«

»Warum läßt du sie nicht messen, bevor du die ganze Arbeit und das Geld reinsteckst?«

»Tu' ich. Aber ehe ich sie verkaufe, lass' ich sie noch mal messen, ich hab' sie ja ganz auseinandergenommen. Sicher ist sicher.«

Er nickte zweimal kurz. Das hatte er schon als kleiner Junge gemacht, wenn ich eine Sache endlich zu seiner Zufriedenheit erklärt hatte.

»Und warum machen wir das erst morgen? Es ist grad mal Mittag.«

»Weil ich jetzt was anderes vorhabe.«

Er grinste. »Cooler Job. Mein erster Arbeitstag hat keine vier Stunden gedauert.«

»Ich bin vermutlich bis heute nachmittag unterwegs. Würdest du Anna was zu essen machen?«

Sein Ausdruck verdüsterte sich. »Ich wußte, die Sache hat einen Haken.«

»Ich würd' sie ja mitnehmen, aber ...«

»Laß mal. Schon okay.« Wenn es um seine Schwester ging, konnte er grenzenlos großmütig sein.

»Danke.« Ich klopfte ihm nicht die Schulter. Das haßte er genauso wie ich.

Das Tennis-As machte mir die Tür auf. Er trug weiße Shorts und ein Handtuch um den Hals. Ich hatte ihn noch nie ohne Handtuch um den Hals gesehen. Ich fragte mich, ob es da festgewachsen war.

»Ach, du bist's.« Er war nicht besonders angetan. Aber das verlangte ja auch keiner. Ich fand ihn genauso zum Kotzen wie er mich.

»Ist Ilona da?«

Er nickte. »Im Garten.«

»Kann ich reinkommen?«

»Bitte.«

Er ließ mich in der Diele stehen und verschwand mit

unbekanntem Ziel auf der Treppe. Es war ein fades, kleines Streifenhaus. Er hatte nie zu der auserlesenen Schar gehört, die mit dem Tennis das große Geld machten. Er verstand es lediglich, den Anschein zu erwecken. Vermutlich mußte man Ilona zugute halten, daß sie bei ihm geblieben war, nachdem sie seine Masche durchschaut hatte. Und sie kamen ja scheinbar ganz gut zurecht, wenn es in den Ferien nach Barbados gehen sollte. Sie arbeitete auch wieder, bei irgendeiner Unternehmensberatung.

Trotzdem war sie an diesem Dienstag mittag zu Hause, hockte zwischen ihren üppig blühenden Rosenbüschen und schnitt daran herum. Der kleine Garten war wie ein Stück vom Paradies.

Darauf verstand sie sich wirklich.

Sie bemerkte mich nicht gleich, und ich konnte sie einen Moment mit Muße betrachten. Ich hatte mich immer noch nicht daran gewöhnt, sie wiederzusehen. Unter den geänderten Verhältnissen. Es war verrückt, ich hätte für nichts in der Welt je wieder mit ihr zusammenleben wollen, und die Vorstellung, was sie mit ihrem Tennis-Hansel im Bett trieb, ließ mich völlig kalt, während mir schon die Galle überkochte, wenn ich nur daran dachte, daß Sarah mit diesem verfluchten Bodo im selben Büro saß. Aber Ilona war über zwölf Jahre meine Frau gewesen, ich hatte sie irgendwann mal wirklich geliebt, und ich hatte geglaubt, der Himmel stürzt ein, als sie mich verließ. Ein ganz schwacher Widerhall all dieser Empfindungen war jedesmal spürbar, wenn ich sie sah. Als sähe man ein Urlaubsfoto und erinnere sich plötzlich an den Geruch von Meer und Sonne.

Sie hob den Kopf und erschrak. »Mark!«

Ich versuchte ein unverfängliches Lächeln. »Hallo.«

Sie stand auf und klopfte Erde von ihrer Jeans. Ich hatte sie seit Ewigkeiten nicht ungeschminkt gesehen.

»Du siehst toll aus.«

»Das sagst du jedesmal.«

»Vermutlich, weil es jedesmal so ist.«

»Wann wirst du lernen, daß deine Komplimente mir auf die Nerven gehen?«

»Wann wirst du lernen, daß mir das scheißegal ist?«

»Möchtest du was trinken?«

»Wenn du um diese Zeit schon Bier ausschenkst, gern.«

Sie setzte eine säuerliche Miene auf, die mir unglaublich vertraut war. Wenn man's mal genau betrachtete, hatte ich sie während des letzten Jahres unserer Ehe nie anders gesehen. Was vermutlich daran lag, daß ich in diesem Jahr eigentlich permanent betrunken war.

Sie verschwand im Haus, und ich gönnte mir einen ungestörten Blick auf ihren kleinen, runden Hintern. Sie war immer zierlich geblieben, trotz der beiden Schwangerschaften.

Sie brachte mir eine Flasche warmes Alt. Das fiel eindeutig in die Kategorie psychologische Kriegführung. Ich bedankte mich artig wie ein gutdressierter Exmann und trank, als wäre nichts.

»Ich nehme an, du bist gekommen, um dich bitterlich zu beschweren«, mutmaßte sie.

Ich dachte einen Moment nach. Wenn es irgendwie möglich war, wollte ich diese Sache über die Bühne bringen, ohne daß es eine Szene gab. »Wieviel liegt dir wirklich an diesem Urlaub mit den Kindern?«

Das war der falsche Knopf. Sie lief rot an. »Das sieht dir ähnlich! Du mit deiner beschissenen Überheblichkeit! Mir liegt viel daran, verstehst du. Du hast sie mir total entfremdet, und ich will eine Chance, ihnen wieder näherzukommen.«

»Das stimmt nicht. Ich hab' sie dir nicht entfremdet. Wenn es passiert ist, dann ohne mein Zutun.«

»O ja. Jetzt kommt wieder die Nummer von der Rabenmutter. Ich bin gegangen und hab' mich nicht um sie gekümmert, und dann hab' ich auch noch die Unverfrorenheit besessen, in Kalifornien zu sein, als du im Knast warst. Wirklich, wie rücksichtslos von mir. Davon, daß ich fliehen mußte, daß es für mich praktisch ums nackte Überleben ging, wird nicht geredet.«

»Hör doch auf. Wen soll das heute noch interessieren? Jedesmal kommst du mit denselben Schoten. Vermutlich, weil du dir selber Vorwürfe machst, daß du sie damals einfach hast hängenlassen ohne ein Wort. Wenn es so ist, sieh zu, wie du damit klarkommst, aber laß mich damit zufrieden.«

Sie sah mich mit halbgeschlossenen Augen an, beinah haßerfüllt. »Was bist du doch für eine erbärmliche Kreatur, Mark. Wenn du nur ein einziges Mal den Mut hättest, über dich selber nachzudenken, wüßtest du, was ich meine. Aber dazu bist du viel zu feige. Und darum trinkst du.«

Ihre Worte trafen mich weniger als die Erkenntnis, daß wir uns wirklich ganz und gar fremd geworden waren. Alles, was von mir in ihrem Kopf übriggeblieben war, war ein Klischee. Aber bitte, wenn sie es so haben wollte, war es ihr von Herzen gegönnt. Ich konnte ihr nur wünschen, daß sie niemals durch ein solches Fegefeuer der Selbsterkenntnis gehen mußte wie ich.

Ich stellte die Bierflasche auf den Tisch. »Es ist nicht so schlimm mit mir, wie du glaubst, weißt du. Jedenfalls bin ich noch nicht so weit, daß ich Brennspiritus oder pißwarmes Altbier trinke.«

Sie zog eine verächtliche Grimasse. »Sag, wozu du gekommen bist.«

»Um dich zu bitten, es nicht zu tun.«

»Du bist so diplomatisch im Vortragen deiner Bitten wie eh und je.«

»Ja.«

»Warum nicht? Es sind meine Kinder so wie deine, und ich habe das Sorgerecht genau wie du.«

»Stimmt. Nur aus diesen beiden Gründen bin ich hier, um dich zu bitten.«

»Spar dir die Mühe.«

»Aber was ist mit ihren eigenen Wünschen? Sie haben schon Pläne für die Ferien gemacht.«

Sie hob kurz die Schultern. »Das Leben steckt voller Frustrationen. Sie können noch nicht übersehen, was gut für sie ist und was nicht.«

Ich rang eisern um Beherrschung. Aber es war hart, denn sie hatte so ganz offensichtlich keine Ahnung, wovon sie redete. Ich lehnte mich in ihrem dick gepolsterten Terrassenstuhl zurück und zündete mir eine Zigarette an. »Und wie kommst du auf den Gedanken, du seiest gerade jetzt gut für sie?«

»Weil ich jetzt soweit bin, daß ich mich ihnen widmen kann, ohne meine Gefühle für sie mit denen für dich durcheinanderzubringen.« Sie sah einen Augenblick auf ihre erdverschmierten Hände. »Sie bedeuten mir viel.«

»Ja, ich weiß.« Daran hatte ich nie gezweifelt. Dafür kannte ich sie zu gut. Das Problem war, daß Daniel und Anna sie längst nicht so gut kannten wie ich und es daher für sie viel schwieriger war, sie einzuschätzen.

»Es wäre besser gewesen, du hättest vorher mit mir darüber geredet, weißt du.«

Sie sah wieder auf. Und wenn ich eben geglaubt hatte, ein erstes Anzeichen von Einsicht in ihrer Stimme zu hören, dann hatte ich mich entweder geirrt, oder sie hatte sich blitzschnell anders besonnen. »Ich wüßte wirklich nicht, warum ich mit dir über diese Sache hätte reden sollen. Es geht dich nichts an.«

»Doch, Ilona. Es geht mich was an. Alles, was du dir Segensreiches für sie ausdenkst, ist von größtem Interesse für mich.«

Sie stützte die Hände auf die Armlehnen und beugte sich vor. »Hör mal, wenn du glaubst, du kannst sie gegen mich beeinflussen und verhindern, daß ich sie mit in Urlaub nehme, dann hole ich sie für das nächste halbe Jahr zu mir. Du könntest nicht das geringste dagegen tun. Wenn's sein muß, beschaff' ich mir eine richterliche Verfügung.«

Ich stand auf. »Ich bin gespannt, was dein Tennis-As dazu sagt. Er ist sicher ganz scharf auf ein Familienleben mit einem pubertierenden Fünfzehnjährigen und einer achtjährigen Kratzbürste.«

»Er wird sich mir zuliebe große Mühe geben. Er hat Charakter, Mark.« Sie winkte ab. »Davon verstehst du nichts.«

Ach, so war das also. In Wirklichkeit ging es um viel mehr als um ihren Karibik-Trip. Das hier war eine Kampagne, von langer Hand geplant. »Und damit sein guter Wille nicht überstrapaziert wird, wolltest du Daniel ködern, sich die Haare abzuschneiden, ja? Und bei der Gelegenheit gleich mal feststellen, wieviel Macht du über ihn hast. Ob du ihn nicht so zurechtbiegen kannst, daß ihr ihn mit in den Tennisclub nehmen könnt, ohne daß er euch das Image ruiniert.« Ich konnte mir ein gehässiges Grinsen nicht verkneifen. »Ich sag' dir, du wirst alle Hände voll zu tun haben.«

Sie schoß aus ihrem Sessel hoch. »Hau ab, Mark! Verschwinde! Und laß dich hier nicht mehr blicken, ohne vorher anzurufen! Oder noch besser, wenn du was willst, schreib meinem Anwalt.«

Ursprünglich hatte ich vorgehabt, von ihr aus zu Hasan Rashids Büro zu fahren. Ich hatte morgens dort angerufen, aber nur seinen Anrufbeantworter erreicht. Eine angenehme Stimme hatte mich aufgefordert, Namen und Nummer zu hinterlassen. Statt dessen hatte ich vage angekündigt, im Laufe des Tages vorbeizukommen. Jetzt hatte ich keine Lust mehr. Jetzt stand mir der Sinn eher danach, das zu tun, was ich schon seit Ewigkeiten nicht mehr gemacht hatte: Ich spürte ein dringendes Bedürfnis, mich vollaufen zu lassen, dann bei Dämmerung vielleicht irgendwo ein bißchen zu randalieren und die schwüle Nacht mit einer Flasche am Rhein zu verbringen. Aber ich widerstand. Nicht, weil irgendein Ereignis in der Vergangenheit mich so geläutert hätte, daß ich zu so was nicht mehr imstande gewesen wäre. Aber ich wollte einfach nicht am nächsten Morgen mit der Erkenntnis aufwachen, daß *sie* mich dazu verleitet hatte.

Hasan Rashids Büro lag im zweiten Stock eines vierstöckigen Nachkriegskastens, der dringend einen neuen Anstrich brauchte. Direkt vor der Tür fand ich einen Parkplatz. Das mußte einfach ein gutes Omen sein. Tariks Beschreibung hatte mich hoffnungsvoll gestimmt. Sympathische Gauner waren absolut nach meinem Geschmack. Wer weiß, dachte ich, vielleicht gelingt es mir ja, ihm ein paar Fakten über den Brand im Lagerhaus zu entlocken. Ganz inoffiziell, versteht sich. Und wenn ich wirklich Glück habe, kommen wir möglicherweise ins Geschäft.

Der Hausflur war von einem stechenden Geruch erfüllt, den die chemische Reinigung im Erdgeschoß verursachte. Er setzte sich beißend in den Atemwegen fest. Ich verzichtete kurzerhand auf den Aufzug und sah zu, daß ich die Treppe hinaufkam. Der zweite Stock war noch schäbiger als das Erdgeschoß. Keine Messingschilder an den Wänden, die einen darüber aufklärten, wer wo zu finden war. Nur zwei speckige Etagentüren mit billigem Furnier. Neben einer hing ein vergilbtes, handgeschriebenes Klingelschild. *Karl-Heinz Müller. Detektei.* Ich klingelte gegenüber, wartete ein paar Sekunden und klingelte noch mal.

Ich sah auf die Uhr. Viertel vor drei. Hasan Rashid war entweder noch in der Mittagspause oder zu Hause in Katar oder badete in Erwartung seiner Versicherungsmillionen in Champagner. Im Büro war er jedenfalls nicht. Ich zauderte einen Moment. Ich hatte keine rechte Lust, einfach so wieder abzuziehen. Der Zorn auf Ilona saß mir noch in den Gliedern, und wenn ich mir schon die große Dummheit versagte, zu der es mich trieb, durfte ich dann nicht wenigstens eine kleine begehen? Ich zog meinen Schlüsselbund hervor. Schlechte Gewohnheiten sind bekanntlich zäh und langlebig. Meine umfangreiche Dietrichsammlung, die mir in längst vergangenen Ermittlertagen überall Tür und Tor geöffnet hatte, schleppte ich immer noch mit mir herum. Ich fischte den mit der richtigen Größe heraus und versuchte mein Glück. Es ging reibungslos. Mit einem kurzen Blick auf die verschlossene Tür der Detektei Müller betrat ich ungebeten Hasan Rashids Geschäftsräume.

Lamellenrollos sperrten die Sonne aus, im Büro herrschte Halbdunkel. Die Luft war abgestanden und aufgeheizt. Das Vorzimmer wirkte nicht so, als sei die Sekretärin zu Mittag, sondern eher, als habe sie vor zwei Jahren gekündigt. Der Computer war mit einer milchigen Plastikplane bedeckt, auf dem Schreibtisch lag Staub. Ein Blick in die unverschlossenen Schreibtischschubladen enthüllte nichts Aufregenderes als Briefbögen, Umschläge und Büroklammern. Eine Verbindungstür führte in den Nebenraum. Sie war angelehnt. Ich stieß sie auf und trat ein. Hier war es heller, die Rollos waren halb geöffnet. Der Straßenlärm drang nur gedämpft durch die Thermopanescheiben. Wesentlich lauter klang das Summen einer Fliege. Es war aufdringlich, beinah bedrohlich. Ich ging auf den Schreibtisch zu, obwohl ich nicht wollte. Es war nicht so sehr die Fliege, die mich vorwarnte. Es war der Geruch.

Seine Füße sah ich zuerst. Sie steckten in makellos polierten, schwarzen Schuhen, schätzungsweise Größe zweiundvierzig. Beinah hätte man meinen können, der Mann in den schwarzen Schuhen habe sich hinter seinem Schreibtisch auf den Boden gelegt, um ein Nickerchen zu halten. So was gibt's ja. Aber ich glaubte das keine Sekunde.

Zögernd umrundete ich den Schreibtisch, damit ich ihn ganz sehen konnte. Er hatte eine untersetzte, fast gedrungene Statur. Trotz der Hitze trug er einen dreiteiligen Anzug. Einen ziemlich teuren Anzug. Seine Haare und sein Schnurrbart waren pechschwarz, er war eher Anfang als Ende Dreißig. Seine dunklen Augen sahen mich direkt an. Sie waren unnatürlich geweitet, wie vor Angst aufgerissen. Auf dem linken krabbelte die Fliege. Auf seiner glatten Stirn war ein kleines, rotgerändertes Loch. Ich hatte nicht das geringste Interesse, seinen Hinterkopf anzusehen. Der Kopf lag in einer halbgeronnenen Blutlache, in der kleine, rosagraue Bröckchen schwammen. Eine zweite Fliege erschien und wählte eines der Bröckchen als Landeplatz. Eine richtig dicke, widerwärtige Fliege. Ganz plötzlich hob sich mein Magen. Ich kniff die Augen zu, stürzte zum Fenster und riß es auf. Dicke, aufgeheizte Abgase strömten herein. Mir kamen sie vor wie eine Meeresbrise. Ich blieb mit geschlossenen Augen am offenen Fenster stehen, atmete und dachte, daß ich gar nicht schnell genug von hier verschwinden konnte.

»Hände über den Kopf! Rüber an die Wand. Vorwärts. Sie sind festgenommen.«

Ehe ich mich rühren konnte, packte eine kräftige, dunkel behaarte Hand meinen Ellenbogen, riß mich vom offenen Fenster weg und schleuderte mich gegen die Wand hinter dem Schreibtisch. Es war ein Streifenpolizist, der mir kaum älter als Daniel zu sein schien. Er war sehr nervös, sein Mund wirkte verkniffen, und in seiner linken Wange zuckte ein Muskel.

»Komm schon, los«, herrschte er mich an. Aus dem Augenwinkel sah ich seinen Kollegen, der mit gezückter Waffe in der Tür stand und den Raum sicherte. Als er feststellte, daß es sich hier offenbar um einen Einzeltäter handelte, kam er näher, blieb vor dem Schreibtisch stehen und sah mit leicht geöffneten Lippen auf den Mann am Boden.

Ich legte die Hände gegen die Wand mit der nikotingelben Rauhfaser. Dieses Büro ist auch ohne Leiche ein ziemlich trostloses Loch, fuhr es mir durch den Kopf, während die großen, behaarten Hände mich routiniert abtasteten, zweifellos auf der Suche nach der Tatwaffe.

Direkt vor meiner Nase hing ein Kalender. Ich starrte darauf, damit ich nicht darüber nachdenken mußte, wie die nächsten Stunden aussehen würden. Das Juliblatt zeigte eine grüne Wiese voller Blumen, auf der eine kräftige Fuchsstute mit einem sandfarbenen Fohlen stand. Ein roter Plastikpfeil, der dazu gedacht war, das aktuelle Datum anzuzeigen, stand noch auf dem siebten. Das war der vergangene Samstag gewesen. Der Tag, an dem der Versicherungsschutz für Rashids Farbenlager begonnen hatte. Was immer er mit seinen Versicherungsmillionen vorgehabt hatte, er würde es wohl nicht mehr tun können. Er tat mir leid. Auch wenn er Sarah in ziemliche Schwierigkeiten gebracht hatte, das hier hatte er sicher nicht verdient. Und ich tat mir ebenfalls leid. Denn was mir bevorstand, hatte ich auch nicht verdient. Niemand würde mir glauben, daß ich mit der Sache nichts zu tun hatte. Absolut niemand.

Die Untersuchung meiner Person ergab nichts weiter als einen Schlüsselbund, ein paar kleine Scheine und lose Münzen, Zigaretten und Feuerzeug. Er stopfte alles zurück in meine Taschen, nahm mein linkes Handgelenk und zog mit der Rechten seine Handschellen hinten aus dem Gürtel. Erst als ich sicher verschnürt war, entspannte er sich ein bißchen.

»Haben Sie keine Papiere?«

»Meine Brieftasche liegt unten im Wagen.«

Er schüttelte mißbilligend den Kopf. »Leichtsinnig.«

Ich wandte den Kopf ab, aber er sah mein Grinsen trotzdem. Und es gefiel ihm ganz und gar nicht, daß ich ihn belächelte. Er packte mich mit einer seiner Pranken am Oberarm, die andere klammerte sich um meine Schulter. »Los, beweg dich. Gehen wir.«

Ohne ein weiteres Wort verließen wir Rashids Büro. Es hatte ja überhaupt keinen Sinn, ihnen zu beteuern, daß ich keineswegs kaltblütig genug war, um erst einen Mord zu begehen und mich anschließend ans Fenster zu stellen, um die unspektakuläre Aussicht über den Wehrhahn zu genießen. Sie machten ihren Job, weiter nichts. Aber ich hätte zu gerne gewußt, was sie herbeigelockt hatte.

Wir gingen die Treppen hinunter zum Ausgang. Ihr Streifenwagen parkte direkt vor der Tür, halb auf dem Bürgersteig, halb auf der Straße. Die Angestellte der chemischen Reinigung stand mit offenem Mund in der Tür. Ihr fielen fast die Augen aus dem Kopf. Ich war die Sensation, die aus ihrem eintönigen Arbeitstag ein erinnerungswürdiges Ereignis machte. Das nervte mich irgendwie. Ich warf ihr einen kurzen, bitterbösen Blick zu, und sie flüchtete hurtig in ihren Laden zurück.

»Welcher ist Ihr Wagen?« fragte mein uniformierter Schatten.

Ich wies auf meinen verschrammten Pick-up, zwangsläufig mit beiden Händen. Es ist ein widerliches Gefühl, in Handschellen auf der Straße zu stehen. Alle starren einen an, man fühlt sich schutzlos und preisgegeben. Es ist, als sei man nackt.

Der zweite Polizist zog den Schlüsselbund aus meiner Hosentasche, spurtete zu meinem Wagen rüber und kam in Windeseile mit meiner Brieftasche zurück. Ich war fast erleichtert, als wir endlich in den Streifenwagen stiegen und losbrausten. Sie erwiesen mir die Ehre, die Sirene einzuschalten.

Der ermittelnde Beamte der Mordkommission und ich hätten auch unter glücklicheren Umständen niemals Freunde werden können. Hauptkommissar Tellmann war Anfang Vierzig, hatte einen blonden Bürstenhaarschnitt und eisig blaue Augen, die vermutlich aufgrund seiner dicken Brille winzig klein wirkten. Er trug einen tadellosen, cremefarbenen Anzug mit einer Asterix-und-Obelix-Seidenkrawatte, und er hatte eine jungenhafte, tolpatschige Art, sich zu bewegen, die einen leicht in die Irre führen konnte. Tatsächlich war er ein blasierter, selbstgerechter Drecksack. Auf seinem Schreibtisch stand ein silberner Bilderrahmen. Das Foto zeigte eine hübsche, etwas pummelige Frau Marke fügsam und zwei kleine Jungs Marke wohlgeraten.

»Also fangen wir noch mal ganz von vorne an, Herr Malecki.«

»Einverstanden. Aber erst will ich telefonieren.«

»Woher kannten Sie Hasan Rashid?«

»Sind Sie taub?«

»Hatten Sie geschäftlich mit ihm zu tun?«

Ich hatte Hunger. Mir war heiß. Es war Viertel nach vier, und wenn er mich nicht bald telefonieren ließ, würde heute niemand mehr irgendwas für mich tun können. Andererseits konnte ich es mir absolut nicht erlauben, hier die Nerven zu verlieren. Warum, *warum* war ich nicht meiner Eingebung gefolgt und von Ilona aus zu Tarik gefahren? Ich wäre morgen früh mit einem lausigen Kater aufgewacht, aber doch wenigstens als freier Mann.

»Hören Sie, borgen Sie mir Ihr Telefon, und danach können Sie mich fragen, was Sie wollen. Ich kannte Rashid überhaupt nicht, also hab' ich ihn auch nicht erschossen, und das werden Sie mir auch nicht anhängen, aber Sie können's gern probieren. Wenn ich telefoniert habe.«

»Ich würde an Ihrer Stelle den Mund nicht so vollnehmen. Ich habe es überhaupt nicht nötig, Ihnen irgend etwas anzuhängen. Sie wurden bei der Leiche angetroffen, und Sie sind wegen versuchten Totschlags vorbestraft. Ich denke, dieser Fall wird mir eher wenig Kopfzerbrechen bereiten.«

Ich verkniff mir, ihn darauf hinzuweisen, daß sie mich zwar bei der Leiche angetroffen hatten, aber weit und breit keine Tatwaffe finden konnten und ich keineswegs wegen versuchten Totschlags, sondern ›nur‹ wegen schwerer Körperverletzung vorbestraft war. Ich sagte überhaupt nichts. So leicht wollte ich ihm nicht auf den Leim gehen. Er sah mich wachsam an, und als er feststellte, daß die erhoffte Reaktion ausblieb, schob er mir seufzend sein Telefon hin. Ich versuchte, nicht zu zeigen, wie erleichtert ich war.

Ich hatte die Nummer im Kopf. Nach dem dritten Läuten wurde abgehoben.

»Hallo?!«

O nein. Bitte nicht. Das war wirklich nicht mein Tag heute.

Warum mußte von den rund hundertfünfzig Mitarbeitern der Secura-Versicherung, Niederlassung Düsseldorf, ausgerechnet der Mann meinen Anruf entgegennehmen, der mich nach eigenen Angaben für einen ›versoffenen, selbstmitleidigen Jammerlappen, der alles verdient, was er bekommt‹ hielt? Mein Exchef, könnte man wohl sagen, der weise Dr. Ferwerda in höchst eigener Stimmgewalt.

»Hallo?! Wer ist denn da?«

Ich räusperte mich. »Malecki.«

Er schnaufte mir überrascht ins Ohr. Offenbar fiel ihm auf die schnelle nichts zu sagen ein.

»Ist Sarah nicht da?«

»Nein.« Sehr kühl.

»Legen Sie nicht auf!« Mehr als die eine Chance würde ich nicht kriegen. Und wenn er darauf bestand, daß ich vor ihm zu Kreuze kroch, dann würde mir nichts anderes übrigbleiben. So was erschütterte mich heute nicht mehr so wie früher. Vielleicht wurde ich mit den Jahren ja doch ein bißchen abgeklärter.

Er holte tief Luft. »Frau Goldstein ist zu einem Ortstermin im Neusser Hafen. Ich bin zwar nicht Ihr Auftragsdienst, Malecki, aber ich will ihr gern ausrichten, daß Sie angerufen haben.«

»Hören Sie zu. Hasan Rashid ist erschossen worden. Die Notrufzentrale der Polizei erhielt einen anonymen Anruf, und als die Beamten zu seinem Büro kamen, war ich dort.«

»Er ist... erschossen worden?«

»Wollen Sie's noch mal langsam zum Mitschreiben?«

»Ersparen Sie mir Ihre Impertinenz!«

Ich kniff die Augen zu. In all den Jahren, die ich für ihn gearbeitet hatte, hatte er es nie aufgegeben, meine Manieren zu kritisieren. Aber ich hätte irgendwie gedacht, daß er sich das nach zwei Jahren Funkstille abgewöhnt hatte.

»Sind Sie verhaftet worden, Malecki?« Ein Hauch von Schadenfreude?

»Ja.«

»Wie hieß doch gleich wieder Ihr Anwalt?«

Ich dachte scharf nach. Ich hatte mir den Namen auch nie merken können. Aber dieses eine Mal ließ mein Gedächtnis mich nicht im Stich. »Frieser.«

»Wo sind Sie?«

»Im Präsidium.«

»Gut. Ich ruf' ihn sofort an. Sonst noch was?«

»Jemand muß sich um meine Kinder kümmern.«

»Soll ich Ihre Frau benachrichtigen?«

Gott bewahre. »Nein. Geben Sie Sarah Bescheid. Wenn sie nicht kann, soll sie Tarik anrufen.«

»In Ordnung.«

»Danke.«

»Malecki, was zum Teufel…«

Ich legte auf. Das wollte ich jetzt wirklich nicht hören.

Hauptkommissar Tellmann schlug die Beine übereinander und machte es sich in seinem Bürostuhl gemütlich. »Herr Frieser ist Ihr Verteidiger?«

»Bin ich schon angeklagt?«

»Das muß bis morgen warten.«

»Sie glauben, sich einen guten Anwalt zu nehmen, kommt einem Geständnis gleich?«

Er hob langsam die knochigen Schultern. »In gewissen Fällen …«

»Keine sehr rechtsstaatliche Auffassung.«

Er lächelte dünn, steckte den kleinen Finger in sein Ohr und bohrte darin herum. »Also. Woher kannten Sie Hasan Rashid?«

»Ich kannte ihn nicht.«

»Woher wollen Sie dann wissen, daß es sich bei dem Toten um Rashid handelt?«

»Weil es sein Büro war. Und er sah so aus, wie ich ihn mir vorgestellt hatte. War er's nicht?«

»Wollen Sie mich auf den Arm nehmen?«

»Bestimmt nicht. Also, war er's?«

»Sind Sie sich plötzlich nicht mehr sicher, daß Sie den Richtigen erwischt haben?«

»Ich hab' ihn nicht erschossen.«

»Wie sind Sie in sein Büro gekommen?«

Ich hätte ihm liebend gern gesagt, die Tür sei nur angelehnt gewesen. Aber sie hatten meinen Schlüsselbund. »Mit einem Dietrich.«

»Sie haben sich also widerrechtlich Zutritt verschafft.«

»Stimmt.«

»Um was zu tun?«

»Ich wollte ihn sprechen. Aber er machte nicht auf. Ich dachte, er sei nicht da. Also wollte ich nachsehen, ob ich in seinem Büro Hinweise auf einen Versicherungsbetrug finde.«

»Und? Haben Sie?«

»Mir blieb keine Zeit. Ich war höchstens drei Minuten dort, als Ihre Leute kamen. Und damit bröselt Ihre wunderbare Theorie auseinander. Er war wenigstens seit zwei Stunden tot, als ich hinkam.«

»Wie wollen Sie das wissen?«

»Das Blut war geronnen.«

»Damit kennen Sie sich aus, ja?«

»Ich sehe gelegentlich fern.«

»Und wo waren Sie heute vormittag und heute mittag?«

Ich beschrieb ihm zum dritten Mal meinen Tagesablauf.

Er lächelte säuerlich. »Also ein Alibi durch ihren Sohn, eines durch Ihre Frau. Mager.«

»Sie ist meine Exfrau. Und wenn Sie mit ihr reden, werden Sie feststellen, daß es ihr im Traum nicht einfallen würde, für mich zu lügen.«

Er warf mir einen Blick zu, der besagte, daß meine bedauernswerte Exfrau sein ungeteiltes Mitgefühl genoß.

»Kommen wir noch mal auf Ihren Einbruch in Rashids Büro zurück …«

Um fünf knurrte mein Magen, und wir waren immer noch keinen Schritt weiter. Um sechs zündete ich mir trotz seines ausdrücklichen Verbots eine Zigarette an, und als er sie mir abknöpfen wollte, kam es zu Tätlichkeiten. So endete dieser unerfreuliche Nachmittag für ihn mit einer aufgeplatzten Lippe, für mich mit einer Anzeige, und ich wurde ohne Essen ins Bett geschickt.

Es war genauso grauenvoll wie damals. Ich hockte auf dem Fußboden, die Schultern gegen die kalten Kacheln der Wand gepreßt, unfähig, mich zu rühren, und fürchtete mich. Es gibt Sachen, an die kann man sich nicht gewöhnen, und sie werden mit der Zeit eher schlimmer als besser. Eingesperrt zu sein steht in meiner persönlichen Skala ganz oben auf der Liste. Es ist so entsetzlich für mich, daß ich mich immer frage, wie ich es ausgehalten habe, wenn es vorbei ist.

Ich versuchte, mich abzulenken, an irgendwas Schönes oder wenigstens Konstruktives zu denken, um die Zeit bis zum Morgen zu überbrücken. Aber es wollte einfach nicht gelingen. Mir fielen nur schauderhafte Sachen ein, und eine geraume Zeit betrachtete ich in meiner geistigen Bildergalerie all die Dinge, die ich im Verlauf der letzten Jahre verloren hatte, und das führte unweigerlich zu der bohrenden Frage, ob Sarah Goldstein nicht auch bald dazugehören würde. Ich war tatsächlich ein selbstmitleidiger, wenn auch stocknüchterner Jammerlappen, und es wurde eine sehr, sehr lange Nacht.

4. Kapitel

Mein Anwalt kam erst am nächsten Morgen. Abends und nachts arbeite er nur für Leute, die erstens ihre Rechnungen pünktlich bezahlten und zweitens noch einen Tausender in bar drauflegten, erklärte er unverblümt, denn Anwälte seien entgegen weitverbreiteter, anderslautender Irrlehren keine edlen Rächer der Geknechteten, sondern Geschäftsleute, die ihr Knowhow an zahlende Kunden verkauften, und zu denen zähle ich in der Regel eindeutig nicht. Ich hätte ihn erwürgen können, aber er besänftigte mich ziemlich schnell, als er Tellmanns Indizienkette vor dem Haftrichter Glied für Glied zerrupfte. Er stellte klar, daß sie überhaupt nichts gegen mich in der Hand hatten außer meiner Vorstrafe, und erinnerte sie daran, daß hier immer noch gelte, daß man für jedes Verbrechen nur einmal angeklagt werden kann. Ich durfte gehen. Vorläufig. Beim Abschied gab Tellmann mir zu verstehen, daß er nicht rasten und nicht ruhen würde, bis er eine Anklage gegen mich zusammengeschustert hatte.

»Scheint, Sie haben sich hier keine Freunde gemacht«, bemerkte Frieser grinsend, als wir zu seinem Wagen gingen.

»Ich such' mir meine Freunde immer mit größter Sorgfalt aus.«

»Soll ich Sie zu Ihrem Wagen bringen?«

»Danke.«

Unterwegs erzählte er mir, daß Rashid vermutlich mit einer Achtunddreißiger erschossen worden war, daß die Staatsanwaltschaft heute morgen seine Akten sichergestellt hatte und ihm keine Träne nachweinen würde. Sie hatten ihn schon lange ins Visier genommen.

»Warum?«

Er hob langsam die Schultern. »Dubiose Geschäfte.«

»Womit?«

»Keine Ahnung. Jedenfalls glaube ich nicht, daß Sie sich wegen der Sache irgendwelche Sorgen machen müssen. Er verkehrte in mafiösen Kreisen, und Tellmann wird nichts anderes übrigbleiben, als seinen Täter da zu suchen oder, was wahrscheinlicher ist, den Fall früher oder später zu den Akten zu legen.«

»Was heißt ›mafiöse Kreise‹?«

Er sah mich kurz von der Seite an, ehe er seinen Blick wieder auf die Straßenbahn vor uns heftete. »Das wissen Sie vermutlich besser als ich.«

»Und was soll das wieder bedeuten?«

»Jemand erzählte mir, Sie seien einmal der Schrecken aller Geldwäscher gewesen.«

»Dann hat jemand gewaltig übertrieben. Da vorn, an der Reinigung. Da ist es.«

Er fuhr auf den kleinen Parkplatz vor Rashids Haus und hielt neben meinem Wagen.

»Ich ruf' Sie an«, versprach er.

Ich stieg aus und streckte mich in der warmen Morgensonne. »Vielen Dank.«

Er winkte grinsend ab. »Zahlen Sie zur Abwechslung mal meine Rechnung.«

»Ich könnte Ihnen Ihr Motorrad reparieren.«

»Ich hab' keins.«

»Schade.«

Er fuhr lachend davon.

Sie bereiteten mir einen höchst merkwürdigen Empfang. Als sei ich wenigstens zwanzig Jahre verschollen gewesen und hätte in all der Zeit nicht mal 'ne Postkarte geschrieben. Sarah und Daniel saßen jeder mit einem Kaffeebecher in der Hand auf der Steinbank unter den Kirschbäumen. Anna hockte in der Nähe auf der Schaukel, und als sie mich kommen sah, vergaß sie vorübergehend, daß sie derzeit nicht gut auf mich zu sprechen war. Sie sprang herunter, kam angerannt und schlang ihre Arme um meine Hüften, ohne einen Ton zu sagen.

Ich fuhr ihr über den frischgemähten Stoppelkopf. »Hey, es ist alles in Ordnung. Ich bin wieder da, okay?«

Sie nickte mit gesenktem Kopf und ließ mich los.

»Und wie lange bleibst du uns erhalten?« erkundigte Daniel sich.

»Voraussichtlich dauerhaft. Es war nur ein Mißverständnis.«

»Ja, wenn es darum geht, Verwirrung zu stiften, kann dir keiner das Wasser reichen«, versetzte Sarah bissig. »Wir hatten ausgemacht, daß wir zusammen hinfahren, richtig? Dann wäre das alles nicht passiert.«

Da hatte sie vollkommen recht. Ich aß eine Kirsche. Es war ein Fehler. Ich hatte seit mehr als vierundzwanzig Stunden nichts gegessen, und mein Magen hatte es aufgegeben, Krawall zu schlagen. Jetzt meldete er sich mit allem Nachdruck wieder.

»Ich geh' duschen.«

Auf dem Weg nach oben warf ich einen Blick in den Kühlschrank, verschlang eine Scheibe Brot und eine Tomate und nahm eine Flasche Bier mit ins Bad. Dort ließ ich mich eine geraume Zeit berieseln. Schließlich lehnte ich den Kopf gegen die Kacheln, um dem Wasserstrahl zu entgehen, angelte nach meiner Flasche und blieb so lange unter der Dusche, wie es dauert, eine Flasche Bier zu trinken, ohne Hast und ohne zu trödeln. Ich fühlte mich mehr innerlich als körperlich besudelt, und die Dusche war mehr Trost als Säuberung. So oder so, als ich mich zum Trocknen ans Fenster stellte, fühlte ich mich um Klassen besser. Ich sah nach draußen. Im Garten war niemand mehr.

Ich ging rüber ins Schlafzimmer und zog mir ein paar Klamotten an. Sarah kam rein, als ich gerade fertig war. Ich überlegte, ob sie auf der Treppe gelauert und so lange gewartet hatte, bis sie sicher sein konnte, daß ich angezogen war. Aber eigentlich konnte sie nicht sicher sein. Nicht gerade selten legte ich mich nach dem Duschen noch mal aufs Bett und döste ein Ründchen, ehe ich den Tag ernstlich in Angriff nahm. Und sie kannte meine Gewohnheiten ziemlich gut. Trotzdem schneite sie ohne das leiseste Zögern herein, mit ihrem typischen Mangel an Respekt vor verschlossenen Türen.

Sie ließ mich nicht aus den Augen, setzte sich aufs Bett und schlug einen Fuß unter. »Es tut mir leid.« Sie schüttelte den Kopf, ein bißchen ratlos. »Wirklich. Ich weiß, wie schrecklich es für dich gewesen sein muß und …«

»Hey.« Ich setzte mich neben sie. Der Magnolienduft ihres Parfums war in der Hitze intensiver als gewöhnlich, er benebelte mir die Sinne. »Es war nicht deine Schuld.«

»Nein. Trotzdem.«

Sie trug die Haare offen, und sie verdeckten ihr Gesicht. Ich hob die Hand, strich sie zur Seite und betrachtete ihr Profil. Sie senkte den Kopf ein bißchen, fast verlegen, aber sie rührte sich nicht, als ich meine Lippen in die kleine Mulde oberhalb ihres Schlüsselbeins drückte. Sie trug nur einen Fetzen von einem T-Shirt, ich hatte praktisch freie Bahn. Sie krallte ihre Finger in die Haare in meinem Nacken und zerrte sanft. Ich ergab mich diesem Gefühl mit geschlossenen Augen, nahm ihr Ohrläppchen zwischen die Zähne und fragte mich, ob das T-Shirt brandneu war oder ob ich es riskieren konnte, es mit einem plötzlichen Ruck zu zerreißen.

Sie wußte mal wieder genau, was ich im Schilde führte, und schob meine Hand mit einem leisen Lachen von ihrer Brust. »Anna und Daniel machen dir ein gigantisches Frühstück. Du solltest sie nicht warten lassen.«

»Wir könnten notfalls fertig sein, ehe der Kaffee durchgelaufen ist, wenn wir es wirklich hemmungslos angehen.«

Sie hob den Kopf und neigte ihn dabei zur Seite, es war nur die Andeutung eines Kopfschüttelns. Dann zündete sie sich eine Zigarette an, um eindeutig klarzustellen, daß der Moment vorbei war.

Ich verkniff mir ein Seufzen, ließ mich zurückfallen und stützte mich auf die Ellenbogen auf.

»Du hast ihn gesehen?« fragte sie nach einer Weile.

»Ja.«

»Und?«

»Nur ein Schuß, mitten in die Stirn. Sein Mörder muß ihn niedergeschlagen haben, ehe er abdrückte, denn nur unter seinem Kopf am Boden war Blut. Aber er war bei Bewußtsein, als er starb. Und er wußte, daß er sterben würde.«

»Wieso glaubst du das?«

»Weil er das blanke Entsetzen in den Augen hatte.« Es war eine unverkennbare Art von Entsetzen. Und wer es mal gespürt hat, erkennt es auch in den Augen eines Fremden wieder. Es hat etwas Unverwechselbares.

»Und du bist nicht mehr dazu gekommen, dich umzusehen?«

»Nein. Alles, was ich mit Sicherheit sagen kann, ist, daß er Geschäfte mit einer Firma RECON in Kaarst gemacht hat.«

»Und woher weißt du das?«

»Ein Kalender von ihnen hing an der Wand. Ein Werbegeschenk.«

»Und weißt du, was die Firma RECON so treibt?«

»Ich denke, ich werde morgen früh hinfahren und es rausfinden.«

Sie wandte mir das Gesicht wieder ganz zu, lächelte schwach und schüttelte den Kopf. »Nein, Mark. Es ist lieb von dir, daß du mir helfen willst, aber ich werde mich selbst darum kümmern. Es war von Anfang an ein Fehler, daß ich dich da reingezogen habe.«

»Sag mal, was soll das? Hat Ferwerda dir Vorwürfe gemacht?«

»Er hat keinen Ton gesagt. Höchstens mißfällig geguckt. Aber es hat nichts mit ihm zu tun. Ich will nicht, daß du noch weiter in die Sache verwickelt wirst. Ich meine, du hast dich entschieden, diesen Job nicht zu machen, und du hattest verdammt gute Gründe. Es ist nicht fair, wenn ich dich dazu verleite, gegen deine Überzeugung zu handeln. Ganz sicher nicht, wenn so was wie die letzte Nacht dabei herauskommt. Es ist nicht dein Problem, also warum sollst du den Kopf dafür hinhalten?«

Mir ging ein Licht auf. »Verstehe.«

Sie runzelte die Stirn. »Jetzt komm mir bloß nicht mit dieser tragischen Miene. Es ist doch nur so, ich will nicht, daß ...«

Sie kam ins Stocken, aber ich wußte, worauf sie hinauswollte. »Du willst mir nicht verpflichtet sein oder irgendwas in der Richtung.«

»Und was soll das wieder heißen?«

»Das konntest du noch nie leiden. Es ist dir irgendwie unangenehm. Und außerdem hast du ja Bodo, stimmt's nicht? Er ist jetzt dein Partner, zusammen werdet ihr die Nuß schon knacken.«

Sie stöhnte genervt, stand auf und lehnte sich mit verschränkten Armen an die Wand neben der Tür. »Schlaf ein paar Stunden, Mark. Glaub mir, du hast es nötig.«

»Es wird Zeit, daß du mir sagst, wie es aussieht.«

Sie verdrehte die Augen. »Ich will nur, daß du die Finger von der Sache läßt. Und das hat rein berufliche Gründe.«

»Oh, sicher.«

»Hör mal, wir haben abgemacht, wir fahren zusammen zu Rashid. Du hast dich nicht daran gehalten. Du mußtest es wieder auf deine Tour machen. Du hast dich nicht geändert, du machst dir nach wie vor deine Regeln selbst, und alles andere kümmert dich einen Scheißdreck! Bitte, tu, was dir Spaß macht, aber nicht in meinem Revier. Hier geht es um *meinen* Job, und ich werde diese Angelegenheit auf *meine* Weise regeln. Ist das klar?«

»Absolut. Sag mal, schläfst du mit ihm?«

Einen Moment dachte ich, sie würde die Hand gegen mich erheben. Vermutlich war's mein Glück, daß ich auf dem Bett saß und nicht in unmittelbarer Reichweite war.

Sie atmete tief durch und verschränkte die Arme. »Nein. Warum fragst du das? Es ist schrecklich, daß du das fragst.«

»Entschuldige. Es schien mir nicht so abwegig.«

»Untersteh dich, mir ein schlechtes Gewissen zu machen! Du rümpfst die Nase über meine Freunde, aber es paßt dir nicht, wenn ich Zeit mit ihnen statt mit dir verbringe. Du bist nicht bereit, dich für mich einen Zentimeter zu bewegen, du erwartest, daß ich mich total nach deinen Wünschen richte. Aber das kannst du dir aus dem Kopf schlagen! Das sag' ich dir! Leb du so, wie du willst, und laß mich gefälligst so leben, wie's mir paßt.«

Ich dachte einen Augenblick darüber nach. In einem Punkt hatte sie zweifellos recht, sie war die tolerantere von uns beiden. Das war eine Sache, die ich an ihr immer bewundert hatte. Bei ihr hatte jeder eine Chance, sie ließ sich nie von Äußerlichkeiten leiten, konnte auf jeden eingehen und den meisten sogar irgend etwas abgewinnen. So schaffte sie es, selbst die Verschrobensten aus der Reserve zu locken. Nur weil sie so war, hatte ich ja überhaupt je eine Chance bei ihr gehabt. Ich dagegen brach den Stab über jeden, der mir nicht auf Anhieb zusagte. Nicht mal so sehr, weil ich mir einbildete, besser zu sein als der Durchschnitt, sondern weil ich wußte, daß ich gut auf sie verzichten konnte. Daß ich mich ohne sie wohler fühlte. Sie waren letztendlich doch nur Zeitverschwendung, und das Leben ist doch viel zu kurz für so was. Es stimmte, es gab nicht einen unter ihren Freunden, den ich mochte, und auf ihren Parties beschränkte ich mich darauf, Gläser zu füllen und Musik aufzulegen und tat nicht mal so, als würde mich ihr Gequatsche über Logopäden oder Versicherungsstatistiken oder irgendwelchen avantgardistischen Scheißdreck interessieren. Wahrscheinlich hielten sie mich für einen mundfaulen Kretin. Wer weiß, vermutlich *bin* ich ein mundfauler Kretin.

»Du kannst tun und lassen, was du willst, Sarah. Es ist nicht wahr, daß ich erwarte, daß du dein Leben nach meinen Wünschen einrichtest. Aber du gehst auf Distanz. Und ich kann mir nicht helfen, für mich sieht es so aus, als wäre *er* der Grund. Ist es nicht so?«

Sie antwortete nicht sofort. Sie drückte ihre Kippe im Aschenbecher neben dem Bett aus. Dazu brauchte sie nicht mal richtig hinzusehen, sie wußte genau, wo er stand und fand ihn auch im Dunkeln. Sie hatte dieses Bett so unzählige Male mit mir geteilt. Langsam kam sie auf mich zu und drückte für eine Sekunde die Lippen auf meine Stirn.

»Ich glaub' nicht, Mark. Ich bin nicht hundertprozentig sicher. Wenn ich es weiß, wirst du der erste sein, der es erfährt.«

»Das ist … phantastisch.«

»Du hast gefragt.«

»Ja.« Ich lernte einfach nie dazu. Ich stellte immer noch die Fragen, deren Antworten ich nicht wissen wollte.

»Mark …«

Ich stand auf. »Vielen Dank, daß du gekommen bist.«

»Keine Ursache. Ich denke, ich werd' dann mal fahren.«

»Tolle Idee.«

Sie ging zur Tür. »Vergiß dein Frühstück nicht.«

»Fahr zur Hölle, Goldstein.«

Fünf Interessenten meldeten sich für die Harley, und am Mittwoch abend war sie verkauft. Am nächsten Morgen packte ich Anna und Daniel in den Pick-up, und wir brachten das Geld auf die Bank. Dann gingen wir in die Stadt, aßen ein Eis und kauften ein paar Klamotten. Daniel blieb an jedem Reisebüro stehen. Ich konnte es ihm nachfühlen. Der Anblick von zwölf druckfrischen Tausendern gaukelte einem ein herrliches Gefühl von Reichtum vor, er verleitete einen zu verschwenderischem Leichtsinn. Wen kümmerte schon die Steuer, die Krankenversicherung und die Stromrechnung vom nächsten Monat?

Ich bestaunte mit ihm die großen Plakate, die weißen Strand, blaugrünes Meer, ein, zwei Palmen und exotische, unzulänglich bekleidete Mädchen anpriesen. Ich ergab mich meinen Phantasien genauso hemmungslos wie er, wenn sie wohl auch auf höchst unterschiedliche Sehnsüchte ausgerichtet waren. Daniel erlebte derzeit seine ersten ernstzunehmenden Frustrationen mit den Mädchen aus der achten Klasse. Ich war nicht ganz sicher, wie weit er in seinen Bemühungen gediehen war, er redete nie darüber. Anette schien mir die erste vielversprechende Kandidatin gewesen zu sein, aber die Sache hatte sich offenbar vorzeitig zerschlagen. Ich hatte so eine Ahnung, daß er gekränkt war, aber beim Anblick der Plakate wandten seine Gedanken sich eher Surfbrettern und meterhohen Wellen zu. Ich dagegen war gebannt von den braungebrannten Schönheiten.

»Wohin würdest du wirklich gern fahren, he?«

Er steckte die Hände in die Hosentaschen und grinste. »Florida.«

»Laß uns reingehen.«

»Bist du verrückt?«

Ich hatte ihnen noch nicht von meinem Besuch bei Ilona erzählt. Ich war noch nicht sicher, wie ich dieses Thema behandeln sollte. Im Augenblick schien es mir das einfachste, es zusammen mit all meinen anderen Problemen zu ignorieren.

»Los, komm schon.«

Wir erkundigten uns nach Last-Minute-Angeboten. Es sah gar nicht mal schlecht aus. Da war allerhand zu kriegen.

»Kommen Sie eine Woche, bevor Sie fliegen wollen«, riet die Angestellte. »Da ist die Auswahl am größten.«

»Mann, das ist viel billiger, als ich gedacht hätte«, staunte Daniel.

»Florida war nicht immer sehr beliebt in letzter Zeit«, erklärte sie diplomatisch.

Er nickte mit einem verwegenen Grinsen. »Ja, ja, weil da hin und wieder jemand umgepustet wird, was. Da werden wir uns so richtig heimisch fühlen.«

Die Frau sah ihn pikiert an. »Wie bitte?«

»Hören Sie nicht hin«, riet Anna. »Mein Bruder hat sie nicht alle.« Sie fuchtelte sich selbst mit der Hand vor der Stirn rum. »Er tickt nicht sauber.«

»Oh ...« Die Angestellte war mit uns überfordert. »Das ist ... ich meine, das tut mir leid.«

Anna nickte betrübt. »Ja, manchmal ist es wirklich schrecklich. Letzte Woche hat er an allen Autos bei uns in der Straße die Reifen durchgeschnitten, weil er dachte, das seien die neuesten Amphibienfahrzeuge der imperialen Sturmtruppen.«

Sowohl die Angestellte wie auch Daniel hingen mit offenem Mund an ihren Lippen.

Anna hob seufzend die Schultern. »Aber wissen Sie, was er mit unserem Kater gemacht hat, als er geglaubt hat, der Kater hätte seinen Lieblings-Jawa gefressen ... Also ehrlich, ich sage nur Bantha-Futter.«

Ich schnappte mir schleunigst unsere Kataloge und schob meine Brut vor mir her zur Tür. Im Augenwinkel sah ich, daß die Angestellte sich enttäuscht ihrem Computer zuwandte. Ich war erleichtert, als wir wieder auf der Straße standen.

Daniel sah seine Schwester kopfschüttelnd an. »Auf was für Ideen du kommst. Glaub ja nicht, daß ich dich noch ein einziges Mal an meine *Star-Wars*-Bücher lasse.«

Sie riß die Augen auf und zeigte auf einen Punkt hinter ihm. »Vorsicht, Daniel! Mynoks!« Sie kauerte sich zusammen und legte schützend die Arme um ihren Kopf.

»Was, Mynoks? Wo?«

Unter den argwöhnischen Blicken der Passanten führten sie einen unerschrockenen Kampf gegen einen scheinbar ständig wachsenden Schwarm von geflügelten Ungeheuern, die sich diesen Donnerstag vormittag ausgesucht hatten, um auf dem Planeten Erde unweit des Karlsplatzes einzufallen. Ich lehnte an einem Parkscheinautomaten, rauchte mir eine und sah ihnen zu. Ich fand, sie schlugen sich heldenhaft.

Wir fuhren die Zeitungsannoncen vom letzten Samstag ab und fanden eine siebenhundertfünfziger BMW, die der Mühe wert schien. Daniel und ich hievten sie zusammen auf die Ladefläche, während Anna im Wagen saß und die Reiseprospekte durchblätterte.

»Was meinst du?« fragte Daniel. »Wird sie mitkommen, ohne Theater zu machen?«

»Ja. Ich denk' schon. Oder glaubst du im Ernst, sie will Eishockey spielen?«

»Quatsch. Ich glaube, worauf sie wirklich scharf wäre, ist reiten zu lernen.«

»Reiten?«

Er nickte und wischte sich mit dem Ärmel über die

Stirn. Es war nach wie vor mörderisch heiß. »Ja. Das sagt sie nur nicht, weil sie meint, es wär' typisch Mädchen.«

»Wenn sie es wirklich will, wird sie den drohenden Imageverlust früher oder später in Kauf nehmen. Jedenfalls braucht sie dafür nicht die Ferien über hierzubleiben. Das kann man rund ums Jahr lernen.«

»Aber was sagen wir Ilona?«

»Das laß mal meine Sorge sein.«

»Du warst bei ihr.«

»Woher weißt du das?«

»Sie hat mich angerufen.«

»Oh.«

Er verzog das Gesicht zu einem schiefen Grinsen. »Was machen wir denn jetzt?«

»Ich bin noch nicht sicher. Was hat sie dir gesagt?«

»Vermutlich das gleiche wie dir.«

»Hm. Sie denkt vor allem an dich und Anna. Das solltest du nicht vergessen.«

»Hör doch auf.«

»Es ist die Wahrheit, Daniel.«

Er hob abwehrend die Hand. »Vielleicht. Kann sein. Aber vielleicht hat sie einfach ein bißchen zu lange gewartet. Du hast Angst, daß sie verletzt ist, wenn wir nicht auf ihre Idee abfahren, oder?«

»Ich hab' Angst, daß sie uns das Leben schwermacht.«

»Erzähl mir nichts. Du hast immer noch eine Schwäche für sie.«

»Ja.«

»Ich auch. Das steckt so tief in mir drin, da ist nichts zu machen. Ich versuch' mir an Anna ein Beispiel zu nehmen. Anna ist sie scheißegal.«

»Nein, das glaub' ich nicht. Aber für sie ist es anders. Sie war noch klein, sie erinnert sich kaum.«

»Hm. Ihr Glück. Jedenfalls hab' ich Ilona gesagt, ich würde niemals zu ihr ziehen. Eher würd' ich mich verdrücken.« Er fuhr sich kurz mit der Hand über die Stirn und senkte den Blick. »Vermutlich hab' ich ihr ziemlich eingeheizt. Ich hab' gesagt, wenn ich dann irgendwann zwischen all den anderen Junkies am Bahnhof enden würde, könnte sie sich gratulieren. Sie hat geheult.«

Ich mußte mir ein gehässiges Grinsen verkneifen. Es tat mir schon irgendwie leid für sie, daß er sie so hatte auflaufen lassen, aber wenn sie ihren Sohn wirklich so wenig kannte, daß sie auf diese melodramatische Drohung reinfiel, hatte sie's vielleicht nicht besser verdient.

Als wir zurückkamen, klingelte das Telefon. Ich beeilte mich nicht besonders, aber Anna stürzte in die Küche und hob ab. Kurz darauf brachte sie mir den schnurlosen Apparat zum Wagen.

»Für dich. Herr Ferwerda.«

Aus irgendeinem Grund fuhr mir der Schreck in die Glieder. Ich legte eine Hand auf das glühendheiße Metall der Wagentür, kniff die Augen zu und nahm das Telefon.

»Ja?«

»Malecki, können Sie herkommen?«

»Könnte ich bestimmt. Die Frage ist, hab' ich auch Lust? Wohin?«

»Zu mir nach Hause.«

»Warum?«

Er antwortete nicht gleich. Ich wartete. Mein Magen krampfte sich zusammen.

»Wo ist Sarah?«

»Ich habe keine Ahnung.« Seine Stimme klang heiser.

»Was heißt das?«

»Sie ist verschwunden. Spurlos.«

Fahr zur Hölle, Goldstein, hatte ich zu ihr gesagt. *Fahr zur Hölle …*

»Malecki, sind Sie noch da?«

»Ja. Seit wann ist sie verschwunden?«

»Vermutlich seit gestern. Wir sind nicht sicher.«

»War jemand bei ihrer Wohnung? Ich meine, vielleicht ist sie nur …«

»In die Wohnung ist eingebrochen worden. Ich war gerade dort. Es ist nichts verwüstet oder zerstört, aber ein paar Aktenordner fehlen offenbar. Also werden Sie jetzt herkommen?«

»Ja.« Ich schaltete das Telefon aus.

Anna und Daniel sahen mich betroffen an.

»Was ist mit Sarah?« fragte Anna.

»Sie ist verschwunden.«

»Aber … wieso? Was heißt verschwunden?«

»Ich weiß nicht …« Ich versuchte, meinen Verstand unter Kontrolle zu halten. Die Angst wollte mir das Hirn versengen. Einen Augenblick stand ich da und dachte, ich könnte nicht mehr atmen. »Ich muß los …«

»Willst du sie suchen? Kann ich mitkommen?«

»Nein, Anna.«

»Aber …«

»Denkst du, sie ist entführt worden oder so was?« fiel Daniel ihr ins Wort.

Ich wischte mir mit der Hand über die Stirn. Beide waren klamm. »Irgendwas in der Art. In ihre Wohnung ist eingebrochen worden.«

Er biß sich auf die Lippen und sah mich scharf an, um zu ergründen, ob es etwas gab, das ich ihm nicht sagte. Dann wies er auf den Wagen. »Laß uns die

Maschine abladen. Du kannst nicht damit durch die Gegend fahren.«

Sein Pragmatismus half mir auf die Sprünge. »Nein, laß mal, ich nehm' die Goldwing. Bleibt zu Hause, bis ich mich melde, ja?«

Anna sah mit riesigen, ängstlichen Augen zu mir hoch. Daniel legte einen Arm um ihre Schultern. »In Ordnung.«

Frau Ferwerda machte mir die Tür auf. Sie war für gewöhnlich eine liebenswürdige, sehr elegante Dame, die so vor feinen Manieren strotzte, daß man über die wahre Persönlichkeit darunter nur Spekulationen anstellen konnte. Jetzt war von der Fassade nichts übrig. Sie war in Tränen aufgelöst. »Kommen Sie rein, Herr Malecki. Bitte entschuldigen Sie ...« Sie wischte sich mit dem Handrücken über die Augen. Ich nahm ihre Hand, aber ich wußte nichts zu sagen. Alles, was ich ihr an Trost zu bieten hatte, war ein leicht zerknülltes, aber sauberes Papiertaschentuch.

Sie nahm es wie im Affekt. »Danke. Gut, daß Sie gekommen sind, er ist ganz außer sich ...«

»Aber Elsbeth, was redest du denn da«, grummelte er und trat aus seinem Arbeitszimmer in die geräumige Halle seines gediegenen Hauses. Er drückte kurz ihren Arm und winkte mich herein.

Unter anderen Umständen wäre es vermutlich ein höchst merkwürdiges Gefühl gewesen, ihn nach zwei Jahren so plötzlich wiederzusehen. Unter anderen Umständen hätte es mir zumindest ein Grinsen entlockt, daran erinnert zu werden, daß seine Frau sage und schreibe Elsbeth hieß. Aber nichts von dem konnte ich in dieser Situation würdigen. Ich hatte genug damit zu tun, einen Fuß vor den anderen zu setzen und ihm zu folgen und wenigstens so zu tun, als würde ich normal funktionieren.

Er schloß die Tür und trat hinter seinen gewaltigen Schreibtisch. Er hatte sich kaum verändert. Vielleicht eine Spur dünner als früher, und das Grau seiner Haare tendierte vielleicht etwas mehr ins Weiße, das war alles. Ansonsten saß immer noch dieselbe Rübennase in dem runden Kürbisgesicht, die halbe Brille fast bis zur Nasenspitze heruntergerutscht, die dunklen Augen dahinter so scharfsichtig wie eh und je.

»Meine Frau und Sarah Goldstein sind befreundet«, erklärte er, als müsse er ihren Mangel an Haltung entschuldigen.

Ich nickte, obwohl ich davon nichts gewußt hatte.

»Was denken Sie, Malecki, können wir uns wie zivilisierte Menschen benehmen und so tun, als habe unsere letzte Unterhaltung nicht stattgefunden, bis diese Sache ausgestanden ist?«

»Wie wär's, wenn Sie mir einfach sagen, was passiert ist.«

»Ja. Wollen Sie was trinken?«

»Nein.«

Er zog überrascht die Brauen hoch, gab aber keinen Kommentar ab. Er setzte sich in seinen Schreibtischsessel und nickte mir zu, ihm gegenüber Platz zu nehmen.

»Die Polizei war anfangs nicht sehr an meiner Vermißtenanzeige interessiert, bis der Wohnungseinbruch gemeldet wurde. Nachfragen in Krankenhäusern und so weiter blieben ergebnislos. Sie ist mitsamt ihrem Wagen verschwunden, wie vom Erdboden verschluckt.«

»Wann?«

»Wann haben Sie sie zuletzt gesehen?«

»Gestern morgen gegen elf.«

»Dann sind sie der letzte, der mit ihr gesprochen hat. Am Abend zuvor rief sie mich an, als sie bei Ihnen zu Hause eingetroffen war, und berichtete mir, was sie im Laufe des Tages in Erfahrung gebracht hatte. Gestern erschien sie nicht im Büro, ihr Funktelefon war ausgeschaltet. Heute morgen fing ich an, mir Sorgen zu machen, als sie wieder nicht kam. Ich habe bei Ihnen angerufen, aber es meldete sich niemand. Dann kam Herr Mauritz zu mir. Er war bei ihr vorbeigefahren und fand die Wohnungstür nur angelehnt. Zwei Zeitungen steckten im Briefkasten.«

»Wer ist Mauritz?«

»Ein Kollege.«

»Bodo?«

Er nickte.

Ich zündete mir eine Zigarette an und dachte einen Augenblick nach. »Also, Dienstag hat sie Sie abends angerufen. Was hat sie gesagt?«

»Sie hatte herausgefunden, daß Hasan Rashid das Lagerhaus im Hafen schon seit zwei Monaten gemietet hatte, ehe er die dort gelagerten Waren versicherte. Außerdem hatte sie einen Spediteur ausfindig gemacht, den Rashid beauftragt hatte, die ganze Ladung nach Rotterdam zu verbringen, von wo aus sie per Schiff nach Ägypten transportiert werden sollte. Einen Tag vor dem Brand hat Rashid den Transportauftrag storniert.«

»Sein Käufer in Ägypten ist abgesprungen?«

»Anzunehmen.«

»Und hätten diese Indizien ausgereicht, um einen Versicherungsbetrug zu beweisen?«

Er hob vielsagend seine fleischigen Hände. »Möglicherweise, zumal es nicht Rashids erster Versicherungsbetrug gewesen wäre.«

»Was? Und trotzdem hat Sarah für den Vertrag grünes Licht gegeben?«

»Hm. Sie wußte es nicht. Er trat ja nirgendwo mit seinem Namen auf, es sind immer seine Firmen, die als Versicherungsnehmer genannt sind. Und er hatte viele Firmen. Hier, in Holland und Belgien, auf den Bahamas, den Caymans und so weiter. Sie wechseln ständig, und er hatte eine ganze Armee von Strohmännern.«

»Trotzdem. Das hätte sie rauskriegen müssen.«

»Ja. Um ehrlich zu sein, mich hat es auch gewundert.«

»Und wie haben Sie jetzt davon erfahren?«

»Ich habe mit dem zuständigen Staatsanwalt telefoniert. Er war sehr kooperativ.«

Ich dachte. Mein Hirn lief auf Hochtouren. Es war gut, wieder in diesen Maßstäben zu denken, schwarz und weiß, Recht und Unrecht, Räuber und Gendarm. Es war mir vertraut wie eine alte Strickjacke, und es lenkte mich von der würgenden Angst ab.

Als ich aufsah, ertappte ich ihn dabei, daß er mich beobachtete, mit einem beinah zufriedenen Lächeln. Und ich durchschaute ihn mühelos, ich wußte genau, was er dachte. Ich war wie ein Modellauto, das er zusammengebaut hatte. Und weil er alles richtig gemacht hatte, lief das Auto wie am Schnürchen, genau, wie die Gebrauchsanweisung es versprach. Dann hatte ihm einer die Fernsteuerung geklaut, und er hatte sein Machwerk nicht länger unter Kontrolle. Jetzt hatte er sie wieder. Oder das bildete er sich jedenfalls ein.

Er lächelte reumütig. »Nehmen Sie's mir nicht übel, Malecki. Je älter ich werde, desto mehr neige ich zu Nostalgie.«

Aber ich nahm es ihm übel. Und das war mein gutes Recht. »Mir wär' lieber, wir blieben bei den Fakten.«

Er nickte. »Schießen Sie los.«

Mach Männchen, Malecki.

Ich stand auf. Ich konnte nicht stillsitzen. Ich steckte die Hände in die Taschen und stiefelte hin und her. »Es besteht ein Zusammenhang zwischen der Stornierung des Transportauftrages und dem Brand im Lagerhaus. Es besteht vermutlich ein Zusammenhang zwischen dem sich daraus ergebenden Tatbestand des Versicherungsbetruges und Sarahs Verschwinden. Aber als Sarah verschwand, war Rashid schon über vierundzwanzig Stunden tot.«

»Ja.«

»Dieses Geschäft mit Ägypten kam mir von Anfang an komisch vor. Farben für zwei Millionen. Selbst wenn es sich dabei um teure Speziallacke handelte, wie Sarah sagte, müßten es immer noch an die hundertfünfzig- bis zweihunderttausend Liter gewesen sein. Sagen wir, als Rechengröße, hundert Tonnen.«

»Meine Güte, Malecki, das haben Sie gerade mal eben so ausgerechnet?«

Ich hatte es in der vorletzten Nacht ausgerechnet. Ich hatte schließlich damit versucht, mir die endlos langen Stunden zu vertreiben, bis es Morgen wurde und die Zellentür wieder aufging.

Ich blieb vor ihm stehen und sah ihn an. »Genug Farbe, um eine Pyramide anzumalen. Wer sollte der Abnehmer sein? Ein Großhändler? Wenn ja, warum hat er die Farben von Rashid kaufen wollen und nicht vom Hersteller? Und warum hat Rashid das Warenlager angezündet, statt sich einen neuen Kunden zu suchen, wenn der erste abgesprungen war?«

Er nickte, öffnete eine Tür an seinem Schreibtisch und holte eine Flasche und zwei Gläser heraus. »Genau zu diesen Fragen bin ich auch gekommen. Also,

Malecki, wenn Sie nicht mittrinken wollen, trinke ich eben allein.«

Ich nahm eins der Gläser. »Na schön. Danke. Vermutlich ist Sarah auch zu diesen Fragen gekommen und hat sie den falschen Leuten gestellt.«

»Das befürchte ich auch. Und es wird nicht so leicht sein, die Antworten zu finden. Rashids Unterlagen über dieses Geschäft waren nicht bei den Akten, die die Staatsanwaltschaft sichergestellt hat. Wir müssen von dem ausgehen, was Frau Goldstein nach der Besichtigung des Lagers gesagt hat. Große Fässer und kleinere Kanister. Ein bißchen zusammengewürfelt. Nicht alles vom selben Hersteller. Die genaue Beschreibung des versicherten Lagerbestandes ist natürlich im Computer der Secura gespeichert, aber die Namen der Hersteller werden uns nicht verraten, woher Rashid sein Kontingent bezogen hatte. Er erklärte, es handele sich um Konkursmasse.«

»Und wir wissen nicht, aus welchem Konkurs?«

»Wahrscheinlich aus mehreren.«

Ich setzte mich wieder ihm gegenüber, leerte mein Glas und zermarterte mir das Hirn.

»Können Sie mir sagen, wie der Spediteur hieß, den Sarah ausfindig gemacht hat?«

Er suchte eine Weile zwischen seinen Papieren herum. »Ah, hier ist es. Walter Plückebaum und Sohn in Neuss. In den Vertragsunterlagen stand, die Versicherung erlischt in dem Moment, da die Spedition Plückebaum und Sohn die Ladung übernimmt.«

»Und die Firma, der das Lagerhaus gehörte?«

»Worldic Trans. Sitz in Belgien, Agentur in Düsseldorf auf der Worringer Straße.«

Ich schrieb mir die Namen auf. »Okay. Damit fang' ich an.«

»Sie sollten auf keinen Fall allein gehen. Sonst verschwinden Sie auch noch.«

»Ich bin schon vorsichtig.«

»Seien Sie nicht verrückt, Mann, nehmen Sie Mauritz mit. Sie wissen doch, wie wichtig es manchmal sein kann, einen Zeugen zu haben.«

Das fehlte noch. Bodo war wirklich der letzte Mensch auf der Welt, den ich jetzt um mich haben wollte. »Nein. Vielleicht, wenn ich eine erste Spur hab'. Jetzt noch nicht.«

Er seufzte. »Wie Sie wollen. Halten Sie mich auf dem laufenden.«

»Mal sehen, vielleicht.«

»Verdammt, hör'n Sie, Malecki ...«

Aber ich war schon draußen. Elsbeth war nirgends in Sicht. Ich sah zu, daß ich zur Haustür kam, schwang mich auf meine Goldwing und machte mich davon.

5. Kapitel

Ferwerda wohnte in Oberkassel. Und wo ich schon mal auf der falschen Rheinseite war, tat ich, was ich schon am Morgen gemacht hätte, wären die Dinge anders verlaufen. Ich fuhr nach Kaarst.

Der Nachmittagsverkehr aus der Stadt raus verdickte sich langsam, und ich hätte mich auf das konzentrieren müssen, was vor und neben mir passierte. Aber ich fuhr wie auf Autopilot. Meine Gedanken ließen sich nicht länger mit trockenen Fakten ablenken, ich wußte, das funktionierte nur eine gewisse Zeit. Die nagende, widerliche Angst, die unterschwellig die ganze Zeit dagewesen war, kam unter Volldampf zurück. Sie wollte mich dazu verleiten, umzukehren, mich irgendwo zu verkriechen und still vor mich hin zu wimmern. Denn man konnte es drehen und wenden, bis einem schwindelig wurde, es blieb die Tatsache, daß Sarah wahrscheinlich längst tot war. Niemand hatte sie entführt, um ein Lösegeld zu erpressen, es gab niemanden, der eins hätte zahlen können. Sie verfügte über keine Geheiminformationen, die man ihr abpressen konnte. Sie hatte nur irgendwas rausgekriegt, wodurch der schwarze Mann ohne Gesicht auf der Gegenseite sich bedroht fühlte. Sie war irgendwem auf irgendwelche Schliche gekommen, sie hatte irgendwo die falsche Frage gestellt. Er hatte sie sich geschnappt, um sie daran zu hindern, ihr Wissen gegen ihn zu verwenden. Um sie dauerhaft zu hindern. Nichts sonst ergab irgendeinen Sinn. Trotzdem machte ich nicht kehrt. Ich hoffte wider jede Wahrscheinlichkeit. Ich wußte nicht, wie ich sonst weitermachen sollte.

Die Firma RECON befand sich in einem trostlosen Gewerbegebiet und bestand aus einem eingeschossigen Bürogebäude und einem weiträumigen Betriebshof mit großen Hallen. Über dem Tor hing ein verrostetes Blechschild, das den Firmennamen aufschlüsselte: **R***ecycling,* **E***ntsorgungen, CONtainerdienst GmbH & Co. KG.*

Ich fuhr langsam am Zaun entlang, dachte über dieses Schild nach, und in meinem Kopf gingen mit einiger Verspätung ein paar Lämpchen an. Plötzlich hatte ich so eine Idee, was es mit Hasan Rashid und seinen Speziallacken auf sich haben könnte.

Ich stellte die Maschine außerhalb des Betriebsgeländes neben einem heruntergekommenen Schuppen ab und ging zu Fuß zum Tor zurück. Im Hof war niemand zu sehen. Ich schlenderte auf die erste Halle zu. Der Asphalt war von Rissen durchzogen, in denen tapfere, kleine Grasbüschel wuchsen. Er warf die Hitze der erbarmungslosen Sonne erbarmungslos zurück, über dem Boden flimmerte die Luft. Es war geradezu unheimlich still.

Die Halle hatte ein hohes Rolltor, das weit genug offenstand, um einen Menschen hindurchzulassen. Ich spähte hinein. Der Innenraum hatte die Ausmaße einer stattlichen Scheune und war mit seltsamen, großen Tuchsäcken gefüllt. Sie standen zu vielleicht drei Meter hohen, halbwegs ordentlichen Würfeln aufgestapelt, eine kleine Gasse trennte sie voneinander, breit genug, schätzte ich, um mit einem Gabelstapler dazwischen durchzufahren. Ein schwacher, aber stechender Geruch lag in der heißen Luft. Ich wollte gerade den Rückzug antreten, als ich ein Geräusch hörte. Vorsichtig trat ich näher und ging durch eine der schmalen Gassen ins dämmrige Innere der Halle. Nahe der rechten Stirnwand lag eine Fläche von vielleicht zwanzig Quadratmetern frei, und diesen eher bescheidenen Raum hatten sich zwei finstere Gestalten ausgesucht, um einem dritten mit aller Entschiedenheit klarzumachen, daß er ihr Mißfallen erregt hatte. Der eine hielt ihn von hinten gepackt, und der andere drosch auf ihn ein. Sein Gesicht war blutüberströmt, aber er wehrte sich noch ganz munter.

Mein erster Impuls war, mich schleunigst zu verdrücken. Das letzte, was ich wollte, war, hier Aufmerksamkeit zu erregen. Aber ich brachte es nicht so ohne weiteres übers Herz. Die Sache sah mir ziemlich ernst und ziemlich häßlich aus. Das war keine wütende Keilerei. Dafür waren die Bewegungen zu langsam, zu kontrolliert. Die zwei machten echte Präzisionsarbeit, und sie sahen nicht so aus, als wüßten sie, wann es an der Zeit ist aufzuhören. Der hintere packte das zappelnde Opfer bei den Ohren, zerrte seinen Kopf nach hinten, und der Hauptakteur rammte ihm die Fäuste unter die Rippen. Das entlockte ihm ein ersticktes ›Arrrgh‹, aber es war noch genug von ihm übrig, um seinen Kopf loszureißen, blitzartig zur Seite zu drehen und mit Heißhunger in die Hand zu beißen, die ihn gerade noch gehalten hatte. Dabei trat er nach hinten aus und traf ein Schienbein.

Soviel Kampfgeist durfte nicht unbelohnt bleiben. Ich stürzte mich mit Elan ins Getümmel. Im Grunde kam mir die Sache gerade recht. Ich packte den Berserker bei einer seiner schwingenden Fäuste, schleuderte ihn herum und trat ihn in die Seite, während er fiel. Er flog der Länge nach auf den Beton, stand fast sofort wieder auf, wandte sich verdutzt zu mir um und kam dann wie ein gereizter Bulle auf mich zu. Ich sah ihm entgegen, rührte mich erst im letzten Moment und ließ ihn auf mein Knie auflaufen. Er krümmte sich und japste, aber schon stürzte sich der zweite von hinten auf mich, und wäre nicht soviel Feuer in ihrem eigentlichen Opfer gewesen, hätte es ganz übel für mich ausgesehen. Er humpelte herbei, kam mir zu Hilfe und verteilte unkoordinierte, aber kräftige Tritte in alle Richtungen, und so schlugen wir sie schließlich in die Flucht. Ich hatte ein ziemliches Ding zwischen die Rippen gekriegt und konnte nicht richtig durchatmen, ich blutete am Schienbein, es tat höllisch weh, aber die Gegenseite hatte eindeutig den größeren Schaden davongetragen.

Der Stein des Anstoßes kniete keuchend am Boden und hielt sich den Kopf. Ich packte ihn unsanft am Ellenbogen. »Los, komm. Nichts wie raus hier.«

Er nickte, ließ sich von mir auf die Füße zerren und torkelte neben mir zwischen den seltsamen Abfallsäcken hindurch.

»Nein, warte, nicht zum Tor.« Er rang nach Luft und ruckte das Kinn in die entgegengesetzte Richtung. »Da. Kleine Tür. Führt direkt aufs Nachbargrundstück.«

Wir machten kehrt, und nach zehn Schritten fiel er hin. Ich half ihm wieder hoch, aber ich mußte ihn fast tragen. Er hatte sein ganzes Pulver verschossen. Hinter uns glaubte ich schwere Schritte zu hören, und ich zerrte ihn ohne große Rücksicht auf seinen Zustand die Gasse entlang. In der Wellblechwand war tatsächlich eine Tür, und sie war nicht verschlossen. Sie führte auf eine Baustelle, wo die Maurer gerade Feierabend machten. Es waren Polen. Sie kamen neugierig näher, umringten uns und redeten aufgeregt durcheinander. Ich verstand kein Wort, aber ich war ihnen dankbar. Denn die Tür in unserem Rücken hatte sich einen Spaltbreit geöffnet, und ich war keineswegs sicher, daß der

Ärger schon vorbei gewesen wäre, wenn hier nicht eine ganze Kolonne von Zeugen rumgestanden hätte.

Einer, der offenbar das Sagen hatte, redete ernst auf mich ein und gestikulierte hilflos, weil ich ihn nicht verstand. Was er wohl gesagt hätte, wenn er gewußt hätte, daß mein Name Malecki war. Wahrscheinlich hätte er gesagt, ich sollte mich schämen, die Sprache meiner Vorfahren vergessen zu haben.

»Doktor«, brachte er schließlich zustande. »Dein Kamerad. Doktor.«

Ich nickte. »Ja, keine Sorge, ich bring' ihn zum Doktor.«

»Auto?« erkundigte sich der Polier besorgt.

»Ja, es wird schon gehen. Danke. Vielen Dank, Leute.« Irgendwie war ich gerührt über ihre Anteilnahme.

»Mannomann, mir ist vielleicht schlecht«, verkündete mein ›Kamerad‹ matt.

Ich nahm wieder seinen Arm. »Nicht hier. Denk an was anderes. Wo steht dein Wagen?«

Er deutete ein Kopfschütteln an.

»Na schön. Komm. Weg hier.«

Er schaffte es bis zu dem Schuppen, wo mein Motorrad stand. Da fiel er auf die Knie, scheuchte mich mit einem kraftlosen Wink weg, und ich verzog mich diskret, behielt die Straße im Auge und lauschte zwangsläufig seinem jammervollen Würgen. Schließlich wurde es still, und als ich schon nachsehen wollte, ob er ohnmächtig geworden war, tauchte er mit grünem Gesicht hinter dem Schuppen auf. Er lehnte sich erschöpft an die grobe Holzwand, legte den Kopf in den Nacken und lächelte mit geschlossenen Augen. »Danke.«

Ich nickte, obwohl er es nicht sehen konnte, und

kramte mein letztes Papiertaschentuch hervor. Sie fanden heute echt reißenden Absatz. »Hier.«

Er machte die Augen auf, nahm es und wischte ohne große Lust über seine Nase. Dann ließ er die Hand sinken, und wir sahen uns an. Er war runde fünf Jahre jünger als ich, so irgendwo Anfang Dreißig. Seine blonden Haare gingen in der Stirn und an den Schläfen schon zurück, und er begegnete dem trotzig, indem er sich den Rest, der ihm geblieben war, auf zwei Millimeter Länge abgeschoren hatte. Annas Traumfrisur. Er hatte ein längliches, hohlwangiges Gesicht mit einer viel zu großen Nase und dunklen Augen, die vermutlich, wenn sie nicht gerade zuschwollen, ziemlich riesig waren. Er war lang und schlaksig und wirkte alles in allem, als müsse er sich dringend mal richtig satt essen.

Er verzog den Mund zu einem müden Lächeln. »Vielen Dank … Kamerad.« Er streckte die Hand aus. »Thomas Brückner. Tom.«

Ich schlug ein. »Mark Malecki. Laß uns von hier verschwinden.« Ich reichte ihm meinen Helm. »Setz ihn auf.«

Er winkte ab. »Laß mal.«

»Setz ihn auf oder geh zu Fuß.«

»Schön. Du hast recht. Mein Kopf hat für heute schon mehr als genug abgekriegt.«

Er kniff die Augen zu, während er ihn sich überstülpte, wie viele Leute es machen, denen der Umgang mit engen Integralhelmen nicht vertraut ist. Ich saß schon auf der Maschine und drückte die Zündung. Die schmale Straße war wie ausgestorben, aber ich wollte hier nicht rumtrödeln.

Er setzte sich hinter mich und krallte sich an mir fest. »Ich hoffe, du fährst eher konservativ.«

»Ohne Helm bestimmt. Drück mir nicht die Luft ab.

Entspann dich und mach dich nicht steif in den Kurven, sonst segeln wir hin.«

»Ich werd' mir Mühe geben. Fahr zu. Die Kohorten rücken an.«

Ich gab Gas und sah zurück. Fünf Männer in grauweißen Overalls kamen aus Richtung der Baustelle hinter dem Schuppen hervor. Ich war nicht sicher, ob die beiden aus der Halle dabei waren. Sie rannten ein Stück hinter uns her, im Spiegel sah ich, daß sie drohend die Fäuste schüttelten. Ich konnte nicht hören, was sie brüllten, aber es brauchte nicht viel Phantasie, um es sich vorzustellen, und einer hob einen Stein auf und warf ihn uns nach. Er erreichte uns nicht mehr. Mit konservativen hundertzwanzig Sachen brausten wir aus der Gefahrenzone.

Wir ließen das Gewerbegebiet hinter uns und kamen kurz darauf auf die Landstraße, die zwischen Feldern und Wiesen hindurch zurück nach Düsseldorf führte. Nach ein, zwei Kilometern hielt ich an einer Bushaltestelle und wandte mich um.

»Wohin willst du?«

»Ganz gleich.«

»Dann steig ab. Wenn du Glück hast, kommt hier heute noch ein Bus vorbei.«

Er kletterte umständlich herunter, zog den Helm ab und gab ihn mir zurück. »Okay. Und wo willst du hin?«

»Zurück.«

Er sah mich verdutzt an. »Das ist keine sehr gute Idee.«

»Vielleicht nicht, aber mir bleibt nichts anderes übrig. Ich hab' ein paar Fragen an die Leute da.«

Er schnitt eine komische Grimasse. »Die hatte ich auch.« Plötzlich schwankte er und fiel hin.

Fluchend stellte ich die Maschine ab und las ihn wieder auf. »Ich denke, du solltest wirklich zu einem Arzt gehen. Ich würde dich gern hinbringen, aber … ich kann jetzt nicht. Es ist furchtbar wichtig, daß ich Antworten auf meine Fragen kriege.«

»Mach dir um mich keine Sorgen. Das ist nichts.« Er atmete tief durch. »Hör mal, was immer dein Problem ist, die Typen dort werden dir bestimmt nicht helfen. Sie sind sehr zugeknöpft, ehrlich.«

»Ich glaub's.«

»Worum geht's, he?«

»Um einen Kerl, der Geschäfte mit dieser Entsorgungsfirma gemacht hat.«

Er nickte langsam. »Und der Kerl heißt Rashid und ist ein sehr toter Mann?«

Ich war total verblüfft und auf einen Schlag sehr argwöhnisch. »Was weißt du darüber? Wer bist du eigentlich?«

»Laß uns zu einer Kneipe fahren. Ich sterbe vor Durst. Wenn du mir ein Bier ausgibst, kannst du mich fragen, was immer du willst. Vielleicht kann ich dir ja helfen.«

Ich zögerte einen Moment. Es widerstrebte mir, unverrichteterdinge von hier wegzufahren, meine Eile und meine Angst machten mich wütend und ein bißchen kopflos. Andererseits hatte er irgendwas an sich, das mich bewog, ihm zu trauen, und ich befürchtete, daß er einfach auseinanderfallen würde, wenn ich ihn jetzt packte und schüttelte, um auf der Stelle zu hören, was er wußte. Also gab ich ihm den Helm zurück, ließ ihn wieder hinter mir aufsteigen und brachte ihn zu mir nach Hause. Ich hatte wenig Interesse daran, so ohne Helm in die Stadt zu fahren und in eine Verkehrskontrolle zu geraten. Meine Paranoia vor allem, was Uniform trug, war derzeit noch größer als gewöhnlich.

Auf Nebenstraßen fuhren wir bis nach Neuss, nur für das letzte Stück nahm ich die Autobahn, weil wir den Rhein ja schlecht durchschwimmen konnten. Unbehelligt kamen wir nach Himmelgeist, und wir waren kaum vor dem Haus ausgerollt, als Anna und Daniel herausstürzten.

»Und?« fragte Daniel atemlos.

Ich schüttelte den Kopf. »Noch nichts.«

»Was ist mit …«, begann Anna, aber Daniel legte ihr leicht die Hand auf die Schulter, betrachtete mit unbewegter Miene meinen ramponierten Gast, und Anna verstummte.

Wir gingen durchs Haus in den Garten. Aus dem Kühlschrank in der Garage holte ich Bier, und Daniel brachte Tom ein nasses Handtuch. Bei der Gelegenheit machten sie sich miteinander bekannt. Grafiti, unser ewig streunender Kater, kam durchs hohe Gras geschlichen und ließ sich neben mir im Schatten nieder.

Anna warf ihm einen finsteren Blick zu. »Er hat schon wieder den letzten Goldfisch aus dem Teich geholt.«

»Ich hab' dir gesagt, es hat keinen Zweck. Er kann nichts dafür, es ist seine Natur.«

Sie seufzte. »Ja, ich weiß. Ein Herr Moritz oder so ähnlich hat angerufen. Kommt später vorbei.«

Der gute, alte Bodo. Das fehlte noch. Ich raufte mir die Haare und nickte. »Okay.«

Sie schlenderte davon, um Daniel in der Garage Gesellschaft zu leisten.

Tom sah ihr mit einem schwachen Lächeln nach. »Nette Kinder.«

»Der Small talk ist geschenkt. Was weißt du über Rashid, und was hatte er mit dieser Firma zu schaffen?«

»Rashid war ein Gauner. Früher hat er für fundamentalistische Moslems Waffengeschäfte eingefädelt, aber entweder ist ihm das zu heiß geworden, oder er hat sie einmal zu oft beschissen. Jedenfalls hat er sich umorientiert und ist ins Müllgeschäft eingestiegen. Die Firma RECON nimmt ihren Kunden Industriemüll ab und kassiert dafür. Statt den Müll ordnungsgemäß zu entsorgen, liefern sie ihn an Rashid, der verhökert ihn als Industriegüter in die Dritte Welt und kassiert ebenfalls. Was nach Abzug von Transportkosten, Schmiergeldern und so weiter übrigbleibt, teilen sie unter sich auf.«

»Wie kann aus Müll Industriegut werden?«

»Wo bist du gewesen, Mann? Im Elfenbeinturm? Auf dem Weg von hier nach Afrika oder Rußland wird aus Klärschlamm Dünger, aus verseuchten Altölen werden Brennstoffe für Kraftwerke, der Phantasie sind keine Grenzen gesetzt.«

»Und aus Altlacken wird Korrosionsschutzfarbe?«

Er nickte. »Erfaßt.«

»Was weißt du über diese Altlacke?«

»Nichts. Nur daß die Sache geplatzt ist. Und Rashid hatte offenbar Probleme, einen neuen Abnehmer zu finden.«

»Also hat er das Zeug versichert und angezündet.«

Er hob langsam die Schultern. »Möglich. Er oder die Leute im Hintergrund, schwer zu sagen.« Er machte sich über die zweite Flasche her, trank in langen Zügen mit geschlossenen Augen. Sein großer Adamsapfel glitt auf und ab. »Hm, das tut vielleicht gut.«

»Und wer hat ihn erschossen?«

»Du, nach allem, was man so hört.«

Langsam wurde er mir richtig unheimlich. »Woher weißt du das alles?«

Er befühlte seinen Hinterkopf und kniff die Augen

zu. »Ich war seit vier Wochen an ihm dran. Als ich hörte, daß er tot ist, rief ich seinen Cousin in der katarischen Botschaft an und gab mich als Rashids Steuerberater aus. Und aus irgendwelchen undurchsichtigen Quellen hatte dieser einflußreiche Cousin den Namen des Tatverdächtigen in Erfahrung gebracht. Ich war sehr enttäuscht, daß es niemand war, der in mein Muster paßte, das kann ich dir sagen. Ein Mord unter Müllschiebern hätte mir den richtigen Aufhänger für meine Story beschert.«

»Bist du Journalist oder so was?«

Er wiegte den Kopf hin und her. »Ich versuch's zumindest. Früher war ich mal Setzer. Lange her.«

»Du bist aus Berlin?«

»Nicht direkt. Brandenburg. Man hört's, was?«

»Nur schwach.«

»Tja, jedenfalls, als ihr kamt und uns in eurer grenzenlosen Großmut vom Joch des Sozialismus befreit habt, wurde ich arbeitslos. Ich ging für 'ne Weile nach Berlin und hab' mit ein paar anderen Leuten versucht, eine unabhängige kleine Zeitung aufzuziehen, aber das ging in die Hose. Jetzt nenn' ich mich freischaffender Journalist, aber das ist größtenteils Schaumschlägerei. Ab und zu verkauf' ich mal ein paar Zeilen. Öfter Fotos. Aber das ist vorläufig vorbei, die freundlichen Herren der Firma RECON haben Schrott aus meiner Kamera gemacht.« Er grinste ein bißchen verschämt und setzte seine Flasche wieder an.

»Und was wirst du jetzt tun?«

»Eine Zigarette rauchen, wenn du mir eine anbietest.«

Ich warf ihm das Päckchen zu. Er angelte eine heraus, brach den Filter ab und nahm sich Feuer. Dann inhalierte er tief und streckte sich im Gras aus. Mit einem Finger kraulte er Grafiti hinterm Ohr. Grafiti blinzelte beglückt und ließ sich schnurrend zur Seite fallen.

»Und warum interessiert dich das alles so brennend, Mark Malecki? Sie können dir doch so oder so nichts nachweisen. Du hast kein Motiv und für die Tatzeit ein Alibi.«

»Nein, darum geht's nicht. Meine Freundin arbeitet bei der Versicherung, die Rashid abzocken wollte. Sie hatte den Vertrag befürwortet, und als das Lager in Flammen aufging, nahm sie das sehr persönlich. Sie hat sich aufgemacht, um Beweise für einen Versicherungsbetrug zu finden. Und jetzt ist sie verschwunden.«

Er setzte sich langsam auf. »Seit wann?«

»Irgendwann vorgestern.«

Er wich meinem Blick aus und befühlte wieder die Beule an seinem Hinterkopf. »Und du bist zu RECON gefahren, um dich höflich nach ihr zu erkundigen?«

»Irgend etwas muß ich schließlich anfangen. Es ist alles, was ich hab'. Bis auf den Namen des Spediteurs und der Firma, die Rashid das Lagerhaus vermietet hat.«

»Wer ist das?«

»Der Spediteur heißt Plückebaum. Das Lagerhaus gehörte Worldic Trans.«

Er schüttelte den Kopf. »Den Spediteur kenne ich nicht. Worldic Trans gilt als seriös, aber das muß nicht unbedingt etwas heißen. Die Konzernleitung in Antwerpen mag noch so integer sein, das schützt sie nicht davor, daß ein Agent in Düsseldorf sich ein paar Mark nebenher verdient. Sag mal, was hättest du den Leuten bei RECON erzählt, wenn du nicht über mich gestolpert wärst? Daß du deine Freundin vermißt?«

»Nein. Ich hätte mich erkundigt, was es kostet, einen Container zu mieten. Ich wollte mich erst mal umsehen, einen Eindruck gewinnen.«

»Na, den hast du wohl bekommen.«

»Hm. Warst du auch wegen Rashid da?«

»Nur indirekt. Eigentlich wollte ich einen Blick auf diese Big Bags in der Halle werfen.«

»Worauf?«

»Die Leinensäcke. Man nennt sie Big Bags. Sie fassen einen Kubikmeter. Werden überall auf der Welt für den Transport von Granulaten und so was verwendet.«

»Ah. Und was war mit diesen Big Bags?«

»Laut der Papiere enthalten sie zerkleinerten Bauschutt, der als Füllmaterial für den Bau irgendeiner Wüstenpiste in Nigeria verwendet werden sollte.«

Ich schüttelte den Kopf. »Bauschutt riecht anders.«

»Ja. Sie haben Chemieabfälle beigemischt. Ich wollte eine Probe, um es zu beweisen. Na ja, sollte nicht sein.« Er drückte die Zigarette aus, und ich sah, daß seine Hände zitterten.

»Bist du sicher, daß du okay bist?«

Er nickte beruhigend. »Das ist nur der Alkohol.«

»Willst du was essen?«

»Ja. Ich glaub', das sollte ich.«

Ich brachte ihn in die Küche und wies auf den Kühlschrank. »Bedien dich. Du kannst dir auch was kochen, ganz wie du willst. Ich muß jetzt los, aber ... ich würde dich gern noch ein paar Sachen fragen. Kann ich dich irgendwo erreichen?«

Er schüttelte den Kopf und seufzte. »Ich habe bis gestern in einer kleinen Absteige in der Altstadt gewohnt, aber heute morgen bin ich ausgezogen. Ich hab' ein paar Klamotten in einem Schließfach am Bahnhof. Ich war mehr oder weniger abgebrannt, und was ich noch hatte, haben die Typen bei RECON mir geklaut. Ich ... ähm ... Na ja. Muß mal sehen.«

Seine Probleme hatten mir so gerade noch gefehlt. Ich schnappte mir meine Schlüssel. »Von mir aus bleib erst mal hier. Wenn du klug bist, legst du dich ein paar Stunden hin, du hast eine Gehirnerschütterung. Daniel zeigt dir, wo.«

Mit einem Glas Peperoni in der Hand wandte er sich zu mir um. »Ist das dein Ernst?«

Ich hatte es nicht als Dauereinladung gemeint, aber ich hatte jetzt wirklich keine Zeit, die Sache auszudiskutieren. Ich ging zur Tür. »Klar.«

»Hey!« rief er mir nach. »Wo sollen wir anfangen zu suchen, solltest du spurlos verschwinden?«

»Spedition Plückebaum und Sohn.«

Es dämmerte, als ich auf den Betriebshof kam, aber von Feierabend war hier keine Spur. Zwei mit Containern beladene Lkw standen abfahrbereit am Tor, durch ein großes Fenster konnte ich die Fahrer in der Bürobaracke zur Rechten sehen. Sie standen vor einem Schreibtisch, an dem eine junge Frau mit dem Rücken zum Fenster saß und ihnen vermutlich die Frachtpapiere und das ganze Zeug aushändigte.

An einem langgestreckten, modernen Hangar waren fünf Auflader angedockt, schwarze, blitzblanke Lastzüge standen in Reih und Glied auf dem Hof. Keine Klitsche, die Firma Plückebaum, schloß ich. Durch ein offenes Tor an der Stirnseite des großen Hangars gelangte ich in eine Werkstatt. Neonröhren an der Decke tauchten alles in kaltes, gleißendes Licht. Ein Mechaniker stand über den Motor einer Zugmaschine gebeugt und kratzte sich ratlos am Kopf, ein Kleintransporter stand über der Grube. Die Hände in den Hosentaschen, schlenderte ich ein bißchen ziellos durch die Gegend.

Ein vierschrötiger Kerl in einem Blaumann sprang plötzlich aus dem Laderaum des Transporters und landete praktisch vor meinen Füßen. Er stemmte die Hände in die Seiten und sah mich an. »Und?«

»Herr Plückebaum?«

»Im Büro.« Er ruckte das Kinn zum Ausgang. »Der Sohnemann. Der Alte ist schon weg.«

»Danke.«

Ich versuchte, einen entschlossenen Gesamteindruck zu erwecken. Er sollte nicht merken, daß ich keine Ahnung hatte, was ich zu Plückebaum, junior oder senior, eigentlich sagen wollte. Mir ging jetzt erst auf, wie vergleichsweise leicht meine Aufgabe früher doch gewesen war. Als Revisor war ich überall, wohin ich auch kam, mit einem offiziellen Auftrag ausgestattet gewesen. Die Hälfte aller Missetäter entlarvte sich schon ganz von selbst dadurch, daß sie sich mehr oder weniger wörtlich in die Hosen machten, sobald ich auch nur anrückte und kalt lächelnd meinen Dienstausweis zückte. Und was die andere Hälfte betraf, da waren schon ein paar schwere Fälle dabeigewesen, hartgesottene und manchmal auch geniale Gegner, aber ganz gleich, ob ich sie kriegte oder nicht, niemand machte mir das Recht streitig, den Dingen auf den Grund zu gehen. Hier hatte ich hingegen überhaupt nichts zu suchen. Und wenn ich einen Fehler machte, konnte das für Sarah die allerbittersten Folgen haben. Ich atmete tief durch, mahnte mich zur Besonnenheit und betrat das Büro mit einem selbstsicheren Lächeln.

Das Mädchen hinter dem Schreibtisch am Fenster

sah stirnrunzelnd auf. »Was wollen Sie? Bürozeit nur bis sechs.«

»Mein Name ist Malecki, Staatsanwaltschaft. Herr Plückebaum erwartet mich.«

Sie verschränkte die Arme und kaute ein paarmal auf ihrem Kaugummi. »Sie sehen irgendwie nicht aus wie ein Staatsanwalt.«

Ich trommelte mit den Fingern auf ihren Schreibtisch. »Sie sehen dafür aus wie die typische Vorzimmerzicke. Also?«

Sie zog langsam die Brauen hoch. »Sie können mich doch mal.«

»Wird das heute noch was, oder soll ich mir einen richterlichen Beschluß holen?«

Sie machte eine riesige, rosa Kaugummiblase, ließ sie zerplatzen, holte die Fetzen mit einer ebenfalls rosa Zungenspitze in den Mund zurück und hob ihren Telefonhörer ab. »Ein Herr Malecki von der Staatsanwaltschaft.« Sie lauschte einen Moment und nickte dann auf eine geschlossene Tür zu. »Bitte.«

Walter Plückebaum junior war das, was man landläufig als jungen Schnösel bezeichnet, und das machte meine Sache relativ leicht. Er erhob sich, als ich reinkam, und trat mit einem breiten Wichtigtuergrinsen hinter seinem Schreibtisch hervor. »Herr Malecki. Was kann ich für Sie tun?«

Sein Händedruck brach mir fast die Knochen.

Ich machte ein verdutztes Gesicht. »Entschuldigen Sie. Ich glaubte, Sie seien älter ...«

Sein Blick verfinsterte sich für eine Sekunde. »Sie haben vermutlich mit meinem Vater telefoniert.«

»Oh. Verstehe. Könnte ich ihn sprechen?«

»Tut mir leid, er ist nicht mehr im Hause. Aber ich bin sicher, ich kann Ihnen ebenso weiterhelfen.«

»Tja, ich weiß nicht … Es ist eine sehr delikate Angelegenheit, verstehen Sie.«

Er schmollte. »Seien Sie versichert, mein Vater und ich tragen alle geschäftspolitischen Entscheidungen gemeinsam.«

»Ah ja. Um so besser. Wie Sie sich denken können, geht es um diese leidige Mordsache.«

»Rashid?«

Ich nickte gewichtig.

»Tja, wir haben Ihren Kollegen schon alles gesagt. Herr Rashid hat seinen Auftrag letzte Woche kurzfristig storniert, und wir sind mit der fraglichen Warenlieferung nie betraut gewesen.«

»Nein, nein, es geht um Ihre früheren Geschäftsbeziehungen mit Hasan Rashid. Verstehen Sie, die Unterlagen in seinem Büro waren unvollständig, und wir versuchen, uns ein Bild zu machen.«

Er war ein bißchen von der Rolle. »Frühere Geschäftsbeziehungen?«

»Wenn ich Ihren Vater richtig verstanden habe, haben Sie schon gelegentlich Transporte für Herrn Rashid, beziehungsweise seine verschiedenen Firmen, abgewickelt.«

Er räusperte sich. »Nun, ich bin auf Anhieb nicht ganz sicher …«

Ich lächelte nachsichtig. »Vielleicht sollte ich doch morgen noch einmal wiederkommen, wenn Ihr Vater …«

»Nein, das ist nicht nötig. Warten Sie bitte einen Moment. Verstehen Sie, wir haben so viele Kunden, man kann unmöglich alles im Kopf behalten. Aber ich werde in der Buchhaltung nachsehen. Bin sofort wieder da.«

Er eilte davon, ein bißchen fahrig für meinen

Geschmack, schlüpfte ins Vorzimmer und lehnte die Tür an. Ich nutzte seine Abwesenheit, um einen Blick in seine Schreibtischschubladen zu werfen. In einem Adreßbuch in der obersten Schublade stand die Nummer von Rashids Büro und die von RECON in Kaarst. Mir wurde heiß. Hier war ich goldrichtig.

Im Vorzimmer war eine hitzige, geflüsterte Debatte im Gang.

Ich konnte leider fast nichts verstehen. Nur einmal erhob sich Plückebaums Stimme über den heiseren Flüsterton: »... wird langsam senil, ich sag's ja immer ...« Dann wisperte er wieder.

Ich trat durch die Tür und schloß mich ihnen an. »Es wäre sehr hilfreich, wenn Sie mir Ihre Daten ausdrucken würden. Ich brauche wohl nicht zu erwähnen, daß wir die Angelegenheit streng vertraulich behandeln werden.«

Er sah mich an, als hätte ich verkündet, er werde morgen früh bei Tagesanbruch erschossen. Und ich sah etwas in seinen Augen glitzern, das mich warnte. Vielleicht war ich einen Schritt zu weit gegangen, er war drauf und dran, seine ohnehin brüchige Loyalität seinem Vater gegenüber endgültig über Bord zu werfen. Ich mußte mich blitzschnell entscheiden. Sollte ich einen Rückzieher machen oder aufs Ganze gehen?

Ich traf meine Wahl, zündete mir ohne Hast eine Zigarette an und lehnte mich gegen die Schreibtischkante. »Gibt es da irgendein Problem?«

»Äh ... nein. Es ist nur, für gewöhnlich geben wir keine Buchhaltungsdaten aus der Hand. Ich meine ...«

»Herr Plückebaum, Sie werden mir sicher zustimmen, daß die Ermittlungen in einem Mordfall unter Umständen erforderlich machen, mit den Gepflogenheiten Ihrer Geschäftspolitik zu brechen. Und ich weise nochmals darauf hin – das hatte ich Ihrem Vater allerdings alles schon erklärt –, daß ich nach § 357 Strafprozeßordnung die von Ihnen zur Verfügung gestellten Unterlagen auswerten kann, ohne daß ich meine Ergebnisse den Finanzbehörden oder einer sonstigen für Sie zuständigen Behörde mitteilen muß. Sollte ich hingegen gezwungen sein, einen Durchsuchungsbeschluß für Ihre Geschäftsräume zu erwirken … tja, Sie wissen ja, wie das ist, wenn die Mühlen erst einmal mahlen.« Ich schnippte ein bißchen Asche auf den Nadelfilz.

Ich hatte Glück. Er wußte ebensowenig wie ich, was im § 357 der Strafprozeßordnung stand, und kam zu dem Schluß, daß ihm nichts anderes übrigblieb, als in den sauren Apfel zu beißen. Er nickte der Sekretärin betrübt zu. »Mach den Ausdruck, das geht schon in Ordnung.« Er straffte die Schultern und wandte sich mir mit einem tapferen Lächeln wieder zu. »Ich hoffe, Sie wissen, daß uns daran gelegen ist, Sie bei Ihren Ermittlungen zu unterstützen. Wir verlieren mit Herrn Rashid einen geschätzten Kunden.«

Ich sah ihn finster an. »Tatsächlich?«

Er verzog schmerzlich sein rotwangiges Jungengesicht, schüttelte meine Hand schon sehr viel weniger energisch und trat den Rückzug in sein Büro an. »Wenn Sie weitere Fragen haben …«

»Vielen Dank. Wir werden uns gegebenenfalls melden.«

Der Drucker verstummte, und die Schnepfe überreichte mir ein paar Blätter. »Bitte.«

»Sehr freundlich.«

Sie wiederholte die Nummer mit der Kaugummiblase. »Wenn Sie heute angerufen haben, warum erinnere ich mich nicht an Sie?«

»Ihr Chef hat mich angerufen.«

Sie nickte, als sei's ihr so oder so egal. Ich winkte ihr mit den Papieren zu, machte mich ohne verdächtige Eile davon und dachte, daß ihr Chef sich eine wirklich zickige, aber vermutlich ziemlich gute Sekretärin hielt, aber daß er wegen seines Sohnes doch eher zu bedauern war. Und ich dachte, daß ich nicht mit dem Schnösel tauschen mochte, wenn der alte Plückebaum hörte, was hier heute abend abgelaufen war. Mir ging auf, daß ich keine zweite Gelegenheit haben würde, mich hier umzusehen. Also ging ich zum Hangar zurück, wo, wie ich vermutete, ein Teil des Fuhrparks und zwischengelagerte Transportgüter untergebracht waren. Alles war dunkel. Ich kam an zahllosen Toren und Türen vorbei, aber sie waren verschlossen. Meine Sesam-öffne-dich-Künste halfen hier nichts, denn alle Zugänge hatten elektronisch verriegelte Schlösser, die nur die richtige Zahlenkombination oder ein Spezialschlüssel oder ein halbes Pfund Plastiksprengstoff öffnete. Schließlich kam ich zurück zum Werkstattor, das als einziges noch offenstand. Jetzt war weniger Licht, die Neonröhren waren ausgeschaltet. Der Motor der Zugmaschine lag immer noch offen, und verschiedene Innereien waren auf dem Boden verstreut, aber der Mechaniker hatte es für heute offenbar aufgegeben. Nur aus einem kleinen Seitenraum drang noch schummriges Licht. Zögernd betrat ich die finstere Werkstatt und glitt in den tiefen Schatten hinter der Grube.

Schritte näherten sich. »Ich könnte schwören, es liegt an der Einspritzung, aber ich kann nichts finden«, schimpfte eine Stimme.

»Laß uns morgen mal zusammen danach gucken. Jetzt ist erst mal Feierabend«, erwiderte der Mann, der mir den Weg ins Büro gewiesen hatte. »Ist ja wohl wieder spät genug geworden.«

»Ich hab' nichts gegen Überstunden.«

»Nein, du kriegst den Hals nicht voll, ich weiß.«

Sie gingen zusammen hinaus, das Rolltor schepperte in seiner Führung, ein Schloß rastete ein, und ich war mal wieder eingesperrt.

Ich blieb ein paar Minuten, wo ich war, und rührte mich nicht. So wie ich mein Glück kannte, hatte bestimmt einer was Wichtiges in der Werkstatt vergessen und kam noch mal zurück. Ich haßte es, mich zu später Stunde irgendwo einzuschleichen, wo ich von Rechts wegen nichts verloren hatte. Ich hatte da wirklich bittere Erfahrungen gemacht, und ich konnte dieses Gefühl einfach nicht leiden. Dunkelheit, es wird immer stiller und stiller, so als wär' man der letzte Mensch auf der Welt. Meine Hände wurden feucht, und in meinem Magen war ein Gefühl, als nage eine Ratte von innen. Ich verspürte ein dringendes Bedürfnis zu fliehen. Aber mal abgesehen davon, daß ich nicht mal wußte, wie ich rauskommen sollte, schien dieser Hangar ein so geeigneter Ort, um jemanden unbemerkt gefangenzuhalten. Vor allem die Lagerräume. Es war zum Verzweifeln, daß ich nicht hineinkonnte, aber wenigstens hier mußte ich mich gründlich umsehen. Plückebaum hatte mit Rashid und der Firma RECON Geschäfte gemacht. Sarah war verschwunden, kurz nachdem sie das rausgekriegt hatte. Das war ganz bestimmt kein Zufall.

Ich zählte langsam bis hundert und zündete mir trotz des wagenradgroßen Verbotsschildes über meinem Kopf eine Zigarette an. Mit den Schultern an der Wand rutschte ich auf den Boden, setzte mich im Schneidersitz auf den Beton und rauchte.

Ich versuchte, ganz tief in mich reinzuhören, ob da vielleicht irgendwo eine leise, innere Stimme war, die mir zuraunte, daß Sarah hier war. Aber da war nichts, keine Intuition, kein Gefühl, das mir sagte, ob sie noch lebte oder nicht. Ich machte die Augen zu, lehnte den Kopf an die Mauer und erinnerte mich an einen Tag im letzten Sommer, auch so ein irrsinnig heißer Sommer, als wir zusammen mit den Kindern in die Eifel gefahren waren, irgendwie ein total behämmerter Sonntagsausflug. Aber es war ein sagenhafter Tag. Alles war ein bißchen träge, der Himmel eine Spur verwaschen, und das Licht hatte einen sanften Grauton. Im Radio warnten sie vor erhöhten Ozonwerten, aber uns konnte nichts schrecken. Wir hatten ein phantastisches Picknick mitgenommen. Tobias hatte einen lichten Tag, und die Sonne oder die Stimmung hatte ihn aus seiner lethargischen Dämmerung gelockt. Wir hatten in einem Wald haltgemacht, am Ufer eines breiten, niedrigen Flüßchens unser Picknick ausgepackt. Man hätte glauben können, wir seien etliche Tagesreisen von jedweder Zivilisation entfernt. Die Kinder standen mit den Füßen im Wasser, und Daniel versuchte, den anderen beizubringen, wie man flache Steine übers Wasser hüpfen läßt. Es war so idyllisch, daß es schon irgendwie bescheuert wirkte, aber die friedvolle Stimmung erstickte allen Zynismus im Keim. Und Sarah lotste mich durch ein Dickicht tiefer in den Wald und verführte mich. Sie konnte so sinnlich sein, wenn sie sich dazu entschloß, mit einem Blick konnte sie einem das Paradies verheißen. Ich durfte sie nicht anrühren, sondern mußte geduldig zusehen, während sie ihre Haare löste und ihr Kleid aufknöpfte. Ich stand an einen Baum gelehnt, spürte die rauhe Rinde in meinem Rücken, beobachtete atemlos, wie die Träger über ihre Schultern glitten und war für einen winzigen Augenblick der glücklichste Mann, der jemals an einem heißen Sonntag nachmittag in der Eifel an einem Baum gelehnt hatte.

Nicht für eine Sekunde hatte ich erwartet, daß es so bleiben könnte. Mir war immer klar, daß die Bodos dieser Welt überall um mich herum in Stellung lagen, und ich hatte wenigstens versucht, gewappnet zu sein. Diese Sache hingegen war ein unerwarteter Überfall aus dem Hinterhalt.

Ich stand auf und trat sorgsam meine Kippe aus. Zwei Wagen waren weggefahren, ich schätzte, ich war vorläufig allein. Ich hatte keine Ahnung, ob es einen Nachtwächter gab. Mit dem Problem würde ich mich befassen, wenn es auftrat.

Durch eine Reihe schmaler Fenster unter dem Dach fiel schwaches Licht in die Werkstatt. Meine Augen hatten sich längst auf die Dunkelheit eingestellt, ich konnte ganz gut sehen. Ich ging an der Wand entlang, bis ich an die Tür zum Nebenraum kam. Werkzeuge hingen ordentlich aufgereiht an den Wänden, unter anderem auch, wie ich gehofft hatte, ein paar vernünftige Taschenlampen. Ich borgte mir eine und machte mich auf einen Rundgang.

Zwei weitere Türen führten in eine kleine Küche und ein Büro. In der Küche standen ein paar Tassen mit eingetrockneten Kaffeeresten auf der Spüle, im Büro gab es blöckeweise Vordrucke für Arbeitszettel und Materialverwaltung. Nichts von Interesse. Ich ging wieder raus in die eigentliche Werkstatt und leuchtete ins Innere der Zugmaschine mit der defekten Einspritzung. Eine Bildzeitung von vorgestern, eine Thermoskanne, am Boden eine leere, zertretene Zigarettenschachtel. Nichts, was man nicht erwarten würde, kein cognacfarbener Lederaktenkoffer, zum Beispiel. Aber damit hatte ich auch nicht ernstlich gerechnet. Ich ging weiter zu dem Transporter und versuchte die Türen. Abgeschlossen. Auf der Sitzbank lag eine leere Coladose. Sonst nichts. Ich ging nach hinten und probierte ohne viel Hoffnung die Hecktür. Sie ließ sich öffnen. Ein bißchen überrascht leuchtete ich das Innere ab, aber der Laderaum war leer und wirkte beinah penibel sauber.

Zögernd stieg ich ein und leuchtete jeden Winkel aus. Hinter dem linken Radkasten lag ein Funktelefon.

Ich starrte ungläubig darauf, und mein Mund wurde trocken. Vermutlich ist es nur ein blöder Zufall, sagte ich mir. Es war eine gängige Marke, jeder zweite Handyfetischist hatte so ein Teil. Trotzdem. Ich hob es auf, schaltete es ein und wählte Ferwerdas Nummer.

Er meldete sich gleich nach dem ersten Klingeln. »Ja?«

»Wissen Sie Sarahs Handynummer?«

»Natürlich.«

»Dann legen Sie auf und wählen Sie sie.«

»Aber …«

»Tun Sie's.« Ich schaltete aus.

Ich rutschte zur Wagentür hinüber und warf einen nervösen Blick nach draußen. Alles still. Ein paar Sekunden verstrichen. Ich starrte auf das Telefon und wußte nicht, ob ich hoffen sollte, daß es klingeln würde, oder nicht. Als es lossurrte, ließ ich es vor Schreck beinah fallen.

»Ich hab' ihr Telefon gefunden.«

»Wo?«

»In einem Transporter bei Plückebaum.«

»Und wo sind Sie jetzt?«

»Immer noch da. In seiner Werkstatt. Schicken Sie die Polizei her. Ich komm' in seine Halle nicht rein, und einer allein würde mehr als eine Nacht brauchen, um sie gründlich zu durchsuchen.«

»In Ordnung.«

»Lassen Sie sich irgendein Märchen einfallen. Erwähnen Sie bloß meinen Namen nicht, wenn Sie die Staatsgewalt rufen.«

»Nein, keine Bange. Ich werde selbst auch kommen. Ich mache mich sofort auf den Weg.«

»Okay.«

Wir legten auf, ich steckte Sarahs Handy in meine Hosentasche und stieg aus dem Wagen. Der Rest der Werkstatt war schnell erkundet, aber ich fand weiter nichts. Auch die Verbindungstür zum Hangar war mit einem Elektronikschloß versehen. Ich stand davor und stierte darauf, als könne ich mit meinen Augen Löcher in die Tür bohren. Ich versuchte ein paar gängige Zahlenkombinationen, aber erwartungsgemäß tat sich nichts. Wenn sie wirklich irgendwo dort drin war, würde nicht ich es sein, der sie fand. Es wurde Zeit, daß ich mich davonmachte. Es würde ein Weilchen dauern, bis Ferwerdas Bemühungen Früchte trugen, auch wenn er, was ich für wahrscheinlich hielt, irgendeinen Kumpel in den oberen Gefilden der Polizeihierarchie anrufen würde. Trotzdem war es vermutlich nicht besonders ratsam, hier länger als nötig rumzulungern. Und ich wußte ja immer noch nicht, wie ich hier überhaupt rauskommen sollte.

Das Problem erwies sich als vergleichsweise simpel. In dem großen Rolltor fand sich eine normale Tür, die von innen mit einem normalen Schlüssel versperrt war. Schlimmstenfalls würde ich die Alarmanlage auslösen, wenn ich sie öffnete, aber die Bullen sollten ja ohnehin auf dem Weg hierher sein.

Ich drehte den Schlüssel um, öffnete die Tür und trat hinaus in den finsteren Hof. Keine Sirene heulte los, keine Alarmlampe blinkte. Das Bürogebäude lag jetzt auch im Dunkeln. Anscheinend war ich ganz allein. Ich kletterte über die Mauer, ging zu meinem Motorrad zurück und wartete auf Ferwerda.

Er kam in seinem flammneuen BMW angefahren, hielt direkt vor dem Tor und stieg aus. »Kommen Sie raus, wenn Sie hier irgendwo stecken.«

Ich trat in den Lichtklecks, den die Innenbeleuchtung seines Wagens auf die Straße warf.

»Ich habe der Polizei gesagt, das Funktelefon sei mir zugespielt worden«, raunte er konspirativ. »Sie waren nicht glücklich, daß ich meine Quelle nicht nennen wollte, aber sie kommen. Plückebaum ist benachrichtigt und wurde höflich gebeten, ebenfalls zu kommen und die Polizei hereinzulassen.«

»Und wird er das?«

»Was bleibt ihm schon übrig? Geben Sie mir das Handy, und steigen Sie in den Wagen. Wenn jemand fragt, sind Sie ein Kollege von der Secura.«

»Meinetwegen.«

Wir stiegen in seine Nobelkarosse und schwiegen uns an. Ich ließ einen Fuß zur Tür raus baumeln und rauchte eine.

Es dauerte nicht lange, bis die ersten Streifenwagen aufkreuzten, mit Blaulicht und Sirene und vollem Zeremoniell.

Das war nur die Vorhut. Nacheinander rollten eine Suchmannschaft mit Hunden an, ein Zivilfahrzeug mit einem wichtigen Kommissar und zum Schluß Herr Plückebaum senior in einem Luxusliner der S-Klasse. Er war groß und ziemlich dick und wirkte ausgesprochen seriös in seinem dunklen Anzug. Kopfschüttelnd hörte er dem Kommissar zu, machte schließlich eine einladende Geste und holte einen dicken Schlüsselbund aus der Hosentasche. Ich beobachtete ihn durch das Seitenfenster und dachte, hier ist sie nicht mehr. Er wirkte beunruhigt, aber seine Körpersprache verriet, daß er innerlich völlig unbeteiligt war. Entweder war er verdammt kaltblütig, oder er hatte keine Ahnung, was in seinem Betrieb abging.

Überall im Hof und in den Gebäuden gingen Lichter an, die Hundestaffel rückte vor. Ferwerda öffnete die Tür. »Kommen Sie?«

Ich schüttelte den Kopf. »Wenn's recht ist, warte ich hier.«

Er mißverstand meine Ablehnung und traktierte mich mit einem mitfühlenden Blick, auf den ich liebend gern verzichtet hätte. »Wie Sie wollen.«

Sie suchten über eine Stunde. Sie krempelten jeden Winkel in dem riesigen Hangar um, sie kletterten in jeden Lkw und fanden nicht eine einzige Spur von ihr. Nur einmal schlugen die Hunde an, als sie zu dem Transporter in der Werkstatt kamen.

In der Werkstatt, berichtete Plückebaum glattzüngig, hatte er sich mit Frau Goldstein unterhalten. Wie ihr Telefon in den Transporter gekommen sei, könne er sich beim besten Willen nicht vorstellen. Vermutlich hatte sie es verloren, und einer der Mechaniker hatte es gefunden und mit in den der Transporter genommen, der gerade überholt wurde, in der Absicht, es später im Büro abzugeben, was er dann wohl vergessen hatte. Hanebüchen. Aber im Augenblick nicht zu widerlegen.

»Warum haben Sie hier in der Werkstatt mit ihr gesprochen und nicht in Ihrem Büro?« fragte der Typ von der Kripo.

»Meine Sekretärin hat sie herübergeschickt, weil ich

gerade hier war, um mit unserem Mechaniker ein paar Dinge zu besprechen.«

»Weswegen wollte sie Sie sprechen?«

»Wie ich schon sagte. Hasan Rashid.«

»Und wann war das?«

Er schien einen Moment zu überlegen. »Dienstag. Am frühen Abend.«

»Danke, Herr Plückebaum. Ich denke, wir sind hier fertig. Tut mir leid, daß wir Sie so spät am Abend bemühen mußten.«

»Keine Ursache.«

Kurz darauf stieg Ferwerda wieder ein. »Er lügt.«

»Ja.«

»Dienstag abend hat Frau Goldstein mich von Ihrem Haus aus angerufen, und da war sie noch nicht bei Plückebaum gewesen. Ich kann mir nicht denken, daß sie nach unserem Telefonat noch hingefahren ist.«

War sie nicht. Sie war den ganzen Abend bei Daniel und Anna geblieben.

Er sah mich von der Seite an. »Was werden Sie jetzt tun, Malecki?«

»Nach Hause fahren.«

Er schnalzte ungeduldig mit der Zunge. »Das meine ich nicht. Was haben Sie vor?«

»Ich weiß noch nicht.« Mit einem Schlag war ich total erledigt. Ich mußte mir einen Ruck geben, um die Wagentür zu öffnen und auszusteigen. Am liebsten hätte ich mich am Straßenrand auf den sonnenwarmen Asphalt gelegt und mich eine Weile nicht mehr gerührt.

»Ich ruf' Sie morgen an«, rief er mir nach.

Es war weit nach Mitternacht, als ich nach Hause kam. Anna und Daniel waren im Bett. Tom saß mit einem Bier auf der Terrasse vor der Küchentür, neben sich mein Telefon, und mein treuloser Kater lag schnurrend auf seinem Schoß.

»Und?« fragte er.

Ich erzählte in groben Zügen.

Er dachte ein Weilchen darüber nach. »Und diese Buchhaltungsdaten, die du ergaunert hast? Was geben die her?«

Ich hatte sie total vergessen. Ich ging in die Küche, schüttete mir einen sehr großzügigen Bourbon ein und nahm eine Kerze mit nach draußen. Kein Hauch regte sich, die Flamme flackerte nicht mal, als ich sie auf den niedrigen Tisch stellte. Ich trank einen großen Schluck im Stehen, zog mit der anderen Hand die erbeuteten Zettel aus meiner Hosentasche und faltete sie auseinander.

»Mal sehen.« Ich studierte im Kerzenschein den schwachen, altmodischen Nadeldruckerprintout. »Reichen zwei Jahre zurück. Fünf, sechs, sieben Transporte haben sie für Hasan Rashid durchgeführt. Dreimal Kalk nach Rotterdam. Zweimal Dünger nach Antwerpen. Zweimal irgendwelches Zeug nach Duisburg.«

»Was für Zeug?«

»Hier.« Ich reichte ihm die Papiere.

Er blätterte sie langsam durch. »Phramrozil Meta B. Klingt ziemlich giftig, oder?«

»Hm.«

»Führt Plückebaum Gefahrenguttransporte durch?«

»Keine Ahnung.«

Er legte die Blätter beiseite, verschränkte die Hände im Nacken und sah zum diesigen Sternenhimmel auf. »Was hast du als nächstes vor?«

Ich war noch nicht sicher, ob ich es ihm sagen würde. »Mal sehen. Geht's dir besser?«

Er nickte. »Ich hab' mindestens drei Stunden geschlafen wie ein Toter. Danach ging's wieder. Hier war richtig was los heute abend. Als erstes kam eine Figur wie aus der Rasierwasserreklame hier an. Bodo. Sehr verliebt, sehr unglücklich. Er hat eine Stunde auf dich gewartet und ist dann mit hängendem Kopf abgezogen. Ruft morgen an. Als nächstes brach ein blondes Gift über mich herein. Sie behauptete, sie sei deine Exfrau, und wenn ich das alles richtig verstanden habe, war sie gekommen, um dir die Eier abzuschneiden. Außerdem fragte sie, wer ich sei und was ich hier zu suchen habe, und als ich mich unwillig zeigte, sie aufzuklären, äußerte sie den Verdacht, daß du und ich sexuelle Beziehungen unterhalten, und stellte halblaute Überlegungen an, was die Familienrichterin wohl davon halten würde.«

»Miststück ...«

»Als Daniel dazustieß, wurde sie zuckersüß. Sie verzogen sich ein Weilchen unter die Kirschbäume und haben sich sehr ernst, aber offensichtlich einvernehmlich unterhalten. Anna kam erst zum Vorschein, nachdem sie weg war ... Interessiert dich das alles überhaupt?«

»Ja.«

Er trank aus seiner Flasche, und es war eine Weile still.

Schließlich fragte er noch einmal: »Was willst du tun, um deine Freundin wiederzufinden?«

»Tja. Die Fachleute sagen, Entführer neigen zu Panik. Man muß sie wie rohe Eier behandeln.«

»Damit kennst du dich aus?«

»Eigentlich nicht. Aber ich hab' mich früher hin und

wieder mit Kriminalpsychologie befaßt. Das ging mit meinem Job einher.«

»Du warst Polizist?« fragte er erschüttert.

Ich grinste vor mich hin. »Nein. Bankrevisor.«

Daran kaute er ein Weilchen. »So siehst du mir aber gar nicht aus.«

»Das hat mein Chef auch immer gesagt.«

»Und warum hast du einen so seriösen, lukrativen Job an den Nagel gehängt?«

»Ich hatte eine bitterliche Meinungsverschiedenheit mit dem Vorstandssprecher der Bank.«

»Und da haben sie dich rausgeworfen?«

»Nicht gleich. Erst als ich ihm die Knochen gebrochen hatte. Ich bekam zwei Jahre auf Bewährung.«

Normalerweise erzähle ich das Fremden nicht. Normalerweise erzähle ich das überhaupt nicht. Ich war offenbar wirklich ziemlich durcheinander. Und er hatte irgendwas an sich, das einen verleitete, sich ans Messer zu liefern.

Er stützte sein Kinn auf die Faust und sah mich an. »Also. Du bist im Begriff, den Rat der Fachwelt zu mißachten und in die Offensive zu gehen?«

Ich leerte mein Glas, drehte es zwischen den Händen und starrte darauf hinab. »Wenn ich es tue, und es geht schief, könnte es sie umbringen. Und sie würden mich einsperren und den Schlüssel wegschmeißen.«

»Ja, das würden sie todsicher.«

Grafiti sprang von seinen Knien, stolzierte zu mir herüber und strich mir reumütig um die Beine. Ich ließ eine Hand über die Armlehne baumeln und massierte ihm ein bißchen die Schultern. Das hatte er furchtbar gern, und ich fand das Gefühl des weichen Fells unter meinen Fingern tröstlich.

»Als erstes müssen die Kinder aus dem Haus.«

Tom legte den Kopf zur Seite. Ich konnte ihn nicht genau erkennen, das Licht der Kerze blendete ein bißchen. Aber seine Augen schienen mir erwartungsvoll entgegenzufunkeln.

6. Kapitel

Anna heulte, stellte klirrend ihre Kakaotasse ab und stürmte raus in den Garten.

Daniel sah ihr beifällig nach. »Soviel also zu meinem Job und meinem Moped«, grollte er.

»Es ist doch nur für zwei, drei Tage, Daniel. Hör mal, denkst du vielleicht, ich kann mir das leisten, mich wochenlang nicht um meine Arbeit zu kümmern? Davon leben wir schließlich. Wenn ihr wieder da seid, werde ich deine Hilfe mehr brauchen denn je, denn dann müssen wir richtig ranklotzen.«

»Zwei, drei Tage? Nicht länger?«

»Höchstens bis übers Wochenende.« Wenn mein Plan bis zum Wochenende keine Früchte trug, war er fehlgeschlagen.

»Das wären schon vier Tage.«

»Meine Güte, man könnte glauben, ich wollte euch ins Arbeitslager schicken, nicht zu eurer Mutter.«

Er biß sich auf die Unterlippe und schnitt eine schuldbewußte Grimasse. »Na ja. Es ist nicht immer gerade ein Zuckerschlecken mit ihr.«

»Das mußt du mir nicht erzählen.«

Es war auch kein Zuckerschlecken gewesen, sie zu überreden, die Kinder für ein paar Tage zu nehmen. Sie war in der Hinsicht nicht flexibel, sie haßte das, wenn irgendwas ihre Pläne durchkreuzte. Aber natürlich witterte sie ihre Chance. Wenn sie jetzt gute Miene machte und den Kindern Obdach bot, während ich sie praktisch vor die Tür setzte, war das ihrer Schönwetter-Kampagne sehr zuträglich. Irgendwie passierte genau das, was ich immer um jeden Preis hatte vermeiden wollen: Anna und Daniel gerieten zwischen die nachehelichen Fronten. Wenn ich darüber nachdachte, hätte ich die Wände hochgehen können. Das Problem war, ich wußte mir im Augenblick keinen anderen Rat.

»Und was willst du tun, wobei wir dir im Weg wären, das wüßt' ich gern«, brummte Daniel.

»Ist das so schwer zu erraten? Meine Angriffsfläche verkleinern.«

»Oh.«

Er erhob keine weiteren Einwände. Daniel hatte auf die ganz harte Tour rausgefunden, was es bedeutete, ein Druckmittel darzustellen. Er und Anna waren während dieser Geschichte vor zwei Jahren verschleppt und beinah vierundzwanzig Stunden lang gefangengehalten worden, und ich fand immer, es grenzte an ein Wunder, wie mühelos sie die Erinnerung an dieses traumatische Erlebnis abgeschüttelt hatten. Anna war damals noch keine sechs gewesen, und sie schien es völlig vergessen zu haben. Daniel nicht. Er hatte in diesen vierundzwanzig Stunden schließlich ganz allein die Verantwortung für seine kleine Schwester getragen. Er verlor niemals ein Wort darüber. Aber das hieß natürlich nicht, daß er irgendwas vergessen hatte.

»Also meinetwegen. Bis Sonntag abend und keine Sekunde länger, ja?«

Ich nickte und ging raus in den Garten.

Sie saß auf der Steinbank, hatte das Kinn in die Hände gestützt und sah stur auf ihre Füße.

»Anna …«

»Laß mich in Ruhe.«

»Du machst ein verdammtes Theater wegen einer Kleinigkeit.«

»Für mich ist das aber keine Kleinigkeit.«

Ich setzte mich neben sie. »Was ist so schwierig daran?«

Sie schniefte und dachte einen Moment nach. »Sie nervt. Sie kann mich einfach nicht zufrieden lassen, andauernd kommt sie an und ... will irgendwas von mir. Sie geht mir einfach auf den Wecker.«

Und das war die reine Wahrheit, ich wußte es. Von Anfang an war Annas Verhältnis zu ihrer Mutter distanziert gewesen. Als unser Familienidyll unter erdbebengleichen Begleiterscheinungen zusammenbrach und Ilona verschwand, blieb Anna praktisch unberührt. Ich weiß nicht, warum das so war. Ich hab' nie besonders viel Sinn darin gesehen, solchen Sachen auf den Grund zu gehen.

»Aber es ist bestimmt nicht so schlimm mit ihr, daß es eine Katastrophe ist, ein paar Tage bei ihr zu sein, oder?«

Sie antwortete nicht, wie immer, wenn sie wußte, daß jede mögliche Antwort ihre Position schwächen würde. Ich streckte ihr ein bißchen zaghaft die Hand entgegen, mir graute vor ihrer kühlen Zurückweisung. Aber die blieb mir diesmal erspart. Sie kletterte auf meinen Schoß und klammerte sich an mir fest.

»Sie hat es plötzlich auf uns abgesehen«, vertraute sie mir im Verschwörerton an. »Sie will Daniel ein Moped kaufen und versucht alles, um ihn einzuseifen. Und Daniel fällt drauf rein. Aber ich nicht.«

Ich schluckte. Es war irgendwie schrecklich, so was von ihr zu hören. »Anna, du siehst die Dinge zu sehr aus deiner Sicht. Sie meint es wirklich gut, glaub mir.«

»Sie will uns dir nur wegnehmen, um es dir zu zeigen.«

»Nein, das ist nicht wahr.«

»Es *ist* wahr. Und du hilfst ihr auch noch dabei, wenn du uns jetzt hinschickst.«

Mir ging auf, daß ich hier nur mit der Wahrheit weiterkommen würde. »Hör zu. Es geht hier im Augenblick überhaupt nicht um deinen Bruder und dich und eure Mutter, es geht nur um Sarah. Ich weiß nicht mal, ob sie noch lebt, verstehst du. Aber wenn, dann müssen wir ihr helfen. Schnell. Und darum muß es sein, daß ihr für ein paar Tage verschwindet. Das ist sozusagen euer Anteil. Also. Wenn du ihr helfen willst, hör mit dem Theater auf und geh ein paar Klamotten packen.«

Sie kaute einen Moment auf ihrer Unterlippe und nickte unwillig. »Also gut. Wenn's sein muß.«

Ich strich ihr über die Stoppeln. »Danke.«

Sie riß den Kopf weg und sprang von meinem Schoß. »He, laß das, ich kann das nicht leiden!«

Ich hatte sie früh aus den Betten geworfen, was vermutlich einen Teil ihres Grolls erklärte. Aber auf diese Weise konnte ich sie schon um zehn vor dem Haus des Tennis-Hansels absetzen.

Daniel hatte einen Schlüssel, und ich ersparte es mir, mit reinzugehen. Ich winkte ihnen verschämt zu, und sie winkten beide mit erhobenem Mittelfinger zurück. Das war das letzte Mal, daß ich an diesem Tag lächelte.

Von Grafenberg aus fuhr ich zum Hauptbahnhof und lud Tom ein, der sein bescheidenes Gepäck aus dem Schließfach geholt hatte.

»Und was jetzt?«

»Zuerst der Anruf. Am besten von einer Telefonzelle aus. Sicher ist sicher. Dann zum Baumarkt, Wohnwagen-Verleih, Supermarkt. Wir haben noch Unmengen zu tun.«

»Dann sollten wir nicht trödeln. Bleib im Wagen, ich geh' noch mal in den Bahnhof. Da sind Hunderte von Telefonzellen.«

»Paß bloß auf, daß dir keiner zuhört.«

»Ja, ja, nur die Ruhe.«

Wir sahen uns einen Moment an. »Hör mal, Tom, sie ist meine Freundin, und selbst ich hab' ein beschissenes Gefühl bei der Sache. Bist du wirklich sicher, daß du das machen willst?«

»Du kennst meinen Preis.«

»Ja.«

»Also hör auf zu schwafeln. Sag mal, hast du 'ne Telefonkarte?«

Ich kramte eine aus meiner Brieftasche und reichte sie ihm. Ich hatte Mühe, ihn anzusehen. Er hatte sich so bedenkenlos auf diesen Irrsinn eingelassen, als sei es nur ein gigantischer Witz. Aber ich schauderte bei der Vorstellung, was alles schiefgehen konnte.

Ich sah ihm nach, als er zwischen den Menschenströmen am Haupteingang verschwand, und überlegte, ob es nicht an der Zeit war, der Ratte, die von innen an meinen Magenwänden nagte, einen Namen zu geben.

Ein Taxifahrer kam und scheuchte mich weg, weil ich natürlich am Taxistand parkte, und ich mußte eine Riesenrunde drehen. Als ich wieder ankam, lief Tom nervös am Taxistand auf und ab. Ich hielt, winkte ihm, sich zu beeilen, und brauste los, noch ehe er die Tür ganz zu hatte, weil der Taxifahrer schon wieder mit finsterer Miene auf mich zustapfte.

»Und?«

»Er kommt.«

»Bist du sicher?«

»Absolut.«

Die Läden waren voll, aber bis zum frühen Nachmittag hatten wir unsere Einkäufe erledigt. Dann fuhren wir zu mir nach Hause und machten uns an die Arbeit. Über ein paar Rühreiern gingen wir unsere Pläne noch mal durch und überlegten, was wir nicht bedacht hatten. Dann machten wir weiter. Ich war froh, daß wir soviel zu tun hatten. Und wären wir vorzeitig fertig geworden, hätte ich vermutlich angefangen, die Fenster zu putzen oder mich sonstwie beschäftigt. Nur nicht rumsitzen und nachdenken, denn dann lief ich Gefahr, das ganze Manöver noch abzublasen. Tom hatte geschickte Hände und erledigte alles, was ich ihm auftrug, mit Sorgfalt und ohne viel zu reden. Einmal brachte er mir eine Flasche Bier in den Keller runter und verschwand gleich wieder. Wir redeten nicht mehr als unbedingt nötig. Mir kam in den Sinn, daß es verrückt war, ein Verbrechen mit einem Komplizen zu begehen, den man praktisch überhaupt nicht kennt. Aber seine Gesellschaft war mir seltsam angenehm, wir arbeiteten den ganzen Nachmittag in bemerkenswerter Eintracht, die irrsinnige Hitze und unser bizarrer Plan machten alles ein bißchen unwirklich. Meine Anspannung ließ ein wenig nach.

Dafür wurde er nervös, als es dämmerte. »Müssen wir nicht bald los? Wir sollten auf jeden Fall vor ihm dasein.«

Ich sah auf die Uhr. »Wir brauchen höchstens zwanzig Minuten.«

»Trotzdem. Wir könnten auch mal 'nen Platten haben, oder sonst irgendwas könnte uns aufhalten.«

»Na schön. Laß uns fahren.«

Es ging auf zehn, und wir kamen problemlos durch die Stadt. Die Autobahn Richtung Kaarst war wie leer gefegt, so daß wir eine halbe Stunde zu früh zu unserem Rendezvous kamen. Inzwischen war es finster. Laternen erhellten die relativ neue Straße, die sich durch das Gewerbegebiet zog, aber bei der Firma RECON und auf dem unbebauten Grundstück daneben war alles dunkel. Ich parkte den Wagen hinter dem baufälligen Schuppen, machte das Licht aus und bot Tom eine Zigarette an. Dann warteten wir.

Um Viertel vor elf stiegen wir aus. Tom schlug den Kragen seiner Jacke hoch und setzte sich eine dunkle Sonnenbrille auf

»Jetzt seh' ich nichts mehr.«

»Und obendrein siehst du noch total behämmert aus.«

»Na wenn schon. Vielleicht macht mich das in seinen Augen um so glaubwürdiger. Ich hoffe nur, er kommt auch.«

»Das wird er schon.«

»Wie spät ist es?«

»Zehn vor.«

Er ging ein paar Schritte neben dem Schuppen auf und ab und sah immer wieder zur Straße. Es wurde fünf vor elf. Ich öffnete die Beifahrertür und vergewisserte mich, daß alles auf dem Sitz bereitlag.

»Wie spät ist es jetzt?«

»Kurz nach.«

»Er kommt nicht.«

»Jetzt hör endlich auf damit. Er kommt.«

Er atmete tief durch. »Ich glaub', ich muß pinkeln.«

Ich verdrehte die Augen. »Nicht jetzt.«

»Ja, wenn ich aber doch pinkeln muß ...«

»Daraus wird nichts. Dreh dich um. Da kommt er.«

Ein dunkler Porsche kam die Straße entlanggerauscht. Er parkte ein Stück hinter der Einfahrt der Firma RECON, und eine einzelne, schemenhafte Gestalt stieg aus. Ich glitt zurück in den Schatten hinter dem Schuppen und nahm meine Position ein.

Ledersohlen auf dem Bürgersteig, dann leise Schritte auf der sandigen, ausgetrockneten Erde.

»Hallo? Ist hier jemand?«

»Kommen Sie hierher«, raunte Tom.

Die Schritte näherten sich.

»Sind Sie Plückebaum?« fragte Tom argwöhnisch.

»Natürlich bin ich das«, gab der Schnösel ungeduldig zurück. »Wer sollte wohl sonst zu diesem gottverlassenen Ort kommen? Ich verstehe immer noch nicht, warum wir uns nicht in der Stadt treffen konnten.«

»Ich muß vorsichtig sein«, erklärte Tom. »Besser für mich, man sieht uns nicht zusammen.«

»Und? Was ist jetzt? Sie sagten, Sie hätten Beweise über illegale Transporte, die unsere Firma angeblich für Hasan Rashid durchgeführt hat?«

»Stimmt.«

Es war nicht besonders schwer gewesen, etwas zu erfinden, das ihn herbeilocken würde. Tom hatte sich am Telefon als Geschäftspartner von Rashid ausgegeben und erklärt, er habe die Unterlagen, die aus Rashids Büro verschwunden waren. Die wolle er jetzt zu Geld machen, aber ehe er sie der Presse zuspielte, habe er sich gedacht, er biete Plückebaum an, sie zurückzukaufen. Natürlich hatte der Junior sofort angebissen. Nicht so sehr, vermutete ich, um seinen Vater vor Unannehmlichkeiten und das Geschäft vor schlechter Publicity zu bewahren, sondern um ein Druckmittel gegen seinen alten Herrn in die Finger zu bekommen.

»Haben Sie das Geld?« fragte Tom. Er machte seine Sache gut, man hörte an seiner Stimme, wie gierig er war.

»Erst will ich das Material sehen«, konterte Plückebaum.

»Einverstanden. Ich hab's hier im Wagen.«

Sie kamen hinter der Holzwand hervor. Ich hockte am hinteren Ende des Wagens im Schatten und konnte sie nicht sehen. Mit einem leisen Klicken wurde die Tür geöffnet, Papier raschelte.

»Hier«, sagte Tom.

Ich stand langsam auf. Plückebaum stand leicht vorgebeugt neben der offenen Autotür und versuchte, im schummrigen Licht der Innenbeleuchtung zu lesen, was er in Händen hielt. Ich ließ ihm keine Zeit festzustellen, daß es sich um Quittungen über den Kauf verschiedener Ersatzteile für Motorräder und ein paar alte Gasrechnungen handelte. Ich pirschte mich von hinten an ihn ran und stülpte ihm eine Stoffeinkaufstasche über den Kopf.

Er reagierte sehr schnell, vermutlich war er auf der Hut, weil ihm die ganze Situation nicht geheuer war. Er gab ein überraschtes »Hey!« von sich und riß den Oberkörper nach vorn. Tom legte ihm eine Hand auf die Schulter und verpaßte ihm eins auf die Kinnspitze, so daß er rückwärts wieder zu mir hin taumelte. Er schlug blind um sich und keuchte, und als ich ihn packte, holte er tief Luft, um zu brüllen. Ich legte die Hände von hinten um seinen Hals und drückte mit beiden Mittel- und Zeigefingern auf die Adern unterhalb des Kehlkopfs. Er bekam keinen Laut heraus. Seine Arme ruderten noch ein paar Sekunden in hilfloser Panik, dann wurde er bewußtlos. Ich nahm eilig meine Hände von seiner Kehle und ließ ihn vorsichtig zu Boden gleiten.

Tom sah kopfschüttelnd auf ihn runter. »Nicht zu glauben. Der Trick ist genial. Ich hab' ehrlich gesagt nicht so richtig dran geglaubt.«

»Komm schon. Er kann jederzeit wieder aufwachen.« Ich hatte nicht gewagt, fester zuzudrücken. Ich machte so was schließlich auch nicht jeden Tag, und man konnte jemanden im Handumdrehen umbringen, wenn man die Sauerstoffzufuhr zum Gehirn unterbrach.

Tom holte Paketkordel und breites Heftpflaster von der Ladefläche des Pick-up. Die Rolle Kordel drückte er mir in die Hand. »Da, das machst du besser.«

»Paß auf mit dem Knebel. Er soll uns ja nicht ersticken.«

»Nur die Ruhe, ich mach' das schon.«

Während Tom ihm einen Streifen Pflaster über den Mund klebte und die Einkaufstasche um seinen Hals befestigte, nahm ich ihm seine protzige Armbanduhr ab und fesselte ihn an Händen und Füßen. Dann hievten wir ihn auf die Ladefläche und zurrten ihn fest. Er lag ganz reglos, aber sein Herz schlug kräftig und er atmete.

Tom zog sich ein paar dünne Lederhandschuhe an, tastete Plückebaums Hosentaschen ab und fand den Wagenschlüssel. »Gib die Uhr.«

Ich drückte sie ihm in die behandschuhten Finger.

Er ließ den Wagenschlüssel klimpern. »Bis gleich. Porsche fahren wollte ich immer schon mal. In meinem Herzen war ich seit jeher ein Kapitalistenschwein.«

Wir hatten von vornherein festgelegt, daß er den Wagen fahren sollte. Ich wollte nicht mal in seine Nähe kommen. Handschuhe waren gut und schön, aber die kleinste Unachtsamkeit hätte gereicht und ich wäre geliefert. Toms Fingerabdrücke waren hingegen nirgendwo aktenkundig. Oder, hatte er einschränkend hinzugefügt, das glaubte er zumindest, auch wenn letztlich niemand wüßte, ob der Verfassungsschutz nicht in aller Stille alte Stasi-Akten auswertete.

Ich fühlte noch ein letztes Mal den Puls des Schnösels, dann breitete ich eine leicht ölverschmierte Abdeckplane über ihn. Ich wollte ihn lieber nicht zu genau ansehen. Auch wenn ich ihn ziemlich unsympathisch gefunden hatte, machte mein Gewissen mir zu schaffen, vor allem, weil er mit der Tasche über dem Kopf so hilflos, auf so beklemmende Weise lächerlich wirkte. Niemand mußte mir erzählen, daß ich kein Recht hatte, jemanden in so eine Lage zu bringen.

So unauffällig wie möglich und immer strikt unterhalb der erlaubten Höchstgeschwindigkeit fuhren wir nach Neuss und stellten den Porsche vor dem verschlossenen Tor der Spedition ab. Dann stieg Tom zu mir in den Pick-up, und wir fuhren nach Hause.

Die Garage stand offen. Wir hatten zwei Stunden damit verbracht, dort aufzuräumen und Platz für den Wagen zu schaffen, der für gewöhnlich immer draußen stand. Ich fuhr hinein, stieg aus, warf einen aufmerksamen Blick die Straße rauf und runter und schloß das Tor von innen. Für eine Sekunde lehnte ich mich mit dem Rücken dagegen und atmete tief durch.

Die Abdeckplane raschelte und bewegte sich. Ich schlug sie zurück, und sofort lag er wieder still, als folge er einem Urinstinkt, sich tot zu stellen.

Ich löste die Gurte, legte vorsichtig eine Hand auf seinen Arm, und er zuckte zusammen und wimmerte erstickt.

»Hören Sie, Sie brauchen wirklich keine Angst zu haben. Ich werde Ihnen später erklären, warum Sie hier sind, aber ich habe nicht die Absicht, Ihnen auch nur ein Haar zu krümmen. Haben Sie mich verstanden?«

Er nickte.

»Und glauben Sie mir?«

Er schüttelte den Kopf.

Ich seufzte. Vermutlich war's auch kaum zu glauben, wenn man die Sache aus seiner Perspektive betrachtete. »Na schön. Setzen Sie sich auf.«

Ich hatte ihm die Hände vorn zusammengebunden, so daß er sich jetzt darauf aufstützen konnte. Er brachte sich langsam in eine sitzende Haltung.

»Sie sind auf der Ladefläche eines Pick-ups. Rutschen Sie langsam nach vorn, ich sag' Ihnen, wenn Sie an die Kante kommen.«

Er rutschte folgsam.

»Halt.« Ich nahm wieder seinen Arm und half ihm herunter. Er zitterte am ganzen Leib. »Ich werd' Sie jetzt hineinführen. Ihre Fußfesseln lassen Ihnen genug Spiel, Sie können laufen. Ich werd' Sie warnen, wenn wir an Stufen kommen. Also, wenn Sie sich ein bißchen zusammenreißen und nicht über die eigenen Füße stolpern, sollten wir unbeschadet ankommen. Okay?«

Er nickte und schniefte. Und ich dachte hartherzig, daß er schon wieder aufhören würde zu heulen, wenn er feststellte, daß er keine Luft mehr durch die Nase bekam.

Ein zweites Tor führte von der Garage in den Garten. Tom öffnete es und ging vor uns her zum Haus. Wir folgten ihm durch die Küchentür hinein. Grafiti lag in der Küche auf seinem Platz auf der Fensterbank und beobachtete uns mit mäßigem Interesse. Raus aus der Küche, ein Stück durch den Flur zur Kellertür. Da hielten wir kurz.

»Jetzt kommt eine ziemlich steile Treppe. Abwärts. Zwölf Stufen. Ich gehe hinter Ihnen und halte Sie an den Schultern fest, Sie werden nicht fallen.«

Tom schaltete das Licht auf der Treppe ein. Es war

einer dieser altmodischen Drehknöpfe. Der Laut zusammen mit dem unverkennbaren Geruch alter Keller verriet unserem Gast, wohin die Reise ging, und wir mußten eine neue Panikwelle abwarten, ehe wir den Abstieg beginnen konnten. Mir fiel wieder ein, was ich damals in den Artikeln über die psychischen Mechanismen des Kidnappings gelesen hatte. Das Opfer sollte versuchen, möglichst wenig Emotion zu zeigen, hieß es da. Anzeichen von Angst und Schwäche wecken die Aggression des Entführers. Der Artikel hatte recht. Schließlich waren meine Nerven auch zum Zerreißen gespannt, und ich mußte mich zusammennehmen, um mit dieser Jammergestalt nicht die Geduld zu verlieren. Und als sei es die natürlichste Sache der Welt, folgte darauf der nächste Gedanke: Ich bin sicher, das macht Sarah besser. Der Gedanke selbst war ja prinzipiell in Ordnung und entsprach zweifellos den Tatsachen, nur daß er mich für einen Augenblick stolz machte, das konnte ich mir nicht verzeihen, das machte mich so wütend, daß ich nur mit Mühe dem Impuls widerstand, meinem Gefangenen einen kräftigen Stoß zwischen die Schultern zu verpassen und zuzusehen, wie er die Treppe runtersegelte.

Besser, du reißt dich ein bißchen zusammen, Mark, alter Junge.

Tom stand unten an der Treppe, hatte den Kopf leicht zur Seite geneigt und sah mich kritisch an. Ich nickte ihm beruhigend zu, und wir setzten unseren Weg fort.

Der Raum, den wir für unsere Zwecke eingerichtet hatten, lag auf der Gartenseite des Kellers. Er beherbergte unter normalen Umständen alles mögliche Gerümpel, wie kaputte Gartenstühle und ausrangierte Fahrräder und die Sauna, die der Vorbesitzer des Hauses eingebaut hatte und die nicht mehr in Betrieb war, seit Ilona ausgezogen war. Jetzt war das Gerümpel verschwunden. Statt dessen gab es eine halbwegs gemütliche Campingliege mit Decken, einen kleinen Tisch und einen Stuhl. Ich verfrachtete ihn auf den Stuhl, und Tom ging zur Tür, zog sie zu und schaltete das Licht aus.

Ich hatte immer noch die Hände auf seinen Schultern. »Bleiben Sie ruhig sitzen. Ich werde jetzt den Beutel von Ihrem Kopf nehmen und Ihnen dann die Augen verbinden. Versuchen Sie nicht, sich umzuwenden, es ist sowieso zu dunkel, um etwas zu erkennen. Versuchen Sie nicht, mich zu sehen, klar?«

Es raschelte, ich nahm an, er nickte. Und er blieb auch still sitzen, während ich das Klebeband entfernte, ihm die Tasche vom Kopf zog und die Augenbinde umband, die griffbereit auf dem Tisch lag.

»Fertig.«

Tom schaltete das Licht ein.

Die Augenbinde saß richtig, wir hatten sie an uns selber ausprobiert, er konnte nichts sehen. Ich stellte mich vor ihn. Seine Haare waren zerzaust, ein Kragenzipfel seines Hemdes stand hoch, und er saß starr und zusammengesunken auf seinem Stuhl. Ein trauriger Anblick.

»Ich nehme Ihnen jetzt den Knebel und die Fesseln ab. Versuchen Sie nicht zu brüllen. Dieses Haus ist fast hundert Jahre alt und hat einen soliden Gewölbekeller. Niemand hört Sie.«

Er nickte wieder. Ich fing mit seinen Füßen an, dann die Hände und zog mit einem Ruck das Pflaster von seinem Mund.

Er hob eine Hand an die Lippen und befühlte sie. Die Lippen zitterten ebenso wie die Hand.

»Wer ... wer sind Sie? Was wollen Sie von mir?«

»Sie sind meine Geisel. Ich werde mit Ihrem Vater

Kontakt aufnehmen und biete Sie im Austausch gegen Sarah Goldstein.«

Er zuckte zusammen und antwortete nicht.

Ich machte die Augen zu. »Ist sie tot?«

Nichts.

»Hör'n Sie, ich hab' gesagt, ich rühr' Sie nicht an. Das hab' ich auch gemeint, aber es ist besser, Sie machen das Maul auf.«

»Ich ... weiß nicht. Ehrlich, ich weiß nicht, ob sie tot ist.«

Ich wollte meine nächste Frage stellen, aber ich brachte keinen Ton raus. Luft schien sich in meiner Kehle anzustauen. Der altbekannte, gefürchtete graue Schleier war wieder vor meinen Augen, und ich wußte, ich würde mich auf ihn stürzen und mein Versprechen brechen, ich sah zu, wie meine Fäuste sich ballten. Ich versuchte, mich auf die Fäuste zu konzentrieren, ballte sie fester, bohrte meine Nägel in die Handflächen, um mich unter Kontrolle zu halten. Ich bin nicht sicher, ob ich's geschafft hätte, aber Tom sah das Unheil kommen. Plötzlich stand er neben mir und umschloß leicht mein Handgelenk. Meine Faust öffnete sich wie von selbst, und mit einemmal konnte ich meinen Kopf auch wieder bewegen.

Ich schüttelte seine Hand ab und sammelte mich. »Okay. Sie wissen es nicht. Wissen Sie, wo sie ist?«

»Nein. Ich glaube, die erste Nacht war sie die ganze Zeit im Transporter, aber sie haben sie weggebracht.«

»Wer sind sie? Wer hat sie entführt und warum?«

»Mein Vater und Sieben, glaub' ich.«

»Wer ist Sieben?«

»Ein – Geschäftsmann aus Kaarst. Er ist ... Geschäftsführer bei der Entsorgerfirma. RECON.«

»Und wieso haben sie Sarah Goldstein entführt? Was hat sie rausgekriegt?«

»Da war dieser Typ … Rashid. Oh, ich schätze, Sie wissen von ihm, wenn Sie die Goldstein kennen.«

»Ja, ich weiß von ihm.«

Selbst jetzt, wo die Rede auf Rashid gekommen war, erkannte er meine Stimme nicht wieder. Aber das hatte ich auch kaum erwartet.

Der Mann, der in sein Büro gekommen war und Fragen über Hasan Rashid gestellt hatte, war von der Staatsanwaltschaft und stand in keinerlei Verbindung mit dieser gesetzwidrigen, geradezu barbarischen Attacke auf seine Person.

Er war jetzt ruhiger und fing offenbar langsam an zu glauben, daß ich wirklich nicht vorhatte, die Hand gegen ihn zu erheben. Nur gut, daß er nicht gesehen hatte, wie knapp er dem entgangen war. Jedenfalls faßte er Zutrauen und erzählte beinah munter weiter. »Rashid hat vor drei Jahren oder so eine Verbindung in die Ukraine aufgetan, wohin alles mögliche Zeug entsorgt werden konnte, ohne daß großartig Fragen gestellt werden. Sieben hatte einen Entsorgungsauftrag für einige Tonnen Pestizide. Das Haltbarkeitsdatum war überschritten, und außerdem ist das Zeug in Deutschland inzwischen verboten. Die Ladung sollte wie üblich als Pflanzenschutzmittel deklariert werden, humanitäre Hilfe für die Landwirtschaft in der Ukraine.«

»Humanitäre Hilfe?«

»Ja. Zollfrei, verstehen Sie. Aber nachdem Rashid … ausgefallen war, kam die Verbindung ins Stocken. Die Typen in der Ukraine sind sehr mißtrauisch und wollten mit niemand anderem verhandeln. Dadurch verzögerte sich die Sache. Dann gaben sie endlich grünes

Licht, diese eine Ladung noch abzunehmen. Bei entsprechender Bezahlung. Das läuft da völlig anders als hier, die Leute, die das Sagen haben, halten die Hand auf, und dann ist es ihnen egal, was man ihnen vor die Tür kippt. Diese Goldstein hielt sich für besonders schlau. Sie hat unsere Fahrer angequatscht, statt sich an die Geschäftsleitung zu wenden, weil sie wohl hoffte, auf die Art was rauszukriegen, was wir ihr vielleicht nicht sagen würden.«

»Wann war das? Wann war sie in der Firma?«

Er überlegte kurz. »Mittwoch vormittag.«

»Weiter. Was hat sie rausgekriegt?«

»Sie hat irgendwie die Frachtpapiere zu Gesicht gekriegt und dann die Ladung und dann zwei und zwei zusammengerechnet. War nicht weiter schwierig, die Ladung als das zu erkennen, was sie war, alles rostige, leckende Fässer, übersät mit Warnhinweisen und Totenköpfen. Sie sollten noch in neuere, größere Fässer gesteckt werden, damit's beim Zoll keinen Ärger gibt. Aber so weit war's noch nicht. Dem Fahrer ging auf, daß sie vielleicht ein bißchen zuviel gesehen hatte. Er ging zu meinem Vater und erzählte ihm alles. Mein Vater rief sofort Sieben an, und sie stellten der Goldstein eine Falle. Fast so, wie Sie mir heute«, schloß er erschüttert.

Verdammt, Sarah, dachte ich, wie konntest du so dämlich sein? Warum hast du mich nicht wenigstens angerufen? Oder meinetwegen auch den sagenhaften Bodo? Wie konntest du allein gehen?

»Der Köder waren Beweise für Rashids Versicherungsbetrug?«

»Klar.« Er konnte sich ein hämisches Grinsen nicht ganz verkneifen.

»Sie sind so richtig zufrieden mit sich, was?«

Er zog den Kopf ein. »Aber ich hatte doch gar nichts damit zu tun!«

»Jetzt schon. Wer hat ihr die Falle gestellt?«

»Sieben.«

»Und wo wollten sie sie hinbringen? Was mit ihr tun?«

»Mein Vater meinte, wir müßten sie festnageln, bis die Fässer wenigstens über die polnische Grenze sind. Hinter der Grenze kräht ja kein Hahn mehr nach so was. Und ohne Beweise wär's egal, was sie gesehen hat. Aber Sieben ...«

»Ja?«

»Er meinte ... er sagte, die wär' hartnäckig, die würd' uns für alle Zeiten die Umweltbehörden auf den Hals hetzen, wenn wir sie laufenließen.«

»Und wer hat für gewöhnlich das Sagen? Ihr Vater oder Sieben?«

Er überlegte. Anscheinend hatte er noch nie darüber nachgedacht. »Hm. Ich glaub', mein Vater. Sieben ist ... na ja, er ist ein cleverer Geschäftsmann, aber es ist mehr Instinkt als Grips. Mein Vater ... mein Vater ist wie ein Feldherr. Er kann Leute manipulieren. Er steckt jeden in die Tasche.«

Es war ein klägliches Eingeständnis, eine ehrliche Einschätzung vor allem wohl seiner eigenen Position. Um Sarahs willen hoffte ich, daß der alte Stratege sich auch dieses Mal durchgesetzt hatte.

Ich rieb mir die Augen. »Ich denke, es wird Zeit, daß ich Ihren Vater anrufe. Bevor ich gehe, erklär' ich Ihnen die Regeln. Hören Sie mir gut zu.«

Er nickte.

»Wenn Sie hören, daß die Tür sich schließt, können Sie die Augenbinde abnehmen. Sie werden feststellen, daß Sie in einem Kellerraum mit einer Sauna sind. Das

Kellerfenster ist zu klein, um rauszuklettern, und es ist schallisoliert. Sie haben ein Bett. Am Fußende steht eine Kühlbox mit Getränken und etwas zu essen. Genug bis morgen abend. In der Sauna stehen eine Chemietoilette, eine Schüssel, ein Eimer mit Wasser. Neben dem Bett liegen ein paar Bücher. Sie sollten die Nacht überstehen. Wenn ich an die Tür klopfe, gehen Sie in die Sauna und machen die Tür zu. Das Sichtfenster ist schwarz gestrichen. Seien Sie klug und bleiben Sie dort drin, bis ich sage, Sie können rauskommen. Verstehen Sie, daß es in Ihrem eigenen Interesse liegt, mich nicht zu sehen?«

»Ja.«

»Gut. Dann werde ich jetzt gehen. Und wirklich, glauben Sie mir, Sie haben keinen Grund, sich zu fürchten.«

Sein Adamsapfel arbeitete. »Aber was ist … was ist, wenn sie tot ist?«

Wenn sie tot ist. Was dann, Mark? Ich dachte, ich würde vermutlich eingehen. Und wenn ich nicht einging, dann würde ich mir seinen Vater holen.

»Ich würde Sie trotzdem laufenlassen.«

»Junge, Junge, du bist ein Pulverfaß. Für eine Sekunde hab' ich vorhin geglaubt, du würdest die Nerven verlieren. Also sei so gut und nimm dich ein bißchen zusammen, ja? Ich bin nicht in den goldenen Westen gekommen, um hier im Knast zu landen, ehrlich, diese Sache kann nur laufen, wenn wir die Kontrolle behalten und …«

»Ich hoffe, du bist bald fertig. Ich muß telefonieren. Geh was essen. *Du* bist derjenige, dem die Nerven durchgehen.«

Er fuhr sich mit einer seiner großen Hände über Hals und Nacken. »Puh. Kann sein. Laß uns was trinken.«

»Nur zu. Aber ich werd' zuerst anrufen.«

Ich brauchte mich nicht zur nächsten Telefonzelle zu bemühen. Ich hatte einen heiligen Schwur gebrochen und mir nachmittags ein Handy angeschafft. Ohne noch lange nachzudenken, schaltete ich es ein und wählte Plückebaums Privatnummer. Es war inzwischen zwanzig nach zwei. Das war mir nur recht. Ein böser Anruf ist in tiefster Nacht sehr viel wirkungsvoller als im hellen Tageslicht.

Nach dem fünften Klingeln wurde abgehoben. »Ja?« fragte eine verschlafene Stimme.

»Ich habe Ihren Sohn. Und ich will Sarah Goldstein.«

Er atmete schwer ins Telefon. »Wer sind Sie?«

»Haben Sie verstanden, was ich gesagt habe?«

»Ja, aber ...«

»Für den Fall, daß Sie glauben, ich könnte bluffen, finden Sie den Wagen Ihres Sohnes vor dem Tor Ihrer Firma. Der Schlüssel liegt im Briefkasten. Im Handschuhfach befindet sich seine Rolex. Die Uhr hat die Artikelnummer ...« Ich sah kurz auf den Zettel, den Tom gekritzelt hatte, »M 379538. Wenn Sie wollen, können Sie das überprüfen. Ich will Ihnen nur klarmachen, daß ich keine Spielchen mache.«

»O mein Gott ...« Er war wirklich erschüttert. Oder zumindest erweckte er glaubhaft den Eindruck. Aber ich hatte nicht vor zu vergessen, was der Schnösel über seinen Vater gesagt hatte.

»Sind Sie verhandlungsbereit?«

Ich hörte Bettfedern quietschen, und ich stellte mir vor, daß er mit den Füßen in die Pantoffeln schlüpfte, sich gerade aufsetzte und mit der freien Hand die Augen rieb. Ich fragte mich, ob neben ihm gerade seine

Frau die Augen aufschlug, aufgeweckt von seiner Nachttischleuchte, den Geräuschen und dem warnenden Gefühl, daß etwas nicht stimmte. Aber ich verscheuchte den Gedanken sofort wieder. Das konnte ich jetzt wirklich nicht gebrauchen. Und selbst wenn es sie gab, sie würde sich grundlos sorgen. Abgesehen davon besaß sie wahrscheinlich einen Pelzmantel oder sonstigen Scheiß, den die miesen Geschäftsmethoden ihres Alten finanziert hatten.

»Ich höre«, sagte er ruhig.

»Ich biete Ihnen einen Austausch. In acht Stunden. Heute früh um zehn.«

»Ausgeschlossen. So schnell kann ich nichts arrangieren.«

»Hören Sie, wenn Sie mich verarschen wollen, kriegen Sie morgen um zehn ein Ohr Ihres Sohnes per Boten, wie fänden Sie das?«

Mein Güte, Malecki, hast du das wirklich gesagt?

Er holte zittrig Luft. »Tun Sie ihm nichts. Bitte.«

Es war immerhin beruhigend zu hören, daß ihm an seinem schnöseligen Sproß gelegen war. »Das liegt ganz bei Ihnen.«

»Geben Sie mir Zeit bis zum Abend.«

Ich überlegte, ob bis heute abend die Lkw wohl die polnische Grenze passiert haben würden. »In Ordnung. Aber ich will ein Lebenszeichen. Bis zehn Uhr.«

»Einverstanden.«

»Kaufen Sie eine Bildzeitung. Lassen Sie sie die Schlagzeilen der ersten Seite auf Band sprechen. Bringen Sie die Kassette zum Heinrich-Heine-Platz. Da finden Sie einen jungen Mann mit orangefarbenen Haaren und einem weißen Schäferhund. Geben sie ihm die Kassette.«

»Ich verlange auch ein Lebenszeichen.«

»Erfüllen Sie zuerst meine Forderung. Dann sehen wir weiter. Zehn Uhr. Haben Sie alles verstanden?«

»Ja.«

»Gut.«

»Warten Sie …«

Ich legte auf.

7. Kapitel

Ich hatte ungefähr drei Stunden geschlafen und fühlte mich total gerädert, als Tom mich um halb neun weckte. Ich lag im Wohnzimmer auf dem Fußboden. Es war ziemlich lange her, daß ich hier zuletzt wach geworden war. Beinah hatte ich vergessen, wie es war, mit einem Gefühl aufzuwachen, als habe ich mir in der Nacht irgendwie zwei, drei Wirbel gebrochen. Ich setzte mich grimassenschneidend auf.

Tom war schon glatt rasiert und munter. Er reichte mir einen Becher mit Kaffee. »Hier.«

Ich nickte.

»Ich war gerade mal unten. Das Licht ist an, aber er schläft noch.« Wir hatten einen Spion in die Tür eingebaut. »Er ist das reinste Lamm. Offenbar hat er nicht mal versucht, in den Kellerschacht zu kommen. Ach ja, und die Cognacflasche steht halbleer auf dem Tisch. Vermutlich wird er sich gräßlich fühlen, wenn er wach wird, aber er wird uns keine Scherereien machen.«

»Gut.« Ich sah auf die Uhr. »Verdammt, ich muß mich beeilen. Carlo weiß noch gar nichts von seinem Glück.«

»Wer ist Carlo?«

»Der Mann mit dem Schäferhund.«

Ich sprang mal kurz unter die Dusche, dann fuhr ich in die Stadt und parkte unter dem Wilhelm-Marx-Haus. Das war so teuer, daß man glatt glauben konnte, man hätte den Stellplatz gekauft, wenn man sein Kärtchen in den Kassenautomaten steckte, aber irgendwie spielte das heute keine besondere Rolle. Heute hätte ich meinen letzten Kanten Brot für einen Parkplatz gegeben.

Carlo war noch keine zwanzig, aber es war so gut wie sicher, daß seine Töle ihn um ein paar Jahre überleben würde. Er hatte weder Aids noch Drogenprobleme, sondern irgendeine tückische Stoffwechselkrankheit, gegen die kein Kraut gewachsen war. Es machte ihm Spaß, am Heine-Platz zu betteln und die Leute glauben zu machen, er sei einfach nur einer von den hoffnungslosen Fällen, die sich da eben so rumtrieben. Manchmal, sagte er, manchmal überzeuge er sich selbst. Gelegentlich lud ich ihn auf ein Bier ein. Tariks Kneipe war mehr oder weniger die einzige in der Altstadt, wo er noch kein Hausverbot hatte. Er war ein echter Renegat, und obwohl er andauernd vom Sterben redete, fühlte ich mich in seiner Gesellschaft jung. Vielleicht gerade deswegen. Er saß auf seinem Platz auf dem niedrigen Mäuerchen vor dem Pavillon, die Kapuze seines T-Shirts tief ins Gesicht gezogen. Die Töle döste zu seinen Füßen.

»Carlo.«

»Mark.«

»Tust du mir 'nen Gefallen?«

»Ich denke schon.«

»Gegen zehn kommt hier vermutlich irgendwer an und gibt dir eine Kassette. Nimm sie und verlier sie nicht, bis ich sie mir hole.«

»Okay.«

Er fragte nicht, was es damit auf sich hatte. So was interessierte ihn nicht. »Willst du irgendwas zum Frühstück?«

»Hm. Belegtes Brötchen. Am liebsten Schinkenwurst. Und Kaffee, aber nicht von MacDonald's.« Er streckte die Beine aus und rekelte sich in der Morgensonne. »Und 'ne Zeitung. Ja, das wär gut, ich hab' seit Tagen keine Zeitung gelesen.«

Ich stand auf. »Kein Problem.«

»Wenn du schon gehst, bring ein paar mehr Brötchen mit, Mark. Für die anderen. Dann werd' ich deine Kassette auch ganz bestimmt nicht verlieren.«

»Einverstanden. Behalt den Typen im Auge, der die Kassette bringt, ja. Vergewissere dich, daß er wieder verschwindet. Er darf mich nicht sehen. Wenn ich wieder raufkomme, geh' ich an dir vorbei. Streich der Töle über den Kopf, wenn die Luft rein ist.«

Er nickte. Er gehörte zu den Typen, denen man nichts zweimal sagen muß.

Ich fuhr mit der Rolltreppe runter in die Einkaufspassage, mit der felsenfesten Absicht, nicht vor halb elf zurückzukommen. Aber um zwanzig nach zehn war ich wieder oben. Mit einer ganzen Tüte belegter Brötchen, ein paar Zeitungen, einem Pappbecher Kaffee und klopfendem Herzen. Ein paar von Carlos Freunden waren inzwischen aufgekreuzt. Ich schlenderte an ihnen vorbei und sah aus dem Augenwinkel, wie Carlo seinem Hund über den Kopf fuhr. Da machte ich kehrt, ließ die Brötchentüte rumwandern, gab Carlo den Kaffee und die Zeitungen und sah ihn erwartungsvoll an.

Mein Mund war trocken. Er grinste unbeschwert, und für eine Sekunde haßte ich ihn, weil er mein Schicksal in der Hand hielt und dabei breit grinste. Und vermutlich wußte er, daß er mein Schicksal in der Hand hielt. Vielleicht bereitete es ihm Genugtuung, auch mal jemand anders zu sehen, der am Haken zappelte. Das war wohl sein gutes Recht.

Er trank einen Schluck und steckte die Hand in die Hosentasche. Als er sie wieder herauszog, war sie leer. Er machte ein verdutztes Gesicht. »Ähm … Moment mal.«

»Her damit.«

Die Hand fuhr in die andere Tasche. Wieder nichts. »Warte 'ne Sekunde, Mark …«

Ich verschränkte die Arme. »Carlo, wenn du mich verscheißerst, schlag' ich dir die Zähne ein.«

Er sah mich überrascht an, offenbar nicht ganz sicher, wie ernst ich das meinte. Ich meinte es todernst. Er zog die Augenbrauen hoch, faßte in das Halsband seines Hundes und zog eine Kassette ohne Hülle hervor.

»Wichtig, he?«

»Sehr. Wie sah er aus?«

»*Er* war eine Frau. Klein, rundliche Formen, aber nicht dick. Sehr hübsch. Um die dreißig. Dunkler Typ. Schulterlange Haare, große Ohrringe und ein Kostüm, als würde sie auf der Kö in einer Bank arbeiten. Sie hat mir fünfzig Mark gegeben und mich angesehen, als sei ich ein ziemlich widerliches Insekt. Dann ist sie die Rolltreppe runtergefahren. Niemand war bei ihr, niemand hat hier rumgelungert. Sonst noch Fragen?«

»Nein. Vielen Dank.«

Ich steckte die Kassette ein, hob die Hand zum Gruß und dachte, daß vermutlich einige Zeit vergehen würde, ehe ich ihn noch mal einlud. Eigentlich konnte er gar nichts dafür, aber irgendwie nahm ich ihm die Nummer übel.

Mein Wagen war der einzige im unteren Parkdeck, weil es noch so früh war. Ich legte die Kassette ein, umfaßte das Lenkrad und lehnte den Kopf gegen die Nackenstütze.

»Es war mir nicht möglich, Ihre Forderung zu erfüllen«, sagte die tiefe Stimme von Plückebaum senior. *»Ich kann Ihnen aber versichern, daß die betreffende Ware unbe-*

schadet ist. Rufen Sie mich um zwölf in meiner Firma an. Dann können wir die Modalitäten des Austauschs besprechen. Wenn Sie meine Ware beschädigen, kann ich für den Zustand Ihrer Lieferung nicht garantieren. Ende des Bandes.«

Eine Zeitlang saß ich nur da, die Hände immer noch um das Lenkrad gekrampft, konnte mich nicht rühren und rang mit der Gewißheit, daß sie tot war. Der Kampf glich dem mit einer vielarmigen Riesenkrake, immer wenn ich ein Argument gefunden hatte, das dagegen sprach, immer wenn ich mich von einem der vielen Tentakeln befreit hatte, packten mich drei andere, umschlangen meinen Brustkorb und drückten mir die Luft ab. Sarah war tot. Welchen anderen Grund konnten sie haben, mir trotz des gewaltigen Risikos für den Junior das verlangte Lebenszeichen zu verweigern? Sieben, der Mann mit den ausgeprägten Instinkten, hatte sich dieses Mal durchgesetzt. Es war für alle Beteiligten das sicherste, wenn sie nie wieder aufkreuzte, um zu erzählen, was sie gesehen hatte. Vermutlich würden wir sie niemals finden. Vermutlich war sie längst … entsorgt.

Das war das Ergebnis, zu dem mein Verstand kam, und in gewisser Weise glaubte ich es wirklich. Aber eine kleine, rebellische Sektion meines Hirns weigerte sich, dem Mehrheitsbeschluß zu folgen. Denn ich ging nicht zu Tarik, um mich zu betrinken, meinen Kopf auf die gemaserte Theke zu betten und zu jammern, wie ich es früher so gern und häufig gemacht hatte. Ich fuhr auch nicht nach Hause, um wie versprochen meinen Gefangenen freizulassen. Ich folgte dem Grundsatz, daß für Geld letztlich alles zu haben ist, wenn man an der richtigen Stelle fragt, und fuhr zur Uni.

Als überzeugter Bildungsverweigerer war ich zum ersten Mal dort, und ich weiß nicht genau, was ich mir eigentlich vorgestellt hatte, aber ganz sicher keine seelenlosen Klötze aus Sichtbeton. Das Gelände war unglaublich weitläufig, zwischen den Klötzen lagen große Wiesen, zwischen den Wiesen schlängelten sich rotgepflasterte Wege. Und alles war wie ausgestorben. Semesterferien, dämmerte es mir. Ich gab mein Vorhaben trotzdem nicht auf, sondern folgte der einigermaßen verständlichen Parkplatzbeschilderung zur *vorklinischen Medizin* und dann den Pfeilen zur *Anlieferung Anatomie.*

»Ein Ohr?« wiederholte der graubekittelte Hausmeister ungläubig.

»Genau.«

»Was zur Hölle wollen Sie damit?«

»Das kann Ihnen doch gleich sein. Ich brauche einfach ein Ohr. Von einem Mann.«

Er inspizierte mich von Kopf bis Fuß. »Hau bloß ab, Mann. Wir sind hier kein Supermarkt für Perverse.«

Ich weiß nicht, was er sich vorstellte, meine Phantasie konnte mit seiner nicht mithalten. Ich lächelte, beschwichtigend, so hoffte ich. »Hör'n Sie, die Leute sind doch schon tot, oder? Und sie haben ihre sterblichen Überreste der medizinischen Forschung zur Verfügung gestellt. Was macht es schon für einen Unterschied, wenn einer mir sein Ohr überläßt? Es ist für einen guten Zweck, ehrlich.«

Er schüttelte streng den Kopf. »Unsere Studenten

brauchen die Ohren, um zu gucken, wie sie gemacht sind.«

»Aber auf eins mehr oder weniger kommt's doch wohl nicht an.«

»Doch. Unsere Leichen sind computermäßig erfaßt. Das gilt auch für die Ohren. Und jetzt verschwinden Sie, ehe ich die Polizei anrufe.«

Er verschränkte abwartend die Arme, und ich machte resigniert kehrt und ging den langen Gang zurück, den ich gekommen war. Ich befand mich im zweiten Untergeschoß, Rohre liefen an der Decke entlang, und es war geradezu unheimlich still. Der Hinweg war relativ leicht zu finden gewesen, weil ich den Schildern gefolgt war. Aber Schilder, die Richtung ›Ausgang‹ wiesen, gab's nicht. Gerade als ich an eine stählerne, braungestrichene Doppeltür kam, an die ich mich nicht erinnern konnte, und erkannte, daß ich mich verlaufen hatte, erklangen Schritte hinter mir. Sie hallten in dem niedrigen, unterirdischen Korridor. Die Haare in meinem Nacken richteten sich auf, und ich wandte mich um.

Ein sehr junger Kerl in einem wehenden, weißen Kittel kam um die Ecke gefegt und blieb vor mir stehen. Blaue Augen sahen mich durch goldumrandete Brillengläser ernst an. »Sie wollen ein Ohr?«

»Wie kommen Sie darauf?«

»Ich hab' Sie gehört. Ich war im Kühlraum. Sie standen mit dem Hausmeister direkt davor, die Tür war angelehnt.«

So nah war ich meinem Ziel also gewesen. »Und?«

»Fünfhundert.«

Ich winkte ab. »So scharf bin ich nun auch wieder nicht drauf.«

»Dann dreihundert.«

Ich sah ihn noch mal genau an. »Warum sollten Sie mir helfen wollen?«

Er schnaubte verächtlich. »Ich will Ihr Geld, sonst nichts. Haben Sie eine Ahnung, was Lehrbücher kosten?«

»Sie sind *Student*?«

Er nickte. »Aber ich arbeite hier als studentische Hilfskraft, und keiner wundert sich, wenn ich unseren Kunden an die Ohren gehe.«

»Na schön. Ich sag' Ihnen was. Ich zahle zweihundertfünfzig. Und dafür will ich ein Prachtexemplar. Nicht in einem Einmachglas in Formalin, sondern in einem Klarsichtbeutel. Je ekliger es aussieht, um so besser.«

Er nickte und kratzte sich am Kopf. Ganz geheuer war ihm die Sache offenbar auch nicht. Aber dann zuckte er entschlossen die Schultern. »Na ja, wie Sie sagten. Sie sind ja schon tot. Macht keinen Unterschied.«

»Es ist nicht für einen geschmacklosen Scherz gedacht, falls Ihnen das Sorgen macht. Es ist eine ziemlich ernste Sache.«

Er hob abwehrend die Hand. »Okay. Erzählen Sie's mir lieber nicht.«

»Nein. Also? Wie machen wir's?«

»Gehen Sie zurück ins Erdgeschoß. Nicht durch diese Tür, da lang, geradeaus bis zu einer grünen Stahltür zu Ihrer Linken, dahinter liegen Aufzüge, von da an kann nichts mehr schiefgehen. Oben ist eine Cafeteria. Gleich daneben eine Herrentoilette. Da treffen wir uns. Zehn Minuten, Viertelstunde, länger brauch' ich nicht.«

Nach seiner Wegbeschreibung war es ein Kinderspiel, aus dem unheimlichen Labyrinth herauszufinden. Ich kam zurück in die Welt der Lebenden und in die Cafeteria, wo eine Handvoll hübscher Studentinnen in sehr kurzen Röcken um einen Tisch herumsaßen, Tee und Kaffee aus weißen Keramikbechern tranken und den offenbar unheilvollen Ausgang einer Chemieklausur diskutierten. Ich setzte mich ans Fenster, rauchte mir eine, hörte ihnen zu, beneidete sie um ihre kleinen Sorgen und vielleicht auch darum, daß sie praktisch alles noch vor sich hatten. Und als die Zeit um war, ging ich zur Toilette.

Er wartete schon auf mich. »Hier.« Er streckte mir einen schwarzen Müllbeutel entgegen.

Ich nahm ihn widerwillig und öffnete ihn.

»Nun gucken Sie schon«, drängte er grinsend. »Wenn Ihnen schlecht wird, haben Sie's ja nicht weit.«

»Stimmt.«

Ich faßte mir ein Herz und spähte in den Beutel. Drinnen lag eine kleine, durchsichtige Plastiktüte, in der er vermutlich sein Frühstücksbrot mitgebracht hatte. Ich fischte sie mit spitzen Fingern heraus und hielt sie gegen das Licht.

Er sah nervös über die Schulter. »Okay?«

Ich schluckte trocken. »Perfekt.« Ich packte das Ohr schnell wieder weg und fischte ein paar lose Scheine aus der Hosentasche. Er hatte Glück, meistens lief ich nur mit ein paar Zehnern und Zwanzigern rum, aber ich hatte für unsere diversen Anschaffungen vom Vortag einen größeren Betrag abgehoben und noch fast vierhundert Mark in der Tasche. Ich gab ihm fünf Fünfziger. »Hier. Vielleicht erinnern Sie sich gelegentlich mal an die Geschichte mit dem Ohr, wenn Sie ein steinreicher Schönheitschirurg geworden sind.«

Er ließ die Scheine in der Tasche seines Kittels verschwinden. »Ich werd' Pathologe, kein Schönheitschirurg, das ist schon beschlossen. So zufriedene, pflegeleichte Patienten wie hier findet man sonst nirgends.«

Die bizarre Episode hatte mich ein Weilchen von meiner nagenden Angst abgelenkt, aber kaum saß ich wieder im Wagen, meine Trophäe auf dem Beifahrersitz, kam die Panik mit Macht zurück. Ich kurbelte das Fenster runter und sah auf die Uhr. Halb zwölf. In einer halben Stunde erwartete Plückebaum meinen Anruf. Aber ich wußte, ich durfte gar nicht erst anfangen, nach seiner Pfeife zu tanzen. Was wir miteinander trieben, der alte Plückebaum und ich, hatte viel mit einem Pokerspiel gemein. Wir spielten um hohe Einsätze, mehr als wir uns leisten konnten. Aber wenn ich ihn glauben ließ, er habe die besseren Karten, dann hatte ich verloren. Vielleicht war es Wahnsinn, was ich tat. Falls Sarah noch am Leben war, schaufelte ich möglicherweise gerade ihr Grab. Aber jetzt hatte ich einmal angefangen zu bluffen, und jetzt mußte ich auch weitermachen. Letztlich würde vermutlich derjenige gewinnen, der das Pokerface am längsten durchhielt.

Ich saß wieder ein Weilchen hinterm Steuer, es herrschte eine Hitze wie im Backofen. In diesem Brutkasten gediehen die Schreckensbilder vor meinem geistigen Auge besonders gut, und ich startete den Motor und schaltete das Radio ein, ehe ich ganz und gar starr vor Entsetzen wurde, und lenkte mich mit ein paar praktischen Fragen ab. Mein T-Shirt klebte an Brust und Rücken, ich wollte eine Dusche. Aber die mußte ich mir erst noch verdienen. Ich irrte ein Weilchen auf kleinen Straßen durchs Unigelände und fand mich schließlich auf der Christophstraße wieder, praktisch nur einen Steinwurf von zu Hause entfernt.

Aber ich wollte nicht nach Hause. Statt dessen fuhr ich zu Sarahs Wohnung.

Sie war polizeilich versiegelt, aber das hielt mich nicht ab. Mit dem Taschenmesser durchtrennte ich möglichst unauffällig die weißen Klebestreifen, damit die Nachbarn es nicht gleich merkten, fischte meinen Schlüssel aus der Tasche und trat ein. Die Kontrollanzeige am Anrufbeantworter leuchtete. Ich hörte die drei Nachrichten ab, um mich zu vergewissern, daß keine Schreckensbotschaft aus dem Behindertenheim dabei war. Damit war jederzeit zu rechnen. Sarahs Sohn Tobias hatte eine maximale Lebenserwartung von dreißig Jahren, aber es konnte auch sehr viel eher passieren. Im Grunde wußte niemand genau, wann sein deformiertes, funktionsgestörtes Gehirn seinen Dienst einstellen würde. Einen Schreck zu kriegen, wenn das Telefon klingelte, gehörte zu Sarahs Alltag. Sie war immer betont sachlich, wenn das Thema Tobias zur Sprache kam, und sagte, sie hoffe, daß er vor ihr sterben werde, weil er es ja nicht begreifen könnte, wenn sie plötzlich nicht mehr da war, und weil sie im Grunde der einzige Mensch war, den er liebte. Zum Rest der Welt unterhielt er nur sporadischen Kontakt. Darum gab die Logik ihr recht, aber ich wußte, daß es ihr das Herz brechen würde, wenn er starb.

Die Nachrichten waren allesamt unspektakulär. Ihre Zahnärztin erinnerte sie an die Halbjahreskontrolle, ihre Freundin Iris beschwerte sich, weil Sarah sie gestern abend versetzt hatte, ihre Mutter bat um Rückruf. Sie konnten alle noch ein paar Tage warten. Ich ging ins Wohnzimmer, trat an ihren Schreibtisch, schaltete den Computer ein und schrieb Walter Plückebaum senior einen so bitterbösen Brief, daß mir selbst beinah das Blut in den Adern gefror:

Anbei die versprochene Warenprobe. Die nächste folgt in zwölf Stunden, sollte ich meine Lieferung nicht bis heute abend, 23 Uhr erhalten. Deponieren Sie sie im Hof hinter der Gaststätte ›Liberty‹ in der Bolker Straße, (Hofeinfahrt Marktstraße). Nach Warenprüfung werde ich meinerseits umgehend liefern; ob als Einmallieferung oder als Serie von Teillieferungen liegt allein bei Ihnen.

Während der Drucker surrte, streifte ich die Plastikhandschuhe über, die ich aus dem Verbandskasten mit nach oben gebracht hatte. Meine Fingerabdrücke in Sarahs Wohnung waren erklärbar. Die auf dem Drohbrief eher nicht. Ich durfte nicht vergessen, daß die Polizei sich der ganzen Misere annehmen würde, wenn Plückebaum und ich uns nicht bald einig wurden oder den Karren noch weiter in den Dreck fuhren. Und dann würde es nämlich ganz düster für mich aussehen. Ich würde wieder mal im Knast landen, und die eigentlichen Schurken kamen mit einem blauen Auge davon. Vielen Dank, Leute, nicht schon wieder.

Ich faltete den Brief zweimal, legte ihn zusammen mit der ›Warenprobe‹ in einen wattierten Umschlag, druckte einen Adreßaufkleber mit *Herrn Plückebaum senior, persönlich/vertraulich* und fuhr nach Hause.

Als ich ankam, traf mich fast der Schlag. Wir hatten Besuch. Ich erkannte den BMW sofort, und so war ich einigermaßen gewappnet, als ich durch die Vordertür reinging. Nur daß Ferwerda diesen verfluchten Bodo mitgebracht hatte, damit hatte ich nicht gerechnet.

Ebensowenig damit, daß Tom sich mit den beiden ausgerechnet auf die Terrasse vor der Küchentür setzen würde, praktisch nur einen Meter von dem Kellerschacht entfernt, hinter dem der bedauernswerte Schnösel schmachtete.

Ich atmete langsam tief durch und hoffte, man sah mir nicht an, daß ich im Begriff war, durchzudrehen.

Ich ging erst mal an den Kühlschrank, prokelte einen Eiswürfel aus dem Gefrierfach und schenkte mir einen Bourbon ein. Dann trat ich mit dem Glas aus der Küchentür nach draußen und nickte in die Runde. Ferwerda sprang auf, und das muß man sich ungefähr so vorstellen, wie wenn ein T-Rex aufspringt. Er machte einen Satz auf mich zu und pflügte dabei den wackeligen Campingtisch mitsamt Kaffeetassen um. Er sah nicht mal hin.

»Was fällt Ihnen eigentlich ein?« brüllte er mich an. »Wo zum Henker haben Sie gesteckt?«

Ich hatte beinah vergessen, wie er brüllen konnte. Wir hatten den Kellerschacht mit Eierkartons und Schaumgummi schallisoliert, aber jede Wette, daß seine Phonstärke dieses läppische Bollwerk mühelos durchdrang.

Ich wechselte einen Blick mit Tom. Er war ziemlich blaß, er wirkte sehr angespannt, aber er rang sich ein mattes Lächeln ab und zeigte mir hinter ihrem Rücken seinen hochgereckten Daumen. Schien, wir waren noch nicht aufgeflogen.

Ich zündete mir eine Zigarette an und ließ mich in die Hollywoodschaukel fallen. »Machen Sie demnächst lieber einen Termin mit meiner Sekretärin aus, dann brauchen Sie nicht zu warten.«

Ferwerda lief rot an. »Ich will auf der Stelle wissen, was für ein verdammtes Spiel Sie treiben. Herr … äh,

Brückner sagte, er erwarte Sie gegen elf zurück. Jetzt ist es beinah zwei!«

Grundgütiger Himmel, *seit wann waren sie hier*? Ich nahm einen großen Schluck. »Hören Sie, Herr Ferwerda, ich kann kommen und gehen, wie es mir paßt. Scheren Sie sich zum Teufel. Sie dürfen allerdings auch wieder Platz nehmen, ich wäre sogar bereit nachzusehen, ob ich noch zwei brauchbare Kaffeetassen finde, oder hätten Sie lieber einen Bourbon? Wir können reden, kein Problem. Aber ich werde nicht mehr dafür bezahlt, mich von Ihnen anbrüllen zu lassen, darum ist meine Toleranzschwelle in dieser Hinsicht niedriger als früher.« Ich strahlte ihn an. »Klar?«

Er war total verdattert. Ohne einen Ton fiel er in seinen Sessel zurück, so als hätte ihm einer die Füße weggetreten. Der Sessel ächzte besorgniserregend.

Bodo warf seinem Chef einen kurzen, beunruhigten Blick zu und wandte sich dann an mich. »Wir machen uns Sorgen, Mark.«

»Was denkst du, wie's mir geht? Willst du was trinken?«

Er schüttelte den Kopf. »Weißt du, wer sie hat und wo sie ist?«

»Wenn ich wüßte, wo sie ist, säße ich bestimmt nicht hier.«

Er nickte unglücklich, verknotete seine langen Finger ineinander und schluckte mühsam. »Die Polizei sagt, je mehr Zeit vergeht, um so schlechter stehen die Chancen.«

»Ja, ich weiß, Bodo. Glaub mir, wenn ich auch nur eine Ahnung hätte, wo sie sein könnte, würde ich keine Sekunde zögern, es der Polizei zu sagen.« Ich widerstand dem Impuls, ihn an den Aufschlägen zu packen und zu schütteln und ihm klarzumachen, daß ich halbtot vor Angst war. Es war wohl ziemlich albern, darüber zu streiten, wer von uns beiden mehr litt.

Ferwerda beugte sich vor und sah mich scharf an. Er war wieder die Ruhe selbst, das ging bei ihm immer von einer Sekunde zur nächsten. »Frau Goldsteins Wagen wurde gefunden. Vor Rashids ausgebrannter Lagerhalle. Die Spurensicherung nimmt ihn auseinander, aber solange sie nicht wissen, wonach sie eigentlich suchen, wird das nicht viel bringen. Die Polizei war heute wieder bei Plückebaum. Sie haben das ganze Gelände nochmals abgesucht, ohne Ergebnis. Herr Plückebaum, hat mir der leitende Beamte erzählt, schien ausgesprochen nervös. Sein Sohn war nicht im Betrieb, und auf Nachfragen bezüglich seines Aufenthalts reagierte der Vater ausweichend. Vater wie Sohn stehen unter Verdacht, aber der eine ist verschwunden, beim anderen reichen die Momente nicht für eine Festnahme. Die Polizei kommt nicht weiter, und uns rennt die Zeit weg. Also, wer hat sie, Malecki?«

»Ich sag' doch, ich …«

»Ich habe sehr genau gehört, was Sie gesagt haben. Wenn es sein muß, sind Sie ein hervorragender Lügner, wirklich einer der besten, die ich kenne, aber wenn's geht, machen Sie lieber einen Bogen um eine Lüge. Mauritz hat gefragt, ob Sie wissen, wer sie hat und wo sie ist. Sie haben nur auf die zweite Frage geantwortet.«

Ich sah ihm in die Augen. »Ich weiß auch nicht, wer sie hat.«

Er verzog den Mund. »Wie ich sagte. Einer der besten.«

Ich trank aus meinem Glas. »Ich weiß nur, wer es weiß.«

»Wer?« fragte Bodo atemlos.

Ich schüttelte den Kopf. Gott verflucht, ich mußte sie

loswerden. Schnell. Mein Brief mußte nach Neuss, und zwar rechtzeitig, so daß Plückebaum die Chance blieb, die Dinge zu organisieren. Ich stand auf und steckte die Hände in die Taschen, denn ich wollte lieber nicht, daß sie merkten, wie flatterig ich war.

Ich sah Ferwerda an. »Lassen Sie mir Zeit bis heute abend um elf. Wenn sie bis dahin nicht zurück ist, sag' ich Ihnen, was ich weiß.«

Das gefiel ihm natürlich ganz und gar nicht. Er brütete ein bißchen vor sich hin. Dann stand er auf und nickte knapp. »Verraten Sie mir wenigstens wo heute abend um elf?«

»Nein.« Wäre er allein gewesen, hätte ich es ihm vermutlich gesagt. Aber nicht Bodo.

Ferwerda setzte seine eisigste Miene auf. »Wenn es schiefgeht, Malecki, dann möchte ich wirklich nicht in Ihrer Haut stecken.«

Ich fand die Vorstellung auch nicht besonders reizvoll.

Er machte ohne ein weiteres Wort auf dem Absatz kehrt und ging durch den Garten zur Straße zurück. Bodo folgte ihm ein paar Schritte und blieb dann noch mal stehen.

»Um Himmels willen, Mark, warum sagst du nicht, was du weißt?« fragte er verständnislos. Und wie sollte er es auch verstehen? Bodo war so was von grundanständig, er wär' niemals drauf gekommen, daß ich ein ziemlich gräßliches Verbrechen begangen hatte, um rauszukriegen, was ich wußte. Das lag außerhalb seiner Vorstellungswelt.

»Du traust mir nicht.« Es klang total verblüfft, das war er nicht gewöhnt, er fiel aus allen Wolken.

Ich hob die Schultern. »In mancher Hinsicht mehr als mir selbst. In anderer Hinsicht überhaupt nicht.«

Er verzog angewidert einen Mundwinkel, eine Spur verächtlich vielleicht, und wandte sich ab. Ich rührte mich nicht, ließ ihn nicht aus den Augen, wie aus eigenem Entschluß spannten sich meine Bauchmuskeln. Keine Ahnung, wieso ich es wußte. Ich sah es nicht mal kommen, es kribbelte nur warnend in meinem Nacken. Und als seine Faust praktisch wie aus dem Nichts auf mein Gesicht zusauste, fing ich sie ab, ohne zu blinzeln. Bodo war ziemlich gut in Form, und er hatte seine ganze Wut in seine Faust geballt. Ich spürte die Wucht wie einen kleinen Stromschlag bis in die Schulter hinauf. Ich ließ sein Handgelenk sofort wieder los und brachte einen Schritt Sicherheitsabstand zwischen uns. Mir fiel nichts zu sagen ein. Verdammt, ich mochte den Kerl, und ich sah in seinen Augen, was ich selber fühlte. Aber ich konnte ihm da im Moment auch nicht helfen, und wenn er wirklich glaubte, ich hütete mein Geheimnis, um meine Position zu sichern, dann gab es nichts, was ich dagegen tun konnte.

Er sagte auch nichts mehr. Keine wüsten Drohungen, was mir blühte, wenn die Sache schiefging. So was war nicht sein Stil, Bodo war richtig kultiviert, vermutlich war er selbst verwundert darüber, daß er die Faust gegen mich erhoben hatte. Aber der Blick, den er mir schenkte, ehe er sich endgültig abwandte, war einer von der ganz zermürbenden Sorte.

»Du hättest ihn besser gelassen«, murmelte Tom, als wir allein waren.

»Ja, vielleicht.« Ich stellte den Tisch wieder auf. »Dann wär' ich jedenfalls mit einem blauen Auge davongekommen.«

»Zumindest vorläufig. Ich glaub', er ist ziemlich verrückt nach ihr.«

»Kann sein. Was macht der Junior?«

»Nichts. Unser Besuch war zwei Stunden hier, und obwohl ich mich fast bepinkelt hätte vor Schreck, als sie sich auf der Terrasse niederließen, hat er kein Tönchen von sich gegeben. Ich geh' mal nachsehen, was er treibt.«

»Nein, laß mal, das mach' ich. Du mußt nach Neuss fahren. Sofort.« Ich gab ihm die Wagenschlüssel. »Im Handschuhfach liegt ein Umschlag. Setz wieder die Sonnenbrille auf und nimm dir eine von Daniels Baseballkappen. Gib den Umschlag der Schnepfe im Vorzimmer und hau sofort wieder ab.«

»Gut. Was ist in dem Umschlag?«

»Ein Ohr.«

Er starrte mich wortlos an.

Ich seufzte. »Der, dem es gehörte, braucht es nicht mehr.« Ich erzählte von meinem kleinen Ausflug. »Was der alte Plückebaum mitmacht, bis er den Schwindel entdeckt, macht mir mehr zu schaffen. Aber ich weiß wirklich nicht, wie ich sonst Bewegung in die Sache bringen soll. Ich hoffe nur, seine Pumpe ist in Ordnung.«

Tom sah trübsinnig auf den Schlüssel in seiner Hand. »Na ja, irgendwie hat er das Risiko ja mit einkalkuliert.«

»Es sei denn, er hat die Kontrolle über die Sache längst verloren, und andere entscheiden, was mit Sarah passiert. Leute, denen der Junior scheißegal ist.«

»Komm, jetzt sieh nicht so schwarz. So oder so, heute abend werden wir's wissen.«

Da hatte er zweifellos recht. Aber ich hatte keine Ahnung, wie ich die Zeit bis dahin überstehen oder wie ich dem ins Auge sehen sollte, was mich heute abend erwartete. Ich wußte, ich mußte mit allem rechnen. Man muß ja irgendwie versuchen, auf das Schlimmste gefaßt zu sein, wenn dann endlich der Augenblick kommt, wo der andere seine Karten auf den Tisch legt. Und damit nicht genug, ich mußte auch noch den Schnösel wieder loswerden. Ich konnte ihn auf keinen Fall länger hier festhalten. Wenn die Nummer mit dem Ohr nicht zog, hatte er sich als Druckmittel sowieso als nutzlos erwiesen. Außerdem suchte die Polizei nach ihm, und ich wollte nicht, daß sie ihn in meinem Keller fanden. Wirklich nicht.

Ich genehmigte mir noch einen zweiten, klitzekleinen Bourbon, legte mich damit unterm Kirschbaum ins Gras, balancierte das Glas auf meiner Brust und schloß die Augen. Versuchte, mal für ein paar Minuten an gar nichts zu denken, abzusinken in friedliche Gefilde. Zwei Samtpfoten stemmten sich in mein Zwerchfell, und ich hob die Hand und legte sie meinem Kater auf den Kopf, ohne hinzusehen. »Ja, komm nur, Kumpel. Ist ja nicht so, als wär' mir schon warm …«

Er legte sich auf meinen Bauch, schnurrte ein bißchen, und ich schlief glatt ein.

Nicht lange, und ich fuhr aus meinem meistgespielten Alptraum auf. Ich fragte mich manchmal, wie lange es wirklich dauerte, ihn zu träumen, das volle Programm mit dem Abhang und dem brennenden Wagen und Paul und dem Notarzt und dem Richter. Mir kam es immer vor wie etliche Stunden. Aber das Eis in meinem Glas war noch nicht ganz geschmolzen. Vielleicht träumte ich ihn von Mal zu Mal schneller, je mehr Routine ich entwickelte. Wer weiß. Wie immer wachte ich jedenfalls ziemlich ruckartig auf, und Grafiti bohrte mir entrüstet die Krallen in den Bauchnabel und verdrückte sich. Ich setzte mich auf, rieb mir die Augen, leerte mein Glas und ging dann, um nach dem Junior zu sehen.

Er lag auf seiner Campingliege auf einen Ellenbogen gestützt auf der Seite und las *Früchte des Zorns*. Seltsame Wahl. Ich hatte keine Ahnung gehabt, welche Bücher da lagen, Tom hatte sie ausgesucht. Aber wer weiß. Vielleicht half das dem Schnösel ja auf die Sprünge, was die wahrhaft wesentlichen Dinge des Lebens betraf. Jedenfalls schien er nicht in unmittelbarer Gefahr, vor Angst auseinanderzufallen. Im Gegenteil, er hatte es sich richtig gemütlich gemacht. Noch während ich hinsah, streckte er die Hand nach einer Coladose aus und trank, ohne die Augen von seiner Lektüre zu nehmen. Irgendwie war er zu beneiden.

Ich ließ ihn zufrieden, ging unter die Dusche, und als ich wieder nach unten kam, war Tom zurück. Er saß am Küchentisch und trank Wasser aus der Flasche.

»Und?«

Er setzte ab und nickte. »Alles lief nach Plan. Ich hab' den Umschlag abgegeben und gemacht, daß ich da wegkam.« Er warf einen Blick auf die Küchenuhr. »Noch über sechs Stunden. Jetzt heißt es warten.«

Um sieben brachten wir unserem Gast sein Abendessen. Folgsam verschwand er in der Sauna, als wir an die Tür kamen. Dort blieb er, bis ich ihm sagte, er dürfte wieder rauskommen. Er war wirklich das perfekte Entführungsopfer. Arglos verschlang er alles, was wir ihm vorgesetzt hatten, inklusive der präparierten Flasche Bier. Eine Viertelstunde später schlief er wie Dornröschen. Es war eine ziemliche Schinderei, ihn die Treppe raufzuschaffen, aber schließlich hievten wir ihn wieder auf die Ladefläche des Pick-up. Er rührte sich nicht. Ein bißchen beunruhigt fühlte ich seinen Puls, ich fürchtete schon, das Schlafmittel mit einer Flasche Bitburger sei zuviel gewesen, aber er war völlig in Ordnung. Als ich die Plane über ihn deckte, lächelte er sogar. Im Schein der funzeligen Garagenlampe sah ich noch mal in sein Gesicht. Eigentlich gar kein so übles Gesicht.

Um meine Spuren zu verwischen, fuhr ich Richtung Flughafen und lud ihn auf einem Parkplatz im Niemandsland zwischen Messe und Stadion ab.

Tom ging mir zur Hand, aber er fragte: »Wieso hier? Mächtig einsam, oder?«

»Um so besser. Aber siehst du, da vorn ist eine Bushaltestelle. Früher oder später wird er aufwachen. Dann kommt irgendwann ein Bus, und er kann zurück in die Zivilisation fahren. Ich hab' nachgesehen, er hat tatsächlich die fünftausend bei sich, die du für das Material verlangt hast. Genug für einen Fahrschein, würde ich sagen.«

»Oder genug, um dafür auf einem einsamen Parkplatz abgestochen zu werden?«

»Komm schon, mach dir nicht ins Hemd. Morgen früh ist er wohlbehalten wieder zu Hause.«

Tom rieb sich über die Stirn, wandte Plückebaum entschlossen den Rücken zu und ging zum Wagen zurück. »Und jetzt?«

Ich sah auf die Uhr. Fast zehn. Mein Mund wurde trocken. Es war höchste Zeit. Noch eine Stunde, und ich würde es wissen.

»Jetzt machen wir einen Zug durch die Altstadt.«

Das Liberty war ein Schwulenladen und lag unmittelbar neben Tariks Kneipe. Die Notausgänge beider Lokale führten auf denselben Hof. Ich war, nachdem

Tom am Nachmittag aus Neuss zurückgekommen war, kurz in der Altstadt gewesen und hatte Tarik etwas verspätet in meine Pläne eingeweiht. Er war nicht gerade beglückt, aber er erklärte sich bereit, seinen Hinterhof als Schauplatz der anstehenden Übergabe herzugeben. Dann hatte er den namenlosen Algerier angerufen, der ebenfalls einer seiner Stammgäste war und den Sarah immer den ›Pusherman‹ nannte, was insoweit zutraf, als er alles führte, was irgendwie bedröhnte. Der Pusherman war auch innerhalb einer knappen Stunde eingetrudelt und hatte mir das Schlafpülverchen für den Schnösel verkauft. Alles, was man bei ihm erstand, war in quadratischen, säuberlich gefalteten Alutütchen verpackt. Man wußte nie, was wirklich drin war. Man konnte ihm trauen oder nicht. Aber er hatte noch nie versucht, mir Kuhscheiße als schwarzen Afghanen zu verkaufen, und so hatte ich das Leben meiner Geisel bedenkenlos in seine Hände gelegt.

Für einen Freitag herrschte mäßiger Betrieb bei Tarik. Hier wurde es meistens erst in den frühen Morgenstunden voll. Osman machte die Runde an den Tischen, Tarik stand hinterm Tresen und zapfte. Er hob eine Augenbraue zum Gruß und hielt die Lider halb geschlossen.

»Tarik. Das ist Tom.«

Sie nickten sich zu.

Tarik gab mir einen Kaffee – offenbar war er der Ansicht, ich sollte lieber keinen Alkohol zu mir nehmen, bis diese heikle Angelegenheit in *seinem* Hinterhof über die Bühne war – und fragte Tom nach seinen Wünschen.

»Ein Wasser, bitte. Ich geh' ein bei der Hitze.«

Tarik brachte ihm ein Wasser mit viel Eis. »Dein Problem ist nicht die Hitze, sondern deine Nerven.«

»Das kannst du laut sagen.« Er trank durstig, sein großer Adamsapfel vollführte wahre Sprünge in seiner mageren Kehle.

Ich sah auf die Uhr. Halb.

»Aische steht oben am Fenster«, bemerkte Tarik beiläufig. »Wenn ein Wagen in den Hof kommt, klingelt sie zweimal.« Er wies auf die kleine Klingel über der Tür zur Treppe, die normalerweise dazu diente, ihm Bescheid zu geben, wenn ein Essen fertig war. »Wenn er wieder wegfährt, dreimal. Dann gehst du raus. Nicht vorher. Osman und ich kommen mit bis zur Tür.«

Ich zog die Schultern hoch. Es war mörderisch heiß in seinem Laden, aber ich fror am Rücken. »Danke, Tarik.«

Tom bestellte sich noch ein Wasser und schlenderte mit seinem Glas durch die Kneipe. Er betrachtete die Schwarzweißfotos an den Wänden, bewunderte die gigantische Wasserpfeife auf einer der Fensterbänke, blieb an einem Tisch stehen, wo schon ein paar Zuschauer eine Backgammonpartie verfolgten. Ich stierte auf meine Lieblingskerbe in der Theke. Sie war lang und tief. Tarik behauptete, ich habe sie mit einem Butterflymesser ins Holz gefräst, an dem Abend, nachdem ich herausgefunden hatte, daß meine Frau es mit ihrem Tennistrainer trieb. Woher zur Hölle sollte ich ein Butterflymesser haben, hatte ich mich erkundigt. Frag lieber nicht, hatte er gesagt …

Es war schon irgendwie erschütternd, wie viele meiner Katastrophen ich hier angeschleppt hatte.

Die schrille Glocke über der Tür ertönte zweimal. Ich kniff die Augen zu, krallte eine Hand um den Tresen, und ich könnte schwören, daß ich aufhörte zu atmen. Ich weiß nicht, wie lange es dauerte, jedenfalls war ich noch nicht erstickt, als sie wieder losschrillte. Dreimal.

Ich rutschte von meinem Hocker und stolperte hinter die Theke.

Tarik packte mich hart am Ellenbogen. »Warte.«

Ich riß mich los und rannte. Durch die Tür, an der Treppe vorbei zum Hinterausgang. Draußen war es ziemlich dunkel. Im Hof stapelten sich leere Pappkartons und Colakästen. Ich blieb unter dem funzeligen, grünen Notausgangschild stehen und versuchte blinzelnd, die Finsternis zu durchdringen. Dann entdeckte ich hinter einer kleinen Pyramide aus Alufässern einen Fuß in einem dunkelblauen Frauenschuh, dann einen zweiten, nackt.

Ich sah nicht zurück, mehr aus dem Augenwinkel nahm ich Tarik, Osman und Tom wahr. Den Blick auf den blauen Schuh fixiert, überquerte ich den kleinen Hof, umrundete die Pyramide, riß eine Säule Colakästen um und fiel vor dem Schuh auf den nackten Zement.

Sie trug das blaue Leinenkleid, das ich so liebte. Mit verbundenen Augen lag sie auf der Seite, ein breiter, weißer Pflasterstreifen bedeckte ihren Mund. Ich konnte ihre Lippen erkennen, die sich darunter abmalten. Bevor ich irgendwas tat, was mir hätte verraten können, ob sie lebte oder tot war, streifte ich die Augenbinde ab und riß das Pflaster von ihrem wunderbaren, großen Mund.

»Mark?« Ihre Lider flackerten.

»Ja.« Ich hob vorsichtig ihren Oberkörper an und legte die Arme um sie, zog sie an mich und fuhr mit der Hand durch ihre wilden Locken.

»Wo bin ich?« Es klang dünn und völlig desorientiert.

»Bei Tarik. Du bist in Sicherheit. Alles ist gut.«

Sie preßte ihr Gesicht an meine Schulter. »Das ist es nicht«, wisperte sie.

Ich widersprach ihr nicht, ich hielt sie fest und spürte die wabernde Hitze der schwülen Sommernacht in meine Poren eindringen, mein Kopf wurde federleicht. Ihre Tränen rannen an meinem Hals hinab, und ich kniff die Augen zu und wünschte, ich könnte ihr die letzten sechzig Stunden irgendwie abnehmen. Ehrlich, ich hätte es wirklich getan.

»Mark ...«

»Ja?«

»Sieh mich an.«

Langsam, als koste es sie unglaubliche Mühe, hob sie den Kopf und wandte mir das Gesicht zu. Nur ein schwacher Lichtschimmer fiel aus der geöffneten Hintertür, aber ich sah es trotzdem. Die Tränen, die über ihr Gesicht liefen, waren aus Blut.

8. Kapitel

Ich biß mir hart auf die Zunge, um nicht zu schreien. Ich verspürte ein übermächtiges, lähmendes Entsetzen, das eigentlich eher in die mir so vertrauten Regionen des Alptraums gehörte.

»Ich bring' dich ins Krankenhaus.«

Sie nickte.

Hinter mir erklangen leise Schritte. Ich sah auf. Es war Tarik, und er hielt eine Waffe in der Hand, eine von diesen Automatikdingern, die er aus undurchsichtigen Quellen bezog und, wenn er es für angebracht hielt, verlieh oder verhökerte. Aber das nahm ich erst später richtig zur Kenntnis, als ich mich an die Szene erinnerte.

»Kann ich deinen Wagen haben?«

»Natürlich.«

Ich hob sie vorsichtig hoch, und ihre Arme rutschten von meinem Hals. Sie war ohnmächtig oder irgendwas in der Art. Ihre Augen waren geschlossen.

»Was ist mit ihr?«

»Keine Ahnung.«

Er schloß die Beifahrertür seines altertümlichen 200er Diesel auf. »Fährst du zu einem Arzt?«

»Ja.« Ich setzte sie ab, und ihr Oberkörper sackte zur Seite Richtung Schalthebel.

»Leg sie lieber auf die Rückbank.«

Aber das wollte ich nicht. Ich hatte Angst, sie könnte ihre Zunge verschlucken und ersticken oder so, und ich wollte sie neben mir haben.

Tom stand plötzlich hinter mir, erfaßte die Situation mit einem Blick und nahm Tarik die Schlüssel aus der Hand. »Setz dich mit ihr nach hinten, Mark, ich fahr'.«

Ich nickte, hob sie wieder an und verfrachtete sie behutsam auf die breite Rückbank. Dann stieg ich zu ihr, und während Tarik die Tür schloß, legte ich die Arme wieder um ihren Oberkörper und stützte sie. Ihre Lider flackerten, sie gab einen schwachen Jammerlaut von sich, aber sie wurde nicht richtig wach.

Tom rutschte hinters Steuer, startete den Motor und fuhr ohne Ruck an.

»Wo ist das nächste Krankenhaus?«

»Das nützt uns nichts. Fahr zur Uniklinik. Sie hat irgendein Gift im Körper.«

»Sag mir den Weg.«

Ich wußte den Weg nicht mehr. Ich starrte gebannt an mir hinab. Mein ganzes T-Shirt war voller Haare, und ich hielt ein kleines Büschel in der Linken. Sie waren so mühelos ausgegangen, daß ich es nicht mal bemerkt hatte. Ich kniff die Augen zu.

»Mark, reiß dich zusammen. Wohin?«

»Rechts. Die nächste wieder rechts.«

Viertel nach elf an einem Freitag abend. Als wir die Innenstadt hinter uns ließen, waren die Straßen nahezu ausgestorben. Hin und wieder sagte ich ›rechts‹ oder ›links‹, aber ich bezweifle, daß wir ans Ziel gekommen wären, wenn die Kliniken nicht so gut ausgeschildert gewesen wären. Denn ich hatte die meiste Zeit nur eine ungefähre Ahnung, in welchem Teil der Welt wir uns befanden, ich sah nicht aus dem Fenster, sondern in ihr Gesicht. Sie kam keinmal ganz zu sich. Im Gegenteil, es schien mir, als glitte sie immer tiefer in die Bewußtlosigkeit, und als wir durch Bilk fuhren, fragte ich mich, ob sie vielleicht einfach so in meinen Armen sterben würde, ohne ein Wort, ohne sichtbaren Übergang, beiläufig.

Tom redete nicht. Er fuhr sicher und schneller als

zulässig, und auf dem Hennekamp schickten die Götter uns einen Krankenwagen mit Blaulicht, der geradewegs vor uns her fuhr und uns den Weg zur Notaufnahme wies.

Der erste Schwall weißgewandeter Gestalten kümmerte sich um das arme Schwein im Krankenwagen, aber fast sofort spuckten die gläsernen Doppeltüren ein weiteres Duo aus. Einer riß die Wagentür auf und beugte seinen dürren Oberkörper über uns, ein Stethoskop baumelte vor meinen Augen.

»Was ist mit ihr?«

»Eine Vergiftung.«

Er nickte, verschwand für ein paar Sekunden und kam mit seinem Partner und einer Pritsche auf Rollen zurück. Sie entrissen sie mir förmlich, und ich beeilte mich, aus dem Wagen zu klettern und ihnen zu folgen, ehe sie mich abhängen konnten.

Wir hasteten einen kurzen Flur mit grellen Neonröhren entlang.

»Was ist es?« fragte der eine. »Alkohol, Drogen, Haushaltsmittel?«

»Nein, irgendwas anderes.«

Wir schwenkten nach rechts in einen kleinen Behandlungsraum. Der mit dem Stethoskop fühlte ihren Puls, zog ihre Lider hoch und maß ihren Blutdruck. Sein Gesicht gab nichts preis.

»Wie hat sie das Gift zu sich genommen?«

»Keine Ahnung.«

Er richtete sich auf. »Besser, Sie sagen mir, was los ist. Schnell. Ihr Kreislauf macht gleich Feierabend. Was hat sie eingefahren?«

»Sie ist möglicherweise mit irgendwelchen giftigen Chemikalien in Berührung gekommen. Das ist alles, was ich weiß. Ihre Augen bluten, und ihre Haare fallen aus.«

Er ließ sie los, als sei sie plötzlich glühend heiß, und fuhr zu mir herum. Wir sahen uns eine Sekunde in die Augen, aber fast sofort verengten sich seine zu schmalen Schlitzen, und ich konnte nur raten, was er dachte. Dann wandte er sich ab, riß den Hörer von einem Telefon an der Wand, klemmte ihn zwischen Schulter und Ohr und zog mit seinen freien Händen eine Spritze auf.

»Küster hier, Notaufnahme. Ist jetzt noch irgendwer in der Radiologie? Ja, bitte, es eilt …«

Sie hatten ihren Kreislauf stabilisiert und sie weggekarrt. Sobald sie die akute Krise im Griff hatten und Zeit fanden, mich zur Kenntnis zu nehmen, warfen sie mich raus. Ich protestierte nicht. Ich wollte nicht stören oder im Weg rumstehen, ich kann auch nicht in Ruhe arbeiten, wenn mir einer über die Schulter guckt. Folgsam ging ich den Gang zur Aufnahme runter, und es fühlte sich an, als laufe ich auf einer dicken Schicht aus Sägespänen. Es war, als würden meine Füße bei jedem Schritt versinken, ich kam kaum von der Stelle. Eine Mutter der Nation in Schwesterntracht saß an der Anmeldung. Ich trat an den Schalter.

»Ich hab' meine Freundin hergebracht. Man hat mir gesagt, Sie brauchen ein paar Angaben.«

Sie nickte, und ihre Hände gingen über der Computertastatur in Stellung. Ich beantwortete ungefähr zweihundert Fragen, und wenn ich die Antworten nicht wußte (wie etwa, wann ihr Vater geboren oder seit wann sie Mitglied ihrer Krankenversicherung war), dann erfand ich irgendwas. Ich wollte um jeden Preis verhindern, daß hier irgendwie Sand ins Getriebe kam.

»Das war schon alles«, sagte sie tröstend und nickte

nach links. »Da ist ein Warteraum. Den Gang runter steht ein Getränkeautomat.«

»Danke.«

Im Warteraum traf ich auf Tom. Niemand sonst war dort. Das Licht war hier gedämpfter, eine nächtliche, irgendwie tote Stille lag bleischwer auf den Plastikmöbeln. Karierte Stofftischdecken mit Brandlöchern bedeckten die niedrigen Tische. Trostlos. Dabei brauchten doch sicher alle, die sich hier die Zeit vertrieben, dringend Trost.

Tom kam langsam auf die Füße. »Und?«

»Ich weiß nicht.«

»Kann ich irgendwas tun?«

Ich schüttelte den Kopf.

»Okay.« Er zögerte noch einen Moment, dann ging er zur Tür. »Ich bring' den Wagen zurück. Wenn du mich brauchst, du weißt, wo du mich findest.«

Er verschwand, ohne auf eine Antwort zu warten.

Ich geisterte wie eine verlorene Seele durch das nächtliche Krankenhaus, trank einen Kaffee, fand ein Kartentelefon und rief Ferwerda an. Inzwischen war es ungefähr eins, aber er meldete sich nach dem ersten Klingeln.

»Ja!« Es klang nicht verschlafen.

»Ich bin's. Sie ist wieder da.«

Er atmete tief durch. »Gut gemacht, Malecki. Was immer Sie angestellt haben, um das zuwege zu bringen, meinen Segen haben Sie.«

»Ich scheiß' auf Ihren Segen.«

»Als ob ich das nicht wüßte.«

»Hören Sie: Ich hab' sie in die Uniklinik gebracht. Sie ist todkrank. Sie hat irgendein verfluchtes Gift im Körper und …«

»O mein Gott.« Er war wirklich erschüttert. »Ich komme sofort.«

»Um was zu tun? Ihr die Hand aufzulegen? Bleiben Sie bloß zu Hause. Aber wenn unter Ihren einflußreichen Freunden zufällig einer ist, der hier die Hebel bewegt, dann rufen Sie ihn an. Sie braucht die besten Spezialisten, die zu kriegen sind.«

Er dachte kurz nach. »Ja. Sie haben recht. Ich tu' es sofort.«

»Und halten Sie mir ja die Bullen vom Leib.«

»Natürlich.«

Ich hängte ein, lehnte mich neben dem Telefon an die Wand, rauchte und wartete.

Ich rauchte und wartete viele Stunden. Als es draußen in der wirklichen Welt dämmerte, kam ein kleiner Dicker den Gang zum Kaffeeautomaten runter und sah mich hoffnungsvoll an.

»Herr Malecki?«

»Ja?«

Er lächelte traurig. »Kommen Sie bitte mit.«

Ich warf meine Kippe in den Sandaschenbecher und folgte ihm zu einem Aufzug. »Wie geht es ihr?«

Er drückte die Ruftaste, ein grüner Pfeil leuchtete auf, und die Stahltüren glitten mit einem verhaltenen Zischlaut auseinander.

»Das ist im Moment noch schwer zu sagen.« Wir traten über die Schwelle, die Türen schlossen sich, und wir schwebten aufwärts. »Wie groß der Schaden ist, wissen wir erst, wenn wir die Laborergebnisse kriegen. Professor Rahn wird Ihnen alles genauer erklären.«

Irgendwie hatte ich geglaubt, Professor Rahn wäre einer aus der Seilschaft von Ferwerdas Schulfreunden. An allen Schaltstellen in Behörden und Ministerien und weiß der Henker wo sonst noch hatte er einen alten

Kumpel sitzen. Aber Professor Rahn war höchstens Anfang Vierzig, hatte weißblonde, schulterlange Haare, große, wasserblaue Augen, ein so perfektes Gesicht, daß es beinah unecht wirkte, und kilometerlange Beine. Auf den ersten Blick machte sie einen ein bißchen kurzatmig.

Sie schüttelte mir die Hand und kam ohne Vorrede zur Sache. »Sie hatte einen kurzen Herzstillstand, aber Herz und Kreislauf sind jetzt stabil, sagen die Kollegen. Ich versteh' davon nicht viel, ich bin Toxikologin. In der Notaufnahme dachten sie, sie sei verstrahlt, wegen des Haarausfalls. Aber das ist sie nicht, Sie hatten schon ganz recht, sie leidet an einer Vergiftung.« Sie unterbrach sich kurz und schüttelte den Kopf. »Ich muß sagen, so was hab' ich lange nicht gesehen. Jedenfalls nicht in Deutschland. Man könnte meinen, Ihre Freundin habe bei einem Chemieunfall in der ersten Reihe gesessen. Wo ist das passiert? Sind die Behörden benachrichtigt?«

»Todsicher nicht.«

»Aber …«

»Hören Sie, sagen Sie mir, wie es um sie steht, und ich erzähl' Ihnen, was ich weiß.«

Sie musterte mich einen Augenblick und nickte. »Sie wird durchkommen, wenn keine Komplikationen auftreten. Aber es ist damit zu rechnen, daß sie einen dauerhaften Nierenschaden davonträgt. Besser, Sie setzen sich, Herr Malecki.«

»Was heißt das, dauerhafter Nierenschaden? Dialyse?«

»Unter Umständen, ja.«

Ich wollte mich nicht setzen. Ich wollte mich keinen Millimeter bewegen, nicht mal blinzeln. »Weiter.«

»Um welches Gift es sich handelt, werde ich erst

wissen, wenn die Schlafmützen im Labor endlich mit den Tests fertig sind. Sie hat diese Substanz entweder eingeatmet oder geschluckt. Wann genau und in welchen Mengen ist auch noch ungewiß. Die Folge war jedenfalls ein akutes Nierenversagen. Das hat wiederum zu dem Herz-Kreislauf-Kollaps geführt. Wir können froh sein, daß Sie sie gerade noch rechtzeitig hergebracht haben ... hören Sie mir überhaupt zu?«

»Ja. Kann ich zu ihr?«

»Heute nachmittag vielleicht. Während wir uns hier unterhalten, wird eine Hämodia ... Entschuldigung, eine Blutwäsche durchgeführt. In vierundzwanzig Stunden wissen wir mehr. Und jetzt sind Sie dran. Sie müssen uns helfen, sagen Sie mir alles, was Sie wissen. Solange nicht klar ist, womit sie vergiftet wurde, können wir nur die Symptome behandeln.«

Meine Motorik setzte wieder ein, und ich fuhr mir mit einer klammen Hand übers Kinn. Es raspelte ziemlich. Ich schloß für einen Moment die Augen, riß sie aber sofort wieder auf, weil mir auf einen Schlag höllisch schwindelig wurde. Wir standen in einem kleinen Raum mit hohen Glasschränken und einer weißbedeckten Untersuchungsliege. Die Tür stand offen, draußen hasteten ständig irgendwelche Menschen in weißen Kitteln vorbei.

Sie folgte meinem Blick und schloß die Tür. »Also?«

»Sie arbeitet für eine Versicherung und wollte einen mutmaßlichen Versicherungsbetrug aufklären. Ein Spediteur und eine Entsorgungsfirma waren in die Sache verwickelt. Sarah stieß auf irgendeine Sauerei, die gar nichts mit dem Versicherungsfall zu tun hatte, und sie haben sie sich geschnappt und ein paar Tage festgehalten, bis sie ihre Spuren verwischen konnten.

Und wo immer sie in der Zwischenzeit war, ist es passiert.«

»Was war die Sauerei?«

»Sie packen lecke Kanister mit alten Pestiziden in brandneue Fässer und bringen sie in die Ukraine.«

Sie machte große Augen. »Woher wissen Sie das?«

Ich antwortete nicht.

Sie nickte. »Verstehe.« Sie dachte ein Weilchen nach, legte die Hand ans Kinn, fuhr sich mit einem langen Zeigefinger über den Mund und schien mich völlig vergessen zu haben. »Pestizide ... das paßt ins Bild. Das heißt, mein Tip geht eher Richtung Rodentizide ...«

»Was?«

»Rattengift. Die Laborantin meinte, es könne Thallium sein, wegen des Haarausfalls. Aber ich glaube eher an ein Cumarinderivat. Die Augenblutung spricht jedenfalls dafür ...« Sie ließ die Hand sinken und sah mich wieder an. »Unsere Fachsimpeleien sind vermutlich das letzte, was Sie kümmert. Geben Sie mir Ihre Telefonnummer und fahren Sie nach Hause. Ich rufe Sie an, sobald sie ansprechbar ist, Ehrenwort. Je eher wir rauskriegen, was genau passiert ist, um so besser, und vermutlich haben wir die größten Chancen, wenn Sie sie fragen.«

»Die Polizei wird früher oder später hier aufkreuzen. Vielleicht könnten Sie vergessen, mich zu erwähnen?«

»Einverstanden.«

Ilona machte mir die Tür auf. »Sie sind mit dem Hund unterwegs, aber sie müßten jeden Moment zurück sein.«

»Okay. Ich warte im Wagen.«

»Mach dich nicht lächerlich. Komm schon rein. Du

siehst so aus, als könntest du einen Kaffee gebrauchen.«

Was ich hingegen überhaupt nicht gebrauchen konnte, war eine dieser blöden, sinnlosen Streitereien, die wir jedesmal vom Zaun brachen, wenn wir länger als fünf Sekunden im selben Raum waren. Ich folgte ihr trotzdem. Ich war viel zu erledigt, um mich noch gegen irgendwas zur Wehr zu setzen. Fünf Nächte entweder kaum oder gar nicht geschlafen, zwei Entführungen in zwei Tagen, ein Angstmarathon, der einfach kein Ende nehmen wollte. Ich war nicht imstande gewesen, mein Haus zu betreten. Ich hatte nur den Wagen geholt, hatte Ilona von unterwegs angerufen, und jetzt stand ich hier.

Sie lotste mich in ihre kleine Küche und stellte einen dampfenden Becher und eine Zuckerdose auf den Tisch.

Ich setzte mich, zündete mir eine Zigarette an und löffelte Zucker in meinen Kaffee. Während ich rührte, starrte ich auf das kleine Schaumkrönchen.

»Wegen der Sache mit dem Urlaub, Mark ...«

»Nicht jetzt. Ehrlich nicht.«

Sie brachte ihren Becher zum Tisch rüber und blieb neben mir stehen. Dann legte sie eine Hand auf meinen Kopf, und ich zuckte zusammen, als hätte sie mir eins verpaßt. Für einen Augenblick saß ich wie erstarrt, dann legten meine Arme sich wie von selbst um ihre Taille, und ehe ich mich versah, hatte ich den Kopf an ihren Bauch gelehnt. Aber ich gönnte mir nur einen winzigen Moment davon, nur gerade so lange, wie das Schaumkrönchen auf meinem Kaffee brauchte, um zwei Runden zu drehen. Dann ließ ich die Arme sinken, und Ilona trat einen Schritt zur Seite.

»Wie geht's ihr?«

»Beschissen.« Das Wort ›Dialyse‹ tauchte wieder an die Oberfläche meines Bewußtseins und zog dort gemächlich seine Bahnen, wie die Dreiecksflosse eines Hais.

»Es tut mir leid.«

Ich nickte und trank von meinem Kaffee.

Die Haustür ging auf, und ein schrilles Kläffen kündigte an, daß nicht das Tennis-As, sondern der Dackel nach Hause gekommen war. Eine kleine Kugel aus rötlichem Fell schoß in die Küche, zögerlicher folgten meine Kinder. Sie traten nicht über die Schwelle, irgendwie brachte es sie immer zu einem totalen Stillstand, ihre Eltern zusammen zu sehen.

»Hast du sie gefunden?« fragte Daniel.

Ich nickte. Er ließ mich nicht aus den Augen, und ich nickte noch mal.

Anna zupfte an seinem Ärmel. »Laß uns unser Zeug holen.«

Sie polterten die Treppe rauf. Ich leerte meinen Becher und kam auf die Füße. »Ich geh' schon mal vor. Leichter für sie.«

Ilona seufzte und lächelte schwach. »Wie du willst.«

Ich küßte sie auf die Wange. Das hatte ich noch nie getan. Wir hatten jeden Körperkontakt gemieden seit unserer Trennung. Aber plötzlich schien es naheliegend. »Danke, daß du eingesprungen bist.«

»Mach keine Gewohnheit draus.«

»Nein.«

»Wir telefonieren wegen der anderen Sache, ja.«

»In Ordnung.« Ich würde meinen Anrufbeantworter wieder in Betrieb nehmen, und dem konnte sie alles erzählen, was sie auf dem Herzen hatte.

Ich saß noch keine fünf Minuten im Wagen, als sie ihre Rucksäcke auf die Ladefläche feuerten und einstiegen. Jetzt, da wir unter uns waren, schlang Anna ihre Arme um meinen Hals und gab mir einen dicken, klebrigen Kuß. Das war eher selten geworden, und ich hatte den Verdacht, daß das mehr mit einer Absage an ihre Mutter als mit ihren Gefühlen für mich zu tun hatte. Sie mußte wirklich aufpassen, wenn sie nicht in ihre eigene Abseitsfalle tappen wollte. Vermutlich war es höchste Zeit, mal ein paar offene Worte darüber zu reden, aber das Timing war mal wieder denkbar schlecht.

Sie schnallte sich an und hakte einen Finger in eine meiner Gürtelschlaufen. Ich legte einen Arm um sie und fuhr los. Sie setzte ihre verspiegelte Sonnenbrille auf, als Gegengewicht, sozusagen. »Wenn wir diesen Monat noch mal hinmüssen, will ich eine Härtezulage auf mein Taschengeld.«

Ich sah sie entgeistert an. »Wie kommst du an das Wort?«

Daniel hob auf meinen argwöhnischen Blick hin abwehrend die Hände. »Ich war's nicht.«

»Ich hab's irgendwo gelesen«, erklärte sie. Anna las alles, was ihr in die Hände fiel. Ich hatte den weniger jugendfreien Teil meiner Büchersammlung sicherheitshalber in zweiter Reihe hinter die Comics gestellt, da waren sie halbwegs sicher, denn Anna stand nicht sonderlich auf Comics.

Ich kurbelte das Fenster runter. »Na ja. Das Tennis-As ist doch momentan in Spendierlaune. Vielleicht schlägst du's ihm mal vor.«

Sie nickte. »Hab' ich.«

Es tat mir gut, daß ich sie wiederhatte. Auf der ganzen Fahrt ließ ich sie reden, aber es war in erster Linie Anna, die Dampf ablassen mußte. Daniel war einsilbig, und ich konnte sehen, daß er ein paar brennende Fragen hatte. Aber er hielt sich zurück, bis wir vor der

Bäckerei standen und Anna Brötchen holte. Da sagte ich ihm, Sarah sei im Krankenhaus, weil sie mit einer giftigen Chemikalie in Berührung gekommen sei.

»Wie ist das passiert?«

»Ich weiß es nicht.«

»Du willst es nicht sagen.«

»Irgendwo dazwischen.«

Er nickte zweimal kurz, sah aus dem Fenster und fragte nicht weiter.

Ich schlief ein paar Stunden und erwachte von einem satten Platschen, gefolgt von Annas wutentbranntem Ausruf: »He, könnt ihr nicht mal aufpassen, verdammt!«

Offenbar war mal wieder irgendwas im Fischteich gelandet, was da nichts zu suchen hatte. Ich stand auf und stellte mich ans Fenster. Tom und Daniel traten einen Ball durch den Garten, rangelten, traten wieder, pflügten ein paar Fuchsien um und hatten einen Heidenspaß. Ich beobachtete sie ein paar Minuten. Es tat richtig gut, mal was zu sehen, das so normal, so unbeschwert, so ohne jede Bedrohung war. Jedenfalls, wenn man es nicht aus Fuchsienperspektive betrachtete.

Ich ging unter die Dusche und rasierte mich. Dann beschloß ich, daß es höchste Zeit war, die verräterischen Spuren im Keller zu beseitigen. Aber das hatte Tom schon getan, stellte ich fest.

Der ganze alte Plunder war wieder an Ort und Stelle, Campingliege, Kühlbox, Bücher und Schallisolierung waren verschwunden. Es herrschte ein vollkommen natürliches, unschuldiges Kellerchaos, das so aussah, als sei es seit Jahrhunderten unangetastet. Es war perfekt.

Ich traf ihn in der Küche. Er stand an die Kühlschranktür gelehnt und goß wie üblich Wasser in sich hinein. Als er mich sah, rückte er beiseite, und ich nahm mir ein Bier. Ich hebelte den Kronkorken mit dem Feuerzeug ab und setzte mich auf die Küchenbank.

»Danke, Tom.«

Er hob die Schultern. »Du hattest was gut.«

Er fragte nicht, wie es ihr ging, aber ich merkte, daß er es wissen wollte, also sagte ich es ihm.

Er nickte trübselig. »Tarik hat angerufen und sich nach ihr erkundigt. Dieser Dr. Ferwerda hat auch angerufen.«

»Und mich übel beschimpft, nehme ich an.«

»Nein. Er erwähnte, irgendein Kommissar der Kripo habe ihm erzählt, Plückebaum junior sei wohlbehalten wieder zu Hause und mache keinerlei Angaben über seinen Aufenthalt in den letzten vierundzwanzig Stunden. Außerdem hat Ferwerda der Polizei gesagt, Sarah Goldstein sei von einem Taxi in die Altstadt gebracht und dort in einem Hinterhof abgeladen worden. Bislang wisse niemand, wieso und warum, der Taxifahrer sei umgehend verschwunden, ohne sich als Zeuge zur Verfügung zu stellen.«

Ich atmete tief durch. »Das sollte sie uns vorläufig vom Hals halten.«

»Ja.«

»Was war mit Bodo? Ich wette, er hat auch angerufen.«

Tom schüttelte den Kopf. »Bodo war hier.«

»Wann?«

»Vor einer halben Stunde ungefähr. Wir haben gesagt, du wärst nicht zu Hause.«

»Also ehrlich, wenn ich mir einen Butler leisten könnte, wärst du mein bevorzugter Kandidat.«

Er grinste. »Im Moment gibt's mich gratis.«

Ich nickte.

»Du sagst mir, wenn ich verschwinden soll, oder?«

»Keine Bange, das merkst du schon.« Vorläufig konnte er hier Wurzeln schlagen, wenn's nach mir ging. Er war nicht nur ein verläßlicher Komplize, er war obendrein unglaublich angenehme Gesellschaft. Er ging einem eigentlich nie auf die Nerven, man gewöhnte sich eigentümlich schnell an seine Gegenwart. Ich hatte beobachtet, daß es Anna und Daniel genauso ging, man sah es an ihrer Körpersprache. Sie flossen mühelos um ihn herum, wie Wasser um einen Kiesel. Sie nahmen ihn kaum zur Kenntnis, aber sie ignorierten ihn auch nicht, er gehörte für sie schon zum Inventar. Und das war erstaunlich, meine Kinder hatten normalerweise nicht gern Fremde im Haus, wenigstens in diesem Punkt waren wir uns alle drei einig. Aber Tom hatte rasant schnell aufgehört, ein Fremder zu sein.

»Was denkst du, Mark, war's Absicht oder ein Unfall?«

»Keine Ahnung, Mann.« Ich nahm einen langen Zug von meinem Bier. Das T-Shirt klebte schon wieder an mir, es kam mir vor, als sei die Luftfeuchtigkeit merklich gestiegen, während ich geschlafen hatte. »Es macht ja auch im Grunde keinen so großen Unterschied.«

Er wiegte den Kopf hin und her, als sei er da anderer Meinung. »Und was willst du jetzt tun?«

»Jetzt fahr' ich ins Krankenhaus zurück.«

»Du weißt, was ich meine.«

Ich stand auf und steckte meine Kippen ein. »Du meinst, was ich gegen Plückebaum und Sieben unternehmen will? Ich sag's dir: Nichts. Absolut gar nichts.«

»Aber ...«

»Spar dir die Mühe. Aus dem Alter bin ich raus.« Außerdem hatte ich einen heiligen Eid geschworen, wie Tarik mich unnötigerweise erinnert hatte, mich nicht mehr in solche Geschichten reinziehen zu lassen. Ich angelte den Motorradschlüssel von seinem Haken und machte mich davon, ehe er mir zusetzen konnte.

Dicke Wolken türmten sich im Westen, der Himmel schimmerte gelblich mit einem schwachen Stich ins Mauvefarbene, und die Schwüle legte sich wie zäher Sirup auf Glieder und Atemwege. Auf der anderen Rheinseite tobte es schon, Blitze zuckten am Horizont. Sah so aus, als sollte ich ordentlich naß werden, wenn ich das Motorrad nahm. Ich tat's trotzdem. Motorradfahren tat mir immer gut, es gaukelte mir eine innere Ruhe vor, die meistens verpuffte, sobald ich wieder einen Fuß auf den Boden setzte, aber immerhin, in großen Krisen muß man in der Lage sein, Kraft aus den kleinsten Quellen zu schöpfen. Und darin hatte ich einige Routine, weil ich die Dinge irgendwie so gründlich vermasselt hatte, daß mein Leben eine einzige Aneinanderreihung großer Krisen war.

Es war nur ein Katzensprung von Himmelgeist zur Uniklinik, und ich kam an, als die ersten dicken Tropfen fielen.

Professor Rahn sei nicht da, erklärte mir der kleine Dicke auf der Intensivstation, der mich am frühen Morgen abgeholt hatte, aber trotzdem immer noch im Dienst war.

»Sie hoffte, sie wär' zurück, wenn Sie kommen. Falls sie Sie verpaßt, ruft sie Sie später noch an, hat sie gesagt.«

Ich nickte. Professor Rahn konnte von mir aus zur

Hölle fahren, ich wollte zu Sarah. Irgendwie ahnte er wohl, was ich dachte, und lächelte beschwichtigend. »Kommen Sie. Sie können ein paar Minuten mit ihr reden. Ein Kollege von ihr war eben schon hier, aber den hab' ich in die Wüste geschickt. Niemand außer Ihnen, hat Professor Rahn gesagt. Und ehrlich, wenn's irgendwie geht, tut man besser, was sie sagt.«

»Welcher Kollege?«

»Mauritz oder so.«

Bodo und ich spielten heute Hase und Igel.

Der kleine Dicke führte mich durch eine Milchglastür zur Intensivstation, einen Gang mit Türen entlang und wies auf die vorletzte auf der linken Seite.

Sarah lag in einem halbdunklen, fensterlosen Raum und war mit Schläuchen und Drähten an die unglaublichsten Maschinen angeschlossen. Überall piepste irgendwas, Computerbildschirme und Digitalanzeigen blinkten.

Als sie die Tür hörte, wandte sie den Kopf, blinzelte, und als ich näher trat und sie mich erkannte, machte sie eine kleine, matte Geste, die den ganzen Raum einschloß. »Willkommen im dreiundzwanzigsten Jahrhundert.«

Ich hatte keinen Kloß im Hals, sondern eher so was wie eine Bowlingkugel. Sarah war mindestens so weiß wie ihr Kopfkissen, unter ihren Augen lagen violette Schatten, die Augen selbst waren trüb und gerötet.

Ich nahm die Hand, ehe sie sie wieder einziehen konnte.

»Komm schon, Malecki, sag was.«

»Ich hab' keine Blumen.«

»Vielleicht besser so. Wenn du mit Blumen kämst, wäre ich sicher, ich würde beerdigt.«

Ich hockte mich auf die Bettkante. »Wie geht's dir?«

Sie senkte den Blick und antwortete nicht gleich. Dann hob sie leicht die Schultern. »Na ja. Ich fühl' mich wie ausgewrungen. Ich hätte nicht gedacht, daß man so ohne alle Kraft sein kann und trotzdem weiterleben. Aber es geht mir um Klassen besser als gestern um diese Zeit.«

Ich nickte.

»Rattengift, Mark. Das hat die Ärztin mir heute morgen gesagt. Diese verdammten Schweine ... haben mir Rattengift untergejubelt.«

Professor Rahn hatte also goldrichtig gelegen mit ihrem Tip. Ich hatte inzwischen ein bißchen in meinem Lexikon gestöbert, und wenn ich das alles richtig verstanden hatte, funktionierten Cumarinderivate, indem sie die Gerinnbarkeit des Blutes herabsetzten, und das führte unter anderem zu Organblutungen – es hätte außer ihren Augen auch ebensogut ihr Gehirn treffen können –, Schock und Nierenschäden. Ich fand es schon ziemlich scheußlich, Ratten auf die Weise krepieren zu lassen, und hatte versucht, mir vorzustellen, wie es in einem Menschen ausschauen mußte, der einen anderen mit einem so diabolischen Zeug vergiften konnte. Ich war nicht weit gekommen.

»So, wie es im Augenblick aussieht, ist zumindest eine Niere unbeschädigt«, sagte sie leise. »Sie sind noch nicht sicher. Sie wollen mir wohl keine voreilige Hoffnung machen, aber ich hab' ein bißchen gebohrt, und es scheint, es besteht zumindest die Chance, daß ich mehr oder weniger normal weiterleben kann.«

Ich fand keine Worte.

»Mark, was ist passiert? Wie kam ich zu Tarik? Es stimmt doch, oder? Das war kein Traum.«

»Nein, du warst da. Es war der Ort der Übergabe, wenn du so willst.«

»Aber wieso …«

»Das erzähl' ich dir morgen oder übermorgen. Schlaf. Ruh dich aus. Das hat alles bis morgen Zeit.«

»Ja.« Sie schloß die Augen, und ich hielt ihre Hand fest und sah sie an. Ich dachte, sie sei längst eingeschlafen, als sie leise sagte: »Ich war bei dieser Spedition … Plückebaum.«

»Ich weiß. Du hast die Fässer mit den alten Pestiziden gesehen.«

Sie nickte. »Und die Frachtpapiere. Sie … sie schaffen das Zeug in den ehemaligen Ostblock, kippen es da auf irgendeinen Acker und kassieren hier für die Entsorgung …«

»Ja.«

»Von Plückebaum bin ich zur RECON gefahren. Ich suchte nach einer Verbindung zu Rashid. Aber da warteten sie schon auf mich. Sieben gab mir einen Kaffee, und da war irgendwas drin, ich bin nicht mal mehr bis zu meinem Wagen gekommen.«

»Herrgott noch mal, Sarah …«

»Ich weiß. Ich weiß.« Ihre Stimme wurde sehr dünn. »Niemals Bonbons von fremden Onkels annehmen, du hast es mir tausendmal vorgebetet.«

Ich nahm wieder ihre Hand. »Entschuldige.«

»Aber siehst du, Sieben *war* kein Fremder. Er ist seit Jahren Kunde der Secura.«

»Ja. Vermutlich hätte ich den Kaffee auch getrunken.«

»Ich kam in einem Lieferwagen zu mir. Er fuhr. Es war dunkel. Ich hab' mein Telefon aus der Jackentasche geholt, aber dann bin ich wieder ohnmächtig geworden.«

»Es war ein Transporter von Plückebaum. Ich hab' dein Telefon gefunden.«

»Ich weiß nicht, wo ich war. Nicht immer am selben Ort. Zuerst war ich in einem kleinen Raum eingesperrt. Ein Mann kam und brachte mir Essen und so weiter. Er trug eine Gummimaske, wie Nosferatu. Widerlich. Aber sie haben mir nichts getan. Jedenfalls glaubte ich das. Und er sagte, in ein paar Tagen ließen sie mich laufen. Wenn die Lkw über die polnische Grenze seien, könnte ich erzählen, was ich wollte.«

»Plückebaum wollte, daß sie dich laufenließen. Sieben nicht. Vielleicht hat er dich vergiftet, um ohne Plückebaums Wissen seinen Kopf durchzusetzen.«

Sie nickte und biß sich auf die Lippen. Sie rang um Haltung, und ich ließ sie, ich wußte, wie kostbar ihr diese Haltung war.

»Woher weißt du das alles?« fragte sie schließlich.

»Plückebaums Sohn. Ich hab' ihn gekidnappt und vierundzwanzig Stunden im Keller eingesperrt. Er hat mir alles gesagt, was er wußte. Und seinem alten Herrn hab' ich einen ... Gefangenenaustausch angeboten.«

Sie war sprachlos.

»Ich wußte nicht, was ich sonst tun sollte.«

Sie rutschte zu mir rüber und legte ihren Kopf auf mein Bein. Ich traute mich nicht, ihr durch die Haare zu fahren. Also sah ich sie einfach nur an. Und das war auch genug. Wir waren uns lange nicht so nahe gewesen.

Ich rührte mich nicht, damit sie einschlafen konnte. Aber das tat sie nicht.

»Irgendwann haben sie mir wieder irgendwelches Zeug gegeben, wie ein Schlafmittel. Als ich das nächstemal aufwachte, war ich an einem anderen Ort. Es war ziemlich dunkel, ich konnte nicht viel erkennen, aber die Decke schien mir sehr hoch. Stahlträger. Irgendwas wie ... Flaschenzüge. Es roch fürchterlich.«

»Wonach?«

»Weiß nicht.«

»Scharf? Ätzend? Nach Lösungsmitteln?«

»Nichts davon. Ich kann's nicht beschreiben. Es roch … giftig.«

Das war's wohl auch.

»Ich hab' gerufen, und meine Stimme hallte. Es muß ein großer Raum gewesen sein. Ich lag auf seltsamen Leinensäcken, fast quadratisch. Lange kam niemand. Ich war wach und merkte, daß ich krank wurde. Daß irgendwas mit mir nicht stimmte. Es wurde immer schlimmer. Der Kerl mit der Vampirmaske kam wieder und wollte, daß ich ihm aus der Zeitung vorlese. Es erschien mir total albern. Und ich konnte so oder so nicht.« Sie sprach ganz ruhig, fast ein bißchen schleppend, aber sie hatte angefangen zu zittern.

»Hör jetzt lieber auf. Denk an was anderes. Gegen Träume ist nichts zu machen, aber wenigstens wenn du wach bist, solltest du versuchen, an was anderes zu denken.«

»Ja.«

Bis auf das Piepsen der Maschinen war es still. Nur ganz schwach, wie aus weiter Ferne hörte man draußen den Donner grollen.

»Welcher Tag ist heute?« fragte sie schläfrig.

»Samstag.«

»Tobias …«

»Ich hab' im Heim angerufen und erklärt, daß du nicht kommen kannst. Wenn du willst, besuch' ich ihn morgen. Ich nehm' Anna mit. Tobias erkennt sie fast immer.«

Sie nickte, aber ich war nicht sicher, ob sie mich noch gehört hatte. Sie schlief von einer Sekunde zur nächsten ein. Ich blieb noch ein paar Minuten, bis eine Schwester kam, um mich rauszuwerfen. Ich bettete Sarahs Kopf wieder auf das Kissen. Sie wurde nicht wach. An meinem Hosenbein hingen Haare.

Ein majestätisches Gewitter tobte über der Stadt. Es konnte einen wirklich das Fürchten lehren. Regen und Hagel prasselten mit entfesselter Zerstörungswut herab; die Straße stand an die zehn Zentimeter unter Wasser. Blitz und Donner schienen eine Art Titanenwettstreit auszutragen. Es war gewaltig.

Ich wartete das Schlimmste unter dem Vordach vor dem Portal ab und fuhr dann über dampfende Straßen. Es war nicht merklich kühler geworden, nur feuchter, eine Luft wie im Treibhaus.

Es ging auf acht, als ich nach Hause kam. Ich könnte was kochen, überlegte ich. Ich hatte mit einemmal einen Bärenhunger. Essen, eine Flasche Bier auf der Terrasse und einfach ein bißchen Ruhe. Das schien mir ein vernünftiger Plan für den Abend.

Aber meine Pläne scherten wieder mal niemanden. Auf der Terrasse saß eine größere Runde zusammen. Daniel und Anna in der Hollywoodschaukel, Tom auf einem aufblasbaren Nilpferd, auf meiner ausgeleierten Gartenliege ein bärtiger Hüne, den ich nicht kannte, neben ihm, zu meiner größten Verwunderung, die Miss World unter den Professorinnen.

Ich brummte irgendwas Belangloses und ging ohne mein Tempo zu verlangsamen an ihnen vorbei in die Küche. Ein brodelnder Topf stand auf dem Herd, ab und zu schwappte Wasser heraus und verdampfte zischend. Die Fenster waren beschlagen. Ich schenkte mir einen Bourbon ein und ging wieder raus.

»Wer immer die Nudeln aufgesetzt hat, sollte sich dringend mal darum kümmern.«

»Oh, Scheiße ...« Daniel sprang auf.

Ich nahm seinen Platz auf der Schaukel ein, streckte die Beine aus, trank einen Schluck und ignorierte das ganze Pack.

Tom räusperte sich nervös. »Ähm, Mark. Das ist Wolfgang. Charlotte kennst du ja schon.«

Ich nickte unbestimmt und zündete mir eine Kippe an.

»Sie sind mit einem Schlauchboot auf der Nordsee gefahren und haben sich an ein Müllschiff gekettet«, klärte Anna mich auf.

»Sie müssen ganz schön bescheuert sein.«

»Dann haben sie das Schiff geentert. Echt, so richtig wie Piraten.« Anna war hingerissen.

Ich weniger. »Toll. Wirklich klasse.«

»Niemand will dich zu irgendwas zwingen«, sagte Professor Rahn zuckersüß.

So, so. Unter Aktivisten duzte man sich also, nach guter, alter Achtundsechzigermanier vermutlich. »Das hab' ich schon öfter gehört. Und dann finde ich immer in Windeseile raus, daß genau das Gegenteil der Fall ist.«

Sie biß sich auf die Lippen und grinste.

Ich sah von ihr zu Tom und wieder zurück. »Das ist kein Zufall, nehme ich an.«

Tom sagte nichts und wünschte sich offenbar zurück nach Brandenburg. Ihm war überhaupt nicht wohl bei dieser Geschichte, und das steigerte mein Mißtrauen.

»Tom und ich kennen uns seit Jahren«, antwortete sie in eine kleine Stille. »Er hat mich letzte Nacht von der Klinik aus angerufen. Er hat gesagt, er wollte zuerst nicht, weil er wußte, daß wir uns auf dich stürzen würden. Aber als er gesehen hat, wie schlecht es ihr ging, hat er's trotzdem getan.«

Ich hatte natürlich gedacht, Ferwerda stecke auf die eine oder andere Weise dahinter, daß sich in kürzester Zeit eine Toxikologin erster Güte gefunden hatte, die sich mitten in der Nacht um Sarah kümmerte. Auf Tom wäre ich im Leben nicht gekommen. Ich war ihm sehr dankbar. Aber wenn sie glaubten, daß ich mich aus lauter Dankbarkeit vor einem Castortransport auf die Schienen werfen würde, dann hatten sie sich gründlich vertan.

Der Hüne mit dem Bart, Wolfgang, sprach zum ersten Mal. »Wir hören in letzter Zeit immer öfter von RECON. Wir haben die Firma zuerst nicht so richtig zur Kenntnis genommen, eine Klitsche, dachten wir. Aber das ist mehr Tarnung. Dieser Sieben ist einer der Großen im Entsorgungsgeschäft geworden. Und es wird Zeit, daß wir uns um ihn kümmern.«

Ich nickte überzeugt. »Ich wünsch' euch viel Erfolg. Ein Bier?«

Er lächelte, und um seine Augen zeigten sich Tausende kleiner Falten. Ein echtes Seebärenlächeln. Ich fragte mich unwillkürlich, ob er normalerweise auf der *Rainbow Warrior II* das Ruder führte.

»Ja, gern.«

Daniel kam mit betretener Miene zurück. »Die Nudeln sind hinüber.«

Ich winkte ab. »Ich mach' gleich irgendwas.« Mein Hunger fiel mir wieder ein. Das war doch ein wunderbarer Grund, mich hier aus der Affäre zu ziehen. Ich stand auf und bot Daniel meinen Platz an, der ja eigentlich sowieso seiner gewesen war.

»Holst du was zu trinken?«

Er nickte ohne besondere Begeisterung, fragte

unsere ungeladenen Gäste nach ihren Wünschen und machte sich Richtung Garage auf, wo der größte Kühlschrank stand. Ich floh in die Küche, schmiß ein paar Baguettes in den Ofen und sah nach, was der Kühlschrank hergab. So ungefähr gar nichts. Hier war seit Tagen keiner einkaufen gewesen. Dann gab's eben Brot mit Oliven. Die Griechen schwören drauf.

Tom kam mit hängenden Schultern in die Küche geschlurft. »Hör mal ...«

»Ja, ja. Vergiß es. Ich bin froh, daß du sie angerufen hast.«

Er streifte die kärgliche Ausbeute aus dem Kühlschrank mit einem melancholischen Blick. »Hast du keinen Thunfisch?«

»Doch, bestimmt. Sieh mal in den Schrank da drüben. Delphinfreundlich gefangen, keine Bange.«

Er holte drei Dosen und stellte sie auf die Arbeitsplatte. »Glaub's lieber nicht. Konservenetiketten gehören zu den geduldigsten Papiersorten.«

»Und trotzdem ißt du so was? Ich hätte gedacht, Thunfisch wär' für Greenpeace-Aktivisten ungefähr so wie Schweinefleisch für Moslems.«

Er beäugte den elektrischen Dosenöffner mißtrauisch. »Wir sind nicht Greenpeace.«

Ich öffnete die Dosen und stellte sie vor ihn hin. »Sondern?«

»Wir waren ursprünglich nur ein kleiner Umweltverband in Brandenburg, der sich kurz vor dem Ende der DDR gegründet hat, und wir befassen uns hauptsächlich mit Müll.«

»Tja, jedem sein Hobby ...«

»Wir hatten ziemlich viel Müll, verstehst du. Hauptsächlich euren.« Er sagte das ohne Vorwurf.

Ich nickte.

»Inzwischen agieren wir bundesweit, und wir arbeiten oft mit Greenpeace zusammen, vor allem bei den größeren Spektakeln. Wir haben keine eigenen Schiffe oder Boote. Wir haben überhaupt kein Geld.«

»Hm. Und warst du deswegen bei RECON? Die Journalistengeschichte war erfunden?«

»Nein.« Er goß das Öl ab, beförderte den Thunfisch mit einer Gabel in eine Schüssel, überprüfte das Haltbarkeitsdatum auf dem Mayonnaiseglas und gab einen Löffel dazu. Dann nahm er sich eine Zwiebel vor. »Könntest du ein bißchen Petersilie hacken? Ich hatte wirklich die Hoffnung, ich hätte mal eine brauchbare Story, die sich verkaufen läßt. Müllskandale haben Konjunktur.«

Ich pflückte glatte Petersilie aus ihrem Topf gleich vor der Küchentür, kam zurück und machte mich ans Werk. »So zynisch … Und ich dachte, du bist ein echter Umweltengel.«

Er grinste, schüttete ein bißchen Sahne an die Pampe, die er angerührt hatte, und gab Salz, Pfeffer, Oregano und Zitronensaft dazu. »Das eine schließt ja das andere nicht aus, oder?«

»Nein.«

Ich sah nach dem Brot. Fast fertig. Tom reichte mir eine Gabel mit seinem Thunfischzeug. Es sah irgendwie nicht besonders appetitlich aus, aber es schmeckte göttlich. »Hmm. Gut.« Ich leckte die Gabel ab. »Was immer ihr von mir wollt, Tom, ich werd's nicht tun.«

Er seufzte. »Ich weiß. Komm, laß uns essen.«

Wir waren kaum fertig, als ein paar Freunde von Daniel aufkreuzten. Sie fielen wie ein Heuschreckenschwarm über die kümmerlichen Reste her und schleppten ihn dann mit unbekanntem Ziel ab. Anna verschwand nach oben, und ich saß in der Falle.

»Du willst also einfach so auf sich beruhen lassen, was deiner Freundin passiert ist?« fragte Wolfgang.

Ich nickte in mein Glas. »Genau.« Ich blinzelte ihn über den Rand hinweg an, sah sein Gesicht durch einen flüssigen, goldenen Schleier verzerrt. Ich war nicht mehr besonders nüchtern. Aber das war egal, wehren konnte ich mich allemal noch.

Wolfgang drehte sich eine und sah mich finster an. »Das kann ich echt nicht verstehen.«

»Mußt du ja auch nicht.«

»Aber hör mal ...«

Ich hob die Hände, um mir seinen flammenden Vortrag vom Leib zu halten. »Was könnte ich schon tun, was ihr nicht selbst auch könnt?«

Charlotte lehnte sich zu mir rüber. Sie duftete gut, nach keinem Parfüm, das ich kannte, ein schwacher Duft, vielleicht war's eine Lotion oder, das hielt ich durchaus für denkbar, einfach nur ihre Haut. So einer Frau war alles zuzutrauen. »Du hast Erfahrung, wenn's darum geht rauszukriegen, wo die dunklen Flecken auf einer weißen Weste sind, oder nicht?«

»Nein. Nur wenn es mit Geld zu tun hat. Von Müllschieberei versteh' ich nichts.«

Wolfgang fegte das ungeduldig beiseite. »Alles, was du wissen müßtest, könnten wir dir sagen. Es geht uns nicht darum, Siebens Machenschaften an die Öffentlichkeit zu bringen, verstehst du. Das nützt nämlich nichts. Es verändert nichts. Wir wollen ihn stoppen. Dich hat er noch nie gesehen. Uns kennt er, Tom war der letzte, der noch inkognito war, wenn du so willst, und das ist ja auch vorbei. Wir sind allesamt verbrannt, wie man so schön sagt. Und wir brauchen jemanden wie dich. Wir können dir kein Honorar zahlen. Aber Hasan Rashids Cousin von der katarischen Botschaft hat am Telefon zu Tom gesagt, er werde jedem, der den Mörder seines Cousins findet, hunderttausend Dollar zahlen.«

Hunderttausend Dollar hätte ich wirklich so richtig gut gebrauchen können. Aber in all den Jahren, die irgendwelche schrägen Vögel ständig versucht hatten, mich zu kaufen, hatte ich mich an dieses schmuddelige Gefühl nie so ganz gewöhnen können. Es brachte mich immer noch auf die Palme, wenn es einer versuchte.

Ich stand auf. »Hasan Rashids Cousin soll sich seine Dollars vors Knie nageln. Und ihr könnt mich mal.«

»Das hätt' ich dir vorher sagen können, du Vollidiot«, hörte ich Tom zischen, als ich ins Haus ging.

Ich stieg ohne Eile die Treppe rauf und sah nach Anna. Sie war eingeschlafen und hatte ihre Decke abgestrampelt. Ich nahm ihr vorsichtig das Buch aus den Händen und warf einen Blick darauf. *Rein in die Tonne – Ein Umweltkrimi für Kinder.* Langsam fühlte ich mich verfolgt.

Ich holte ein dünnes Laken und deckte sie damit zu, für alles andere war es wirklich zu heiß. Dann betrachtete ich meine Tochter noch einen Moment, das tat mir immer gut. Aber ich durfte es nicht in die Länge ziehen, sonst wachte sie auf und giftete mich an. Ich schaltete das Lämpchen neben dem Bett aus, schlich auf leisen Sohlen aus ihrem Zimmer und ging ins Bad.

Ich drehte den Kaltwasserhahn an der Dusche auf und steckte den Kopf darunter. Und da blieb ich vorläufig, die Hände links und rechts der Duschstange an die Kacheln gepreßt. Das Wasser war anfangs lauwarm und wurde ganz allmählich immer kälter, es rann an meinem Hals hinunter und lief in mein T-Shirt. Gerade, als es richtig gut wurde und ich mit der Idee liebäugelte, so wie ich war ganz unter die Dusche zu gehen, versiegte der Strahl.

Ich riß entrüstet die Augen auf. »He!«

Ein Handtuch legte sich auf meinen Kopf, und ich merkte sofort, daß es Frauenhände waren, die meine Haare abrubbelten. Ich verharrte ein paar Sekunden reglos und ergab mich ihren Händen mit geschlossenen Augen. Aber es wurde zu riskant. Seit ungefähr zwei Stunden fragte ich mich, ob der mitternachtsblaue BH, dessen Träger sich unter dem Ausschnitt ihrer Bluse hervorstahl, wenn sie gestikulierte, vorn oder hinten aufgehakt wurde. Ob sie einen passenden Slip trug. Und ich war nicht umhingekommen, mir auszumalen, wie dieser seidige Slip knistern, was für Längsfalten er werfen würde, wenn sie – ganz langsam – die Beine spreizte. Ich war in einem gefährlichen Zustand; nüchtern genug, um noch zu können, aber betrunken genug, um meine Grundsätze über Bord zu werfen und Dinge zu tun, für die ich mich am nächsten Morgen haßte.

Ich richtete mich auf, und das Handtuch rutschte auf meine Schultern runter. Ich nahm es schnell ab. Ich wollte ja nicht aussehen wie der Tennis-Hansel.

Ich lehnte mich mit dem Rücken an die Kacheln und sah sie an.

Sie erwiderte meinen Blick, und ich spürte förmlich, wie diese Augen mich mit einem Bann belegten. »Er hat es nicht böse gemeint.«

Ich hatte keine Ahnung, wovon sie redete. Dann fiel es mir wieder ein. Der Seebär und die hunderttausend Dollar.

»Nein. Ich bin vermutlich zu empfindlich.«

»Warum willst du's nicht tun? Was ist so schlimm daran?«

»Das ist schwierig zu erklären. Wenn ich einmal anfange, dann ... kann es passieren, daß ich den richtigen Moment nicht erkenne, wenn es an der Zeit ist, wieder aufzuhören. Und dann ... dann ...« Ich beschloß im letzten Moment, ihr lieber doch nicht zu erzählen, was die Folgen waren. Daß ich, wenn man strenge Maßstäbe anlegte, zwei Menschenleben auf dem Gewissen hatte, und da waren die überführten Übeltäter, die sich im Laufe meiner glanzvollen Revisorenkarriere das Leben genommen hatten, noch nicht mitgezählt. »Ich meine, selbst wenn ich wollte – und ich will nicht –, was hätte ich denn für ein *Recht*, ihnen nachzustellen? Persönliche Rache für die Niere meiner Freundin? Wir sind hier doch nicht in der Steinzeit. Daran hab' ich wirklich kein Interesse.«

»Nein, ich weiß. Aber sie sind Verbrecher, Mark. Mörder.«

»Ach, hör doch auf. Rashid war kein Unschuldslamm. Und er kannte sein Risiko.«

»Ich rede nicht von Hasan Rashid. Ich rede von Müllschieberei.«

»Na und? Ich produziere den Müll, den sie verschieben, also bin ich genauso schlimm wie sie. Ehrlich, wenn ich die Wahl zwischen Umweltschutz und Bequemlichkeit habe, hat Bequemlichkeit immer den Vorrang. Ich fahre Auto und Motorrad, ich verdiene sogar meinen Lebensunterhalt damit, anderen Motorräder zu verkaufen, ich bestelle Pizza in Aluverpackungen, ich trinke Bourbon aus Einwegflaschen, ich bin eine richtige Umweltsau. Ihr seid bei mir an der falschen Adresse, glaub mir.«

Sie legte die Hände auf meine Unterarme. »Es gibt einen gewaltigen Unterschied zwischen dir und ihnen. Sie machen den großen Reibach damit und nehmen in

Kauf, daß sie andere Menschen gefährden. Du kannst dir nicht vorstellen, was Tom und ich gesehen haben, letztes Jahr in Afrika …«

»Ich will das nicht hören.« Vor allem wollte ich nicht, daß sie mich in meinem eigenen Badezimmer verführte. Ich befreite mich ein bißchen unsanft von ihren Händen. »Tut mir leid, aber ihr müßt euch einen anderen suchen.«

Ich floh ins Schlafzimmer und schloß zur Sicherheit die Tür ab. Ob ich Charlotte aus- oder mich einsperrte, war nicht ganz klar.

Ich blieb ungefähr eine Stunde in Deckung. Als der Flachmann in der Nachttischschublade leer war, wagte ich mich wieder hervor. Die Luft war rein, sie waren weg.

Tom brachte die Küche in Ordnung und hatte das Geschirr in die Spülmaschine geräumt.

»Das nützt nichts. Die ist kaputt.«

Er wischte über die Anrichte und schüttelte den Kopf. »War nur die Dichtung am Zulauf. Tut's wieder.«

»Junge, Daniel wird dir die Füße küssen. Komm, laß uns wieder rausgehen. Wunderbare Nacht.«

Wir setzten uns auf die Bank unter den Kirschbäumen, und ich fing an zu bröseln. Es war verdammt finster unter den Kirschbäumen, und ich konzentrierte mich darauf, was meine Hände taten, damit mir der Dope nicht flöten ging. Ich baute uns ein richtiges Rohr: zwei mal zwei Blättchen.

Tom war ein echter Genießer. »Aah«, seufzte er, als er endlich ausatmete, »ein edles Kraut. Und dabei ist es billiger geworden. Daß es so was noch gibt …«

»Tja, ich wette, das ist es, was die Inflationsrate drückt, die das statistische Bundesamt uns jeden Monat vorlügt.«

Er lachte leise und blies über den Rand seiner Bierflasche. Sie gab einen tiefen, melancholischen Heulton von sich, wie ein fernes Nebelhorn.

»Sag mal, Mark, ich meine … was habt ihr gemacht, Charlotte und du, als ihr so lange verschwunden wart?«

Ich fiel aus allen Wolken. »Ähm … nichts. Keine Bange, gar nichts.«

Er atmete tief durch. »Gut.«

»Entschuldige mal, aber sie könnte deine Mutter sein.«

»Mach mal'n Punkt, ja. Sie ist acht Jahre älter als ich.«

»Und ihr wart zusammen in Afrika?«

»Woher weißt du das?«

»Sie hat's erwähnt.«

Er nickte. »Ja, ja. Sie machte ein Jahr Ärzte ohne Grenzen oder wie das heißt. In Äthiopien. Ich wollte nach Somalia, das liegt ja direkt daneben. Aber ich hatte wie üblich kein Geld. Also hab' ich ihr geschrieben, wie ich es wohl am besten anstellen sollte. Sie schrieb zurück und wollte unbedingt mit. Ich hab' die Kohle für mein Ticket irgendwie zusammengekratzt und bin nach Addis Abeba geflogen. Da haben wir uns getroffen.«

Er verstummte plötzlich. Ich konnte sein Gesicht nicht genau erkennen, es war zu dunkel. Ich konnte nicht sehen, ob er lächelte. Aber ich wußte es trotzdem. Da war es passiert. In einer heißen, afrikanischen Nacht, unter einem Moskitonetz, vielleicht in einem kleinen Hotelzimmer mit weißgetünchten Wänden und roten Steinfliesen, einem winzigen, verrammelten Fenster und einem quietschenden Ventilator an der Decke, und draußen sangen die Zikaden. Vielleicht ging aber auch nur meine Phantasie mit mir durch. Ich steckte das Rohr wieder an und zog. »Und dann?«

»Dann hat sie einen Jeep besorgt. Einen Jeep mit Fahrer, Yussuf. Mann, den Kerl werd' ich nie vergessen, er hat mir das Leben gerettet. Ohne Scheiß.«

Das Gartentörchen quietschte, Daniel kam nach Hause. Tom fuhr schuldbewußt zusammen und sah mich bestürzt an, aber ich winkte ab. Daniel war in der Hinsicht sehr viel toleranter geworden, seit die meisten seiner Freunde das Kiffen angefangen hatten.

Er machte bei uns halt. »Hi.«

»Hi. Gut amüsiert?« wollte Tom wissen.

Daniel brummte irgendwas Unverständliches. Er konnte solcherlei Fragen nicht ausstehen, er fühlte sich schnell gegängelt und kontrolliert. So ging's mir auch, und ich fragte ihn niemals, was er trieb, wenn er unterwegs war. Er paßte schon auf sich auf, da hatte ich keinerlei Bedenken, er wußte, was er tat. Manchmal dachte ich, er wußte das sehr viel besser als ich.

»Stör' ich?« fragte er leise.

»Nein. Tom erzählt grad von Afrika.«

Daniel setzte sich auf einen der flachen Steine am Fischteich, zog die Knie an und legte das Kinn darauf. »Wo in Afrika?«

»Somalia. Wir sind von Äthiopien aus mit dem Jeep gefahren, Charlotte, Yussuf und ich. Zwei Tage über Schotterstraßen, bestenfalls, meistens durch Morast. Es war Regenzeit. Yussuf kannte den Ort, den ich suchte. Außerhalb von Mogadischu. Kein Ort eigentlich. Eine Müllkippe. Das trifft es auch nicht. Eine Müllwüste. Ein Land aus Müll. Das Land der Müllmenschen.«

»Müllmenschen?« vergewisserte Daniel sich.

»Hm. In Berlin hatte ich einen Asylanten aus Somalia kennengelernt, der mir davon erzählt hatte. Er hatte irgendwas an sich, das mich dazu brachte, ihm zu glauben, auch wenn es sich ziemlich abenteuerlich anhörte.

Jedenfalls wollte ich hin und nachsehen. Und fotografieren. Vor allem fotografieren. Yussuf brachte uns bis ans Meer, und da wollte er uns drei Stunden später wieder abholen. Aber dann hat er seine Meinung plötzlich geändert und sagte, er wolle doch lieber mitkommen. Wir hätten ja keine Ahnung. Ahnung wovon, fragte Charlotte. Von den Müllmenschen. Ihr könnt euch nicht vorstellen, wie gefährlich sie sind. Anders als wir, anders als ihr. Das hier ist ihr Reich, und sie hassen Fremde. Die Müllfahrer, die den Abfall der Stadt auf die Deponie bringen, müssen Zoll an sie zahlen und ab und an mal was in der Stadt für sie erledigen. Sie tun, was die Müllmenschen verlangen, denn sie fürchten sich vor ihnen.

Wir kletterten also diese Anhöhe hoch, die zum Meer hin abfiel. Kleine Rinnsale zogen sich über den Hang, sie schillerten in allen nur denkbaren Farben und hatten dicke Schaumkronen. Wir wußten, wir waren am Rand der Deponie, aber wir waren nicht auf den Anblick gefaßt, der sich uns oben bot. Müll, so weit das Auge reichte. Eine Halde reihte sich an die andere, durchzogen von Tälern und Ebenen, von Horizont zu Horizont.

Vor zwanzig Jahren war es einfach die Müllkippe für den Abfall von Mogadischu. Natürlich ohne Kunststoffboden oder Kieselgurschicht, wie unsere Deponien sie haben. Nein, der Dreck wird einfach hingekarrt, und was an Schadstoffen vom Regen ausgewaschen wird, gelangt ungehindert ins Grundwasser. Und inzwischen ist es nicht nur der Müll von Somalia, sondern mehr oder weniger Müll aus aller Welt, und die Lawine frißt sich immer weiter in die Landschaft, auf dem Streifen zwischen Meer und Küstenstraße. Als wir da waren, betrug die Fläche ungefähr sieben mal zwanzig Kilometer, sagte Yussuf. Wie hoch die Abfallschicht ist, kann man nur raten. Wir standen jedenfalls in einer Welt aus Müll. Regenzeit, wie gesagt, wir stapften durch einen ekligen, breiigen Morast, übersät mit Glas und Blech und Plastik und allem möglichen Zeug. Manchmal versanken wir bis zu den Knöcheln. Überall waren Seen. Blaugrün, rot, schwefelgelb, und sie stanken unbeschreiblich. Manche süßlich, andere beißend. Aus vielen stiegen Dämpfe auf. Was da lag, hatte nichts mit dem Hausmüll einer afrikanischen Metropole zu tun, das sag' ich euch. Das waren Chemikalien. Der Müll westlicher Industrienationen, aus allen Teilen der Welt hingekarrt. Und das umgab uns in alle Richtungen, es war wie eine Höllenvision der Zukunft. Ölfilme schillerten auf den Tümpeln, man konnte zusehen, wie sich die Farben veränderten. In der Ferne sah man Müllfahrzeuge, die ihre Ladung abkippten, winzig wie Matchboxautos. Und nirgendwo auch nur das geringste Anzeichen von Leben. Keine Ratten, keine Vögel, kein Gestrüpp, nichts. Nur als wir an den Abfällen eines Schlachthofes vorbeikamen, sahen wir weiße, fette Maden und Fliegenschwärme, das war alles. Bis wir auf die Müllmenschen trafen.

Ich lag gerade im Dreck und versuchte, irgendwie einzufangen, auf was wir da gestoßen waren, als Yussuf plötzlich anfing zu fluchen. Er packte mich am Kragen und zog mich auf die Füße. Auf dem Kamm des nächsten Abfallhügels war eine Schar zerlumpter, armseliger Gestalten erschienen, die mit so was wie Enterhaken den Müll durchpflügten, auf der Suche nach Eßbarem oder irgendwelchem Zeug, das sie sonstwie gebrauchen konnten. Als sie uns sahen, fingen sie an zu schreien und zu zetern, und wir rannten. Sie verfolgten uns, eine Meute von vielleicht zwanzig Männern.« Er unterbrach sich kurz. »Ich kann euch nicht beschreiben, wie sie aussahen. Ehrlich nicht, ich hab' keine Worte dafür. Aber sie waren alle, ausnahmslos, Krüppel. Äste oder abgesägte Rohre dienten ihnen als Krücken, und sie waren verdammt schnell. Sie holten auf, denn wir kamen in dem schlammigen Müll viel langsamer vorwärts als sie. Es sah übel für uns aus, aber plötzlich hielten sie an einer unsichtbaren Grenze, brüllten, schüttelten die Fäuste, aber sie überschritten die Grenze nicht. Wir hätten das Gebiet ihres Clans verlassen, erklärte Yussuf. Aber wir kamen vom Regen in die Traufe. Bald liefen wir dem nächsten Clan in die Arme. Sie haben uns gejagt wie die Hasen, sie wollten uns wirklich ans Leder. Yussuf drängte, wir sollten endlich verschwinden, und ich fand, das war ein verdammt guter Vorschlag, aber Charlotte wollte unbedingt noch weiter. Wo sind die Fässer, sagte sie immerzu. Zuerst wußte ich gar nicht, was sie meinte, aber dann fiel es mir auch auf: Da lag alles voll mit Chemieabfällen, Flugasche, Filterstäuben, aber wir fanden kein einziges Faß, keinen Kanister. Bis wir zu einer Müllmenschenstadt kamen. Da wußten wir dann, wo die Fässer geblieben waren. Sie hatten sie platt gewalzt und Hütten daraus gebaut. Ihr könnt euch das nicht vorstellen. Ein Dorf aus Giftfässern. Anscheinend reißen sie sich um die Fässer, wenn neue abgeladen werden, schlagen sie auf, lassen sie auslaufen und bauen sich dann ihre Hütten damit. Mit den Fässern, aus denen die Giftbrühe noch raussuppt.

Wir kamen nur bis an den Rand des Dorfes. Vor den Hütten saßen Frauen auf Kanistern. Tatenlos, völlig apathisch. Was sollen sie auch machen? Kochen? Einkaufen? Sie haben nichts zu tun, die Schatzsuche im Müll ist strikt Männersache. Vor einer der ersten Hütten hockte dieses kleine Mädchen und planschte in einem brackigen, bläulich schimmernden Tümpel ...« Tom atmete tief durch, warf Daniel einen verstohlenen Blick zu und beschloß kurzerhand, uns die Einzelheiten der Beschreibung des kleinen Mädchens zu ersparen. »Als sie mich sah, lächelte sie. Und ich ... ich wollte näher gehen. Ihr über den Kopf streichen, was weiß ich, ich wollte nicht mal ein Foto. Ich hatte die Schnauze voll von meinen Fotos. Ich war vielleicht noch drei Schritte von ihr weg, als die Welt um mich rum schwarz wird. Ihre Mutter hat mir mit einer Metallstange eins übergezogen, und als ich die Augen aufmache, bin ich von einer Horde wütender, keifender, verkrüppelter Frauen umgeben. Sie traten nach mir und ... na ja. Es hätte übel für mich ausgesehen. Ihre Gesichter waren vor Wut und Haß verzerrt, sie kreischten richtig. Yussuf hat ihnen eine Handvoll Münzen hingeworfen, und sie verloren das Interesse an mir. Er und Charlotte halfen mir auf die Füße, und wir sind gerannt.« Er verstummte, nahm sich eine Zigarette, und für ein paar Sekunden sah ich seine halb zugekniffenen Augen im Schein des Feuerzeugs. Dann kehrte die Dunkelheit zurück, und wir hörten ihn ausatmen. »Tja. So war das mit den Müllmenschen. Keine schöne Geschichte, fürchte ich.«

»Warum ... warum haben sie euch so gehaßt?« fragte Daniel schließlich in die lange, sommernachtsblaue Stille hinein. »Ihr habt ihnen doch gar nichts getan.«

»Aber wir haben sie *gesehen*. Sie verbringen vielleicht ihr ganzes Leben im Dreck, aber sie wissen ganz genau, daß niemand so leben dürfte, daß es würdelos ist, daß sie die ärmsten der armen Schweine sind, die die Folgen des Wohlstands der anderen ausbaden. Das letzte, was sie wollen, ist, sich dabei begaffen zu lassen. Sie können nichts dafür, daß sie so leben, sie werden in ihr Elend hineingeboren. Aber natürlich hassen sie jeden, dem es bessergeht.«

Daniel dachte einen Moment darüber nach. »Und was ist aus den Fotos geworden?« wollte er dann wissen. »Warum waren sie nicht in der Tagesschau, in Monitor oder in der Zeitung?«

»Doch, Daniel, sie waren in vielen Zeitungen. Ich hab' monatelang davon gelebt. Aber das nützt nichts, weißt du. Man sieht die Bilder, man denkt, mein Gott, wie schrecklich, und dann blättert man weiter zu den Sonderangeboten. Bilder, Zeitungen, Medien, sie können Dinge zur Sprache bringen, vielleicht sogar ein Bewußtsein schaffen. Das tun sie oft. Aber ändern, Mißstände abstellen, nein. Das können Gesetze. Aber für Gesetze braucht man eine Lobby.«

»Kann nicht ein geändertes Bewußtsein eine Lobby sein?«

»Doch, du hast recht. Aber nicht in diesem Fall.«

»Warum nicht?«

»Keine Ahnung. Es ist so furchtbar weit weg. Es … na ja, es funktioniert nach dem St.-Florians-Prinzip.«

»Florians-Prinzip? Was ist das denn?«

»*Heiliger Florian, verschone mein Haus, zünde lieber das Dach meines Nachbarn an*. Oder auf diese Sache bezogen: Klar, irgendwo muß der ganze Dreck hin, aber bitte nicht vor meine Tür. Jeder von uns weiß im Grunde, daß es unser Dreck ist, auf dem die Müllmenschen leben, aber keiner weiß so recht, wie man's ändern soll. Arbeitsplätze hängen an der chemischen Industrie. Sie hat die Lobby, nicht die Müllmenschen.«

Mit so was konnte Daniel sich nicht abfinden. Er war schließlich erst fünfzehn Jahre alt, er war noch lange nicht bereit, den Kopf hängen zu lassen und zu resignieren. Er ereiferte sich heute über Giftmüll, morgen wetterte er gegen Atomkraftwerke und übermorgen gegen Schadstoffemissionen und Klimaveränderungen. Ich verzichtete meistens darauf, ihm vorzuhalten, daß er vom Strom aus der Steckdose abhing wie von der Luft, die er atmete. Denn er hatte ja recht. Und daß die Dinge komplizierter waren, als er glaubte, würde er schon ganz von selbst rausfinden.

Er sah mich an, seine Augen erschienen riesig in der Dunkelheit. »Kann man denn *gar nichts* machen?«

9. Kapitel

Der Sommer legte noch einen Zahn zu. Tagsüber war es über dreißig Grad, Hitze stieg aus dem Boden auf, und manchmal fegte einem ein sanfter Wind wie ein Funkenregen um die Ohren. Es roch nach kochendem Asphalt und verbranntem Gras. Die Blätter hingen schlaff von den Bäumen, überzogen von einer feinen, grauen Staubschicht. Der Himmel zeigte sich vormittags gleißend blau mit einem Stich ins Violette, nachmittags zogen dicke Quellwolken auf, aber es fiel kein Tropfen Regen mehr. Die Nächte waren qualvoll und schier endlos.

So zerrann uns die zweite Ferienwoche zwischen den Fingern. Daniel und ich standen immer ziemlich früh auf, um ein paar Stunden Arbeit hinter uns zu bringen, ehe die Hitze uns komplett lähmte und wir nur noch hechelnd und reglos im Schatten der Kirschbäume vor uns hin vegetieren konnten. Wir hatten die 750er auseinandergenommen und alles besorgt, was wir an Ersatzteilen brauchten. Zwei Tage verbrachten wir damit, alles vom Schmier, Öl und Dreck der letzten zwanzig Jahre zu befreien, ehe wir zum konstruktiven Teil kamen und sie langsam wieder zusammenfriemelten. Daniel erledigte auch die langweiligen und endlos anmutenden Aufgaben klaglos, aber er nutzte die Zeit, die wir praktisch zusammen in der Garage eingesperrt waren, um mir gehörig zuzusetzen.

»Man könnte meinen, dir sei scheißegal, was mit Sarah passiert ist.«

Ich starrte mit halb zugekniffenen Augen auf eine neue Bremstrommel und antwortete nicht.

»Ehrlich, Tom verlangt doch nichts Unmögliches von dir.«

»Nein. Tom verlangt überhaupt nichts von mir. Das ist das wirklich Sympathische an ihm.«

»Du könntest es wenigstens versuchen. Ich meine, du kannst doch nicht einfach so tun, als ginge dich das nichts an!«

»Doch, das kann ich. Kein Problem.«

»Du müßtest das Buch lesen, das Tom mir gegeben hat ...«

»Nein, vielen Dank.«

»Herrgott noch mal, diese Typen haben kein Gewissen! Denen ist es scheißegal, wenn Anna beim Spielen auf einen Haufen Batterieschredder stößt und sich die Hände verätzt! Wenn man die einfach gewähren läßt, dann kippen sie den Dreck überall hin.«

»Aber man läßt sie ja nicht gewähren. Es gibt Gesetze gegen diese Typen und Behörden, die die Einhaltung der Gesetze überwachen.«

»Hör doch auf!« Er feuerte seinen Lappen in die Ecke und richtete sich auf. »Erzähl mir doch nicht solchen Schwachsinn. Weißt du von der Sache mit dem Agent Orange?«

»Was hat das mit Müllentsorgung zu tun?« Ich überlegte mir zu spät, daß ich besser nicht gefragt hätte.

»Na ja, irgendwann waren die Amis fertig in Vietnam, aber von diesem Entlaubungszeug war jede Menge übrig. Zwei französische Journalisten haben nachgeforscht, was daraus geworden ist. Und sie haben rausgekriegt, daß die Amis die restlichen Fässer nordwestlich von Gran Canaria ins Meer geworfen haben. Da ist ein ziemlich tiefer Graben. Und da liegt es jetzt, und die Fässer verrotten langsam, aber sicher. Wenn es stimmt. Der Typ, der das Buch geschrieben hat, war sich wohl nicht absolut sicher. Aber was dafür spricht, ist die Tatsache, daß die beiden französischen Journalisten verschwunden sind.«

»Wilde Geschichte.«

»Du glaubst es nicht?« fragte er angriffslustig.

Ich dachte einen Moment nach. »Doch, vermutlich neige ich dazu, solche Dinge zu glauben. Ich käm' auch im Traum nicht drauf zu behaupten, die Dinge seien in Ordnung, wie sie sind. Das sind sie nicht.«

»Aber?«

»Gott verflucht, Daniel, ich kann nicht glauben, daß du wirklich so scharf drauf bist, daß ich mich weiter da reinhänge, denn dann könnten unsere Ferien in Florida ohne weiteres ins Wasser fallen.«

»Und wenn schon. Das ist nicht so wichtig. Außerdem werde ich sowieso die elfte Klasse dort machen.«

Ich staunte nicht schlecht. »Im Ernst? Und verrätst du mir, wer das deiner Meinung nach bezahlen wird?«

Er verzog den Mund zu einer beinah belustigten Grimasse. »Das Kultusministerium vergibt Stipendien. Aber vermutlich nicht an Leute mit einer Fünf in Englisch. Wenn ich also kein Stipendium kriege, werde ich die Kohle irgendwie aus dir rauskriegen müssen.«

»In dem Fall sollten wir lieber zusehen, daß wir hier weiterkommen ...«

»Du weichst mir aus. Andauernd wechselst du das Thema, es macht mich verrückt, wie mühelos du das immer schaffst.«

»Ich will dir nicht ausweichen, Daniel. Aber ich hab' dir meine Meinung schon hundertmal gesagt.«

»Du drückst dich vor der Sache. So ist es doch!«

Ich feuerte meinen Schraubenzieher hinter seinem Lappen her und wandte mich zu ihm um. »Was fällt dir eigentlich ein? Wie kommst du dazu, mir so eine Verantwortung aufzubürden? Ich *kann* nicht, verstehst du.

Ich muß mich von den Typen fernhalten. Was glaubst du, was ich getan habe, damit sie Sarah freiließen? Angerufen und höflich ›bitte‹ gesagt? He?«

Er schlug unbehaglich die Augen nieder. »Keine Ahnung. Du erzählst mir ja nicht, was du getan hast.«

»Nein. Es muß reichen, wenn ich dir sage, daß es für uns alle besser ist, wenn ich nichts mehr mit der Geschichte zu schaffen habe.«

Er blinzelte ins grelle Sonnenlicht und nickte langsam. Aber er glaubte mir nicht. Er war enttäuscht von mir. Das ließ mich nicht kalt. Mir war keineswegs gleichgültig, was er von mir dachte. Aber seinen Ansprüchen immer gerecht werden zu wollen wäre selbst für Superman ein harter Brocken gewesen.

Nachmittags, wenn der Himmel sich zuzog und der sachte, heiße Wind sich erhob, der kleine Staubtornados über die ausgedörrten Felder am Stadtrand jagte, machte ich mich auf den Weg ins Krankenhaus. Sarah erholte sich nur sehr langsam. Das Gift war aus ihrem Körper heraus, und der Haarausfall war zum Stillstand gekommen, aber ansonsten gab es wenig Gutes zu sagen. Sie hatten sie von der Intensivstation in ein normales Krankenzimmer verlegt, aber sie war immer noch furchtbar schwach, wirkte bleich und krank und schlief praktisch permanent. Wenn ich auf ihrer Bettkante hockte und wir uns unterhielten, konnte es passieren, daß ihr mitten im Satz die Augen zufielen. Das beunruhigte mich ziemlich, obwohl Charlotte mir versichert hatte, das sei völlig klar, der Körper könne den Schock nicht von heute auf morgen verkraften, ganz zu schweigen den Verlust der Funktion einer Niere. Ich solle lieber froh sein, meinte sie, daß die andere Niere sich so wacker schlug. Alles andere komme mit der Zeit, ich werde schon sehen, ich müsse ein bißchen geduldiger sein.

An dem Tag, als die erhoffte Besserung sich endlich bemerkbar machte, kam ich später als gewöhnlich ins Krankenhaus, weil ich mir bei einem Typen in Pempelfort eine Electra Glide angesehen hatte, eine echte Antiquität. Sie war in einem erbärmlichen Zustand, aber er bot sie mir für ein Butterbrot, und ich hatte sie gekauft. Ich redete mir ein, daß meine zu erwartende Gewinnspanne geradezu astronomisch ausfallen würde. Ich tat so, als wüßte ich nicht ganz genau, daß ich sie für mich selber wollte.

So gegen Viertel nach sechs kam ich zur Klinik, und auf dem Flur vor Sarahs Zimmer traf ich Bodo. Wir blieben stehen und redeten ein paar Takte; wir waren beide dazu übergegangen, so zu tun, als habe unser verhindertes Handgemenge niemals stattgefunden. Vermutlich billigten wir uns gegenseitig mildernde Umstände zu. Er hatte seine Krawatte ein bißchen gelockert, sein blütenweißes Hemd wirkte selbst am Ende dieses schwülen Tages frisch und makellos, genau wie er selbst. Es gehe ihr besser, verkündete er lächelnd.

Und damit hatte er völlig recht. Sie saß halb aufgerichtet in ihrem Bett, umgeben von einem wahren Meer aus Blumen (Bodo war glatt zuzutrauen, daß er täglich welche anschleppte), und als sie aufsah und mir zulächelte, passierte etwas total Irrsinniges in meinem Bauch. Ich spürte absolut zeitgleich zwei Stiche, den einen vor Erleichterung, den anderen vor Entsetzen. Sie hatte die Talsohle überwunden, es ging endlich aufwärts. Aber ohne mich. Ich sah das so klar und deutlich an ihrem unbehaglichen Lächeln, daß ich ebensogut auf dem Absatz hätte kehrtmachen können.

Statt dessen stellte ich mich ans Fußende und klammerte die Hände um das Gitter, als könne der Boden unter meinen Füßen in der nächsten Sekunde wegbrechen.

Ihr Lächeln wurde noch ein bißchen schlimmer. »Hallo.«

Ich mußte mich räuspern. »Hi.«

»Heiß draußen, was.«

»Du siehst um Klassen besser aus.«

»Ja. So langsam wird's. Guck mal.« Sie wies auf einen ziemlich bunten Strauß aus verschiedenen Sommerblumen, ich erkannte Mohn und Wucherblumen, in dem eine große, witzige Karte steckte. »Von Daniel und Anna. Sie waren vorhin hier.«

»Ich weiß.«

Sie sagte dies und das, ich hörte nicht zu, ich stand mit zusammengebissenen Zähnen und gesenktem Kopf und wartete auf das Fallbeil. Dann riß der Klang ihrer Stimme plötzlich ab, als habe jemand einen Springbrunnen ausgeschaltet.

Ich zwang meinen Kopf hoch, es kostete mich echt einige Mühe. »Hör mal, sei nicht böse, aber ich werd' jetzt gehen.«

»Nein, warte noch einen Moment, Mark. Bitte.«

Im Zimmer war es dämmrig, nur ein dünner Streifen Sonnenlicht fiel durch den Spalt zwischen den zugezogenen Vorhängen auf ihr Bett, quer über die Beine unter der leichten Decke.

»Ich wollte schon seit Tagen mit dir reden, aber ich war immer zu erledigt. Ich hab' auch gestern erst so richtig zusammenhängend verstanden, was eigentlich passiert ist. Und was du für mich getan hast. Und ich wollte dir danken.«

»Tu's nicht.«

»Was?«

»Das kannst du dir sparen, ehrlich, da leg' ich keinerlei Wert drauf.«

»Hör mal ...«

»Nein. Ich werd' mir diesen Scheiß nicht anhören, Sarah. Ich will nicht, daß du dich bedankst, klar? Du kannst aufhören, dir den Kopf zu zerbrechen und dich verpflichtet zu fühlen. Denk mal gut zwei Jahre zurück, da hast du für mich so ziemlich das gleiche getan. Man kann wohl sagen, wir sind quitt.«

Der Unterschied war nur, daß es mir nichts ausgemacht hatte, in ihrer Schuld zu stehen. Aber sie verabscheute die Vorstellung. Und sie verabscheute es, schwach zu sein, sie empfand das als Blöße, vermutlich schauderte sie bei der Erinnerung, daß sie sich heulend an meinen Hals geklammert hatte. Das war ihr zu heiß. Sie hatte mich gewarnt, damals ganz zu Anfang, daß sie nicht besonders viel an Gefühlen zu bieten hatte. Und ich hatte die Barrikaden, die sie um sich errichtet hatte, zwei Jahre lang belagert, weil ich mir einbildete, ich könnte ihr irgendwie zur Flucht verhelfen. Manchmal glaubte ich, kleine Fortschritte zu erkennen, genug um mich in meinem Eifer zu bestärken. Aber ich hatte mir wohl was vorgemacht. Ich hatte mir etliche Beulen gerannt, nur um jetzt mit leeren Händen dazustehen.

»So, wir sind also quitt, meinst du, ja? Okay. Vielleicht hast du recht.« Sie war noch nicht wieder fit genug, um sich mit mir rumzustreiten, ich sah, wie sie die Zähne zusammenbiß und die Hände links und rechts neben sich zu Fäusten ballte. Das tat sie, wenn sie sich selbst einschärfte, sich zusammenzureißen.

Ich bekam ein schlechtes Gewissen. »Laß uns morgen weiterreden, was meinst du. Das ist doch im Grunde alles völlig unwichtig.«

»Das ist es nicht. Ich will jetzt was klarstellen, und ich wär' dankbar, wenn du mich mal einen Satz zu Ende sagen ließest, ohne mich zu unterbrechen, Mark.«

»Bitte.«

»Seit Monaten rückst du mir auf die Pelle. Seit ich mit Bodo zusammenarbeite, benimmst du dich wie ein verdammter Platzhirsch. Aber nicht Bodo ist das Problem, auch nicht meine Gefühle für einen von euch, sondern nur du. Und wenn ich mal ein paar Tage nicht anrufe, weil ich einfach keine Luft mehr kriege, dann bist du eingeschnappt. Und dann passierte diese Sache mit Rashid, und das kam dir gerade recht. Deine Bewährung ist noch keinen Monat abgelaufen, und du hast nichts Besseres zu tun, als dich mit einem Polizisten zu prügeln und einen Menschen zu entführen. Ich weiß, daß du das getan hast, um mir zu helfen, ich unterstelle dir keine anderen Absichten, glaub mir. Aber du setzt mich unter einen gewaltigen Druck damit, das weißt du, und das gefällt dir auch.«

»Sag mal, bist du sicher, daß die neurologische Untersuchung ohne Befund war ...«

Sie wandte angewidert den Kopf ab. »Gott, wie konnte ich nur glauben, es könnte Sinn haben, mit dir zu reden. Verschwinde, Mark. Ehrlich, mir reicht's.«

»Okay.« Ich ging zur Tür. Ich konnte gar nicht schnell genug rauskommen.

»Und untersteh dich, dich weiter in die Sache einzumischen, ist das klar? Du wirst dich von jetzt an ein für allemal aus dieser verfluchten Geschichte heraushalten.«

Ich blieb mit der Klinke in der Hand stehen. »Ah ja? Dann möchte ich doch mal sehen, wie du mich hindern willst.«

Ich stürzte ab wie schon lange nicht mehr. Nicht versehentlich. Ich fuhr mit dem festen Vorsatz in die Innenstadt, mich so sinnlos zu betrinken wie ich nur konnte, kaufte für den Anfang eine Flasche Bourbon und einen schottischen Malt für Carlo, dann machte ich ihn und seine Töle an gewohnter Stelle ausfindig. Wir leerten unsere Flaschen im zarten Abendsonnenschein, und noch ehe das ganz bewerkstelligt war, riß mir der Faden, weil ich den ganzen Tag so gut wie nichts gegessen hatte. Der Henker weiß, was ich in der Nacht anstellte, aber ich kam nicht in einer Ausnüchterungszelle zu mir, sondern wie üblich mit dem Kopf auf Tariks Tresen, Auge in Auge mit meiner Lieblingskerbe.

»Ist noch heute abend oder schon morgen früh?«

»Morgen mittag. Ungefähr zwölf.«

Ich drehte den Kopf ein bißchen. Er stand hinter der Theke und hatte die Hände auf seine ausgebreitete Zeitung gestützt. Das Tageslicht drang gebrochen durch die bunten Glasbausteine der Fenster, rötliche, bläuliche und grünliche Flecken schimmerten auf den Holzdielen. Ich kniff die Augen zu und hob meinen tonnenschweren Kopf. Ich konnte nicht ausmachen, was schlimmer schmerzte, der Kopf oder das Kreuz. »Gott …«

»Jammer mir nichts vor.«

»Nein.«

»Kaffee?«

»Sei so gut.«

»Willst du was essen?«

»Hör bloß auf.«

Er brachte mir den Kaffee mit unbewegter Miene, und ich schüttete ihn kochend heiß runter und ging pinkeln. Ungefähr eine Stunde lang. Beim Händewaschen sah ich in den Spiegel, und das gab mir den Rest. Ich war drauf und dran, mir den Kaffee noch mal durch den Kopf gehen zu lassen. Statt dessen kniff ich die Augen zu und spritzte mir kaltes Wasser ins Gesicht.

»Ich glaub', ich werd' langsam zu alt für solche Exzesse.«

»Das sagst du seit mindestens fünf Jahren.« Er blätterte raschelnd um. Das Rascheln hallte wie ein Glockenton in meinem Schädel nach. Er sah rechtzeitig auf, um mich bei meiner Grimasse zu erwischen, holte tief Luft und setzte an, mir zu sagen, was er davon hielt, wenn ich mich so gehenließ.

Ich rutschte von meinem Hocker. »Ich denke, ich fahr' nach Hause.«

Er nickte. »Sag mal, Mark, war das dein Ernst, was du mir letzte Nacht erzählt hast?«

»Keine Ahnung. Was hab' ich dir erzählt?«

Er fächelte sich mit einer Werbebeilage Kühlung zu. »Allerhand rätselhaftes Zeug. Zum Beispiel, daß du dich anders entscheiden würdest, sollte das Schicksal dich und die Professorin nochmals in deinem Badezimmer zusammenführen.«

»Du kannst wetten, daß das mein Ernst war.«

»Und dann hast du gesagt, du würdest es ihr zeigen. Ich glaube nicht, daß du zu dem Zeitpunkt immer noch von der Professorin sprachst. Du würdest es ihr zeigen, sie habe dir zum letzten Mal Vorschriften gemacht, du würdest jetzt tun, was dir paßt, und du würdest dir diese Müllschieber kaufen.«

»Ich hoffe, ich habe nicht das ganze Lokal mit diesem Gefasel unterhalten.«

»Nein. Nur mich. Also?«

Ich nickte. »Nüchtern und verkatert würde ich zögern, mich so siegesgewiß auszudrücken, aber im Prinzip war's mein Ernst, ja.«

Er neigte den Kopf zur Seite. »Und warum willst du das tun?«

»Weil sie es mir verbieten will.«

»Das ist ein beschissener Grund.«

»Dann weil Daniel mir keine Ruhe läßt und weil es meine Chancen bei der Professorin enorm steigert.«

»Du bist ein Schwachkopf, Mark. Schlag dir die Professorin aus dem Kopf und bring die Sache mit Sarah in Ordnung.«

Ich hatte wirklich keine Lust auf diese Art Debatte. Ich ging zur Tür und steckte die Linke in die Hosentasche. »Verdammt … wo ist mein Motorradschlüssel?«

Er sagte nichts.

»Her damit, Tarik.«

»Nimm die Bahn. Du hast bis fünf heute früh gesoffen.«

Kein Wunder, daß ich mich so gerädert fühlte. »Schön. Ich werd' die Bahn nehmen. Gib mir trotzdem meinen Schlüssel, ja. Sag mal, habt ihr euch vielleicht irgendwie alle verschworen, ein Entmündigungsverfahren gegen mich einzuleiten?«

Er öffnete eine Schublade und warf mir meinen Schlüssel zu. Ich verfehlte ihn knapp. Also auch noch bücken. Ganz toll, wirklich. Ich biß die Zähne zusammen, um nicht zu wimmern. »Mach's gut.«

»Ja, du auch, Mark. Und was immer du tust, warte wenigstens bis heute abend damit.«

Ich stöhnte und machte mich schleunigst davon, aber natürlich befolgte ich seinen Rat. Nicht weil ich derzeit mehr als gewöhnlich geneigt war, auf die Stimme der Vernunft zu hören, sondern weil ich mir erst mal ein paar Gedanken über mein Vorgehen machen mußte, vorzugsweise mit halbwegs klarem Kopf.

Daniel war allein zu Hause. Tom habe Anna zum Ferienkurs in die Eissporthalle gefahren, berichtete er. »Man kann wohl sagen, sie hat wieder mal ihren Kopf durchgesetzt.«

Tja. Auch darin kam sie auf ihre Mutter. Aber das sagte ich nicht.

Wir tranken auf der Terrasse einen Becher Kaffee in einträchtigem Schweigen. Daniel saß in der prallen Sonne, ich verkroch mich im Schatten auf meiner Liege. Ich lag auf dem Bauch, den Kopf zur Seite gedreht, und blinzelte hinter meiner Sonnenbrille. Daniel blätterte mit mäßigem Interesse in einem *Time Magazine*, das seine Englischlehrerin ihm als Ferienlektüre ans Herz gelegt hatte, und ich dämmerte vor mich hin, völlig erledigt, wütend und todunglücklich.

Anna kam mit verkniffener Miene und leicht humpelnd von ihrem ersten Training zurück, gab dem Eishockeykurs aber mit trotziger Entschlossenheit das Gesamturteil ›cool‹. Ich bedauerte sie, daß sie sich in diese Lage manövriert hatte, daß sie, um ihr Gesicht zu wahren, mit einem Lächeln die ganze Suppe auslöffeln mußte, die sie sich eingebrockt hatte. Das kannte ich nur zu gut.

Daniel hatte die Absicht gehabt, mit seinen Freunden ins Schwimmbad zu gehen und in einem Anfall von brüderlicher Großmut, die für meinen Geschmack schon bedenklich an Selbstkasteiung grenzte, nahm er sie mit.

Tom kam mit einem Becher Kaffee aus der Küche und setzte sich in die Hollywoodschaukel. »Sie hat nicht schlecht ausgeteilt, alles in allem.«

»Hm. Haben sie vernünftige Schutzkleidung?«

»Klar.«

»Trotzdem. Mir gefällt die Sache überhaupt nicht.«

»Tut mir leid. Wenn ich das gewußt hätte, hätte ich mich nicht breitschlagen lassen.«

»Nein, ist nicht deine Schuld.« Er war so ein Muster an Rücksichtnahme, daß man sich manchmal verleitet fühlte, ihn wie ein rohes Ei zu behandeln. Ich brachte mich mit einem langsamen Liegestütz in die Höhe und setzte mich in Zeitlupe auf. »Angenommen, ich hätte meine Meinung geändert, Tom.«

»Ja?«

Es war einen Moment still. Er hatte seinen Becher neben sich auf den Boden gestellt und versuchte mit mäßigem Erfolg, das erwartungsvolle Leuchten in seinen Augen zu verbergen. »Und wenn das der Fall wäre, wenn du deine Meinung geändert hättest, wo würdest du den Hebel ansetzen? Bei Plückebaum oder bei RECON?«

»Bei RECON. Ganz gleich, wie Plückebaum und Sieben zueinander stehen, erst mal ist Plückebaum nur der Spediteur, aber Siebens RECON ist die eigentliche Entsorgerfirma. Außerdem muß ich mich von Plückebaum fernhalten. Die Sekretärin würde sich an mich erinnern, und der Schnösel würde vermutlich meine Stimme erkennen.«

»Und wie willst du vorgehen?«

»Na ja. Ich stell' mir das so vor: Rashid hat die billigen Abnehmer im Ausland aufgetan, richtig? Jetzt ist Rashid aus dem Geschäft. Ich werde die Lücke füllen. Ich werd' Sieben irgendwelche Papiere vorlegen, die ihm vorgaukeln, ich hätte neue Müllinteressenten gefunden.«

»Das wird nicht so einfach sein. Sieben kennt sich aus, er wird nur auf wasserdichte Dokumente anspringen.«

»Ich wüßte jemanden, der uns vielleicht hilft, solche Dokumente zu beschaffen.«

»Wer?«

»Dazu kommen wir später. Jetzt solltest du mir erst mal alles erzählen, was du über Müllschieberei weißt. Ich habe absolut keine Ahnung von der Materie.«

»Sie ist komplex und im Grunde auch ziemlich trocken. Wollen wir nicht vielleicht lieber damit warten, bis du wieder nüchtern bist?«

»Darauf kannst du lange warten, Mann.«

10. Kapitel

Elsbeth machte mir die Tür auf und fiel mir um den Hals. Das schockierte sie selbst weitaus mehr als mich. Nach einer Sekunde ließ sie mich wieder los, trat einen Schritt zurück und begutachtete die Fransen des edlen Teppichs, auf dem sie stand. »Sie haben sie zurückgebracht. Ich bin so erleichtert.« Dann trat sie beiseite und winkte mich rein. »Weiß er, daß Sie kommen?«

»Nein. Ich hab' in seinem Büro angerufen, und seine Sekretärin sagte mir, er sei heute zu Hause.«

Sie nickte. »Er wird so froh sein, Sie zu sehen.«

»Da wär' ich nicht so sicher.«

Sie überraschte mich mit einem wissenden Lächeln. »Er singt von früh bis spät Ihr Loblied.«

»Er fängt sich schon wieder.«

Die Tür zum Arbeitszimmer flog auf. Ich überlegte flüchtig, wie oft er sie wohl schon aus den Angeln gerissen hatte. »Ah, Malecki. Hab' ich doch richtig gehört. Kommen Sie, kommen Sie.«

»Kaffee?« fragte Elsbeth.

Ehe ich dankend annehmen konnte, winkte Ferwerda ungeduldig ab. »Nein, nein, laß nur.«

Zähneknirschend folgte ich ihm in den Raum, den er sein Refugium nannte. Es war der einzige im Haus, den ich kannte. Unzählige Male hatten wir hier zusammengehockt, um vertrackte Rätsel zu knacken, hinterlistige Fallen zu planen oder Beweismaterial auszuwerten. Meistens nachts. Wie beim letzten Mal traf es mich unvorbereitet, den Raum so lichtdurchflutet zu sehen.

Er setzte sich wie üblich hinter seinen monströsen, papierübersäten Schreibtisch. Ich lehnte an der Wand und warf einen Blick auf die erlesene Stereoanlage. Ein guter Meter CDs, allesamt mit gelben Rücken. Auf Verdi und Mozart stand er offenbar besonders.

»Wollen Sie da Wurzeln schlagen, Malecki?«

»Würzelchen. Ich bleib' nicht lange.«

»Also? Was kann ich für Sie tun? Sagen Sie's ruhig, der Augenblick ist günstig. Ich kann Ihnen im Moment nichts abschlagen, meine Frau würde mich verlassen.«

»Ich brauche ... ein paar Informationen. Dossiers. Über Plückebaum, Sieben und Rashid.«

Er riß verdutzt die Augen auf. »Wozu? Die Sache ist vorbei.«

»Nicht für mich.«

»Warum nicht?«

»Das kann Ihnen doch gleich sein. Wenn ich die Zusammenhänge rauskriege, kann Ihr Laden seine zwei Millionen behalten. Wär' das nichts?«

Er nickte nachdenklich. »Das wäre sehr erfreulich.« Er legte die runden Kuppen seiner Finger zusammen – ›Spitzen‹ konnte man dazu wirklich nicht sagen –, sah sich das Dach an, das sie bildeten, und brütete. »Aber ich bin nicht sicher, ob ich mich darauf einlassen soll.«

»Oh, keine Bange. Ganz egal, wie es läuft, ich werde Sie nicht mit reinziehen. Das mach' ich auf eigene Faust.«

»Tja, das tun Sie ja am liebsten, nicht wahr. Trotzdem. Es ist eine firmeninterne Angelegenheit, also sollte meine Abteilung sich darum kümmern. Sie haben nichts damit zu tun, und wenn es schiefgeht, dann ...«

»Es wird nicht schiefgehen.«

Er grunzte. »Das hab' ich doch schon mal gehört ...«

»Wozu kaspern wir hier rum? Es sind doch nur Kleinigkeiten, um die ich Sie bitte. Sie haben Kontakte zu jeder Bank, jeder Behörde in dieser Stadt. Beschaffen Sie mir ein paar Fakten über die Typen. Wem schulden sie Geld, wer schuldet ihnen Geld, sind sie schon mal unangenehm aufgefallen, wenn ja, womit. Und ich brauche einen Termin bei Hasan Rashids Cousin in der katarischen Botschaft. Heute.«

Sein Kopf ruckte hoch. »Wie stellen Sie sich das vor? Ich kenne den Mann nicht einmal und ...«

»Aber jede Wette, daß Sie jemanden kennen, der jemanden kennt und so weiter.«

Es war einen Moment still. Ich stieß mich von der Wand ab und schlenderte zu seinem Schreibtisch rüber. »Was ist? Wollen Sie, daß ich Sie auf Knien anflehe?«

»Wehe.«

»Dann nehmen Sie Ihren Telefonhörer. Ich hab' nicht den ganzen Tag Zeit.«

Er ließ mich noch ein bißchen zappeln, seufzte schließlich ergeben und zog sich das Telefon heran. »Was zuerst?«

»Der Termin in der Botschaft.«

»Na schön. Die Dossiers werden ein bißchen länger dauern. Ich schick' sie Ihnen per Boten nach Hause.«

»Meinetwegen. Solange Sie nicht Bodo schicken ...« Das war raus, ehe ich es verhindern konnte.

Er suchte in seinem Adreßbuch nach einer Nummer. »Wenn Sie geblieben wären, säße er heute nicht auf Ihrem Stuhl«, bemerkte er, ohne aufzusehen.

Ich fragte mich, was ich an mir hatte, daß es jeden dazu trieb, Salz in meine Wunden zu streuen. Er schnappte sich den Hörer, ohne die Antwort abzuwarten, die mir sowieso nicht einfiel, und eine halbe Stunde später war ich unterwegs. Gleißend reflektierten die Autos das Sonnenlicht und spiegelten sich in nicht existenten Pfützen.

Omar Rashid war kaum älter als sein ermordeter Cousin, aber ein völlig anderer Typ. Groß, hager, glattrasiert und hochnäsig. Er empfing mich in einem nüchternen, modernen Büro, nachdem ich auf dem Weg dorthin dreimal kontrolliert und einmal gefilzt worden war, und machte keinerlei Anstalten, mir die Hand zu schütteln.

»Danke, daß Sie so schnell Zeit für mich finden konnten.«

»Zeit war nicht das Problem«, erwiderte er in gestochen scharfem, absolut akzentfreiem Deutsch. »Ich hätte Sie niemals empfangen, hätte der Staatssekretär mich nicht um unserer alten Freundschaft willen gebeten.«

Ich war einen Moment versucht, ihm klarzumachen, daß ich auch nicht zum Spaß hier war, aber ich ließ es sein. Für Grabenkämpfe hatte ich keine Zeit. »Ich habe Ihren Cousin nicht erschossen, Herr Rashid.«

»Vielleicht nicht.«

»Ganz sicher nicht.«

»Aber jetzt sind Sie hier, um mich zu erpressen, ist es nicht so?«

Ich fiel aus allen Wolken. »Ähm … womit?«

»Mit den illegalen Geschäften meines Cousins. Mit dem Ansehen meiner Familie. Mit einem Skandal.«

»Wie kommen Sie darauf?«

»Ich habe mich über Sie informiert.«

Tja. Damit hätte ich vermutlich rechnen müssen. Je nachdem, wo er gefragt hatte, hatte er wahrscheinlich nicht besonders viel erfahren, das für mich sprach.

»Sie können denken, was Ihnen Spaß macht. Aber ich hab' ganz andere Sorgen als das Image Ihrer Aristokratensippe daheim in der Wüste.«

Er blinzelte fast unmerklich. Ich hatte ihn überrascht.

Das war gut, und ich legte nach, ehe er die Sprache wiederfand. »Wo Sie so gut informiert sind, haben Sie vielleicht auch den Namen Sarah Goldstein schon mal gehört.« Für einen Diplomaten hatte er einen allzu offenen Blick, ich sah, daß ich recht hatte. »Sie ist meine Freundin. Ich bin mir ziemlich sicher, daß die Leute, die sie vergiftet haben, auch mit dem Tod Ihres Cousins zu tun haben. Wenn es so ist, werd ich's rauskriegen. Und dazu brauche ich Ihre Hilfe.«

»In welcher Form?«

Ich erklärte ihm, welche Dokumente ich brauchte, wiederholte Wort für Wort, was Tom mir aufgezählt hatte.

Rashid zog die Brauen zusammen. »Was für eine abstruse Idee. Mein Land zählt zu den reichsten der Welt. Viel reicher als Ihres. Wir haben es wirklich nicht nötig, Ihnen Ihren Müll abzunehmen.«

Und ich hatte mir immer eingebildet, diese Botschaftstypen seien intelligent. Ich rang um Geduld. »Sollen Sie ja auch gar nicht. Es sollen keine Dokumente Ihrer Regierung sein, das würde jeden sofort mißtrauisch stimmen. Sie müssen von einem armen Land kommen. Ich hatte gehofft, Sie würden Ihre Kontakte zu den Angehörigen anderer Botschaften nutzen. Da haben Sie doch sicher ein paar Kumpels.«

»Wie kommen Sie darauf?«

Ich hob leicht die Schultern. »Keine Ahnung. Ich war zehn Jahre Bankrevisor. Da kannte ich andere Banker. Jetzt hab' ich eine Motorradwerkstatt, und seither hab' ich mit Motorradfreaks zu tun. Das ist in jedem Job so. In Ihrem nicht?«

»Und wenn es so wäre?«

Gott, diese Gegenfragerei ging mir auf die Eier. »Suchen Sie den aus, der Ihnen den größten Gefallen schuldet, und rufen Sie ihn an. Machen Sie ihm klar, daß sie den Müll nicht wirklich nehmen sollen. Die Dokumente können meinetwegen gefälscht sein, niemand wird deswegen Ärger kriegen, weil die Müllschieberei niemals stattfindet. Nur schnell muß es gehen.«

»Angenommen, ich hätte solche Kontakte. Angenommen, ich würde sie nutzen. Es würde nicht billig. Gefälligkeiten haben ihren Preis, vor allem, wenn es eilt.«

Ich strahlte ihn an. »Dann bezahlen Sie. Setzen Sie Ihre Öldollars auf mich.«

Ich kam am frühen Nachmittag nach Hause, ausgehungert. Tom, Daniel und Anna hatten eingekauft; als ich die Kühlschranktür öffnete, kullerten mir ein paar Tomaten und Wasserflaschen entgegen. Neues Bier gab's auch. Ich machte mir eins auf und schmiß ein bißchen Gemüse in eine Pfanne. Der Duft von erhitztem Olivenöl und dünstenden Zwiebeln lockte sie aus verschiedenen Richtungen an, nach und nach versammelten sie sich in der Küche und traten mir auf den Zehen rum.

»Was machst du da?« wollte Anna wissen.

»Ratatouille.«

»Hach, schon wieder vegetarisch ...« Sie wandte sich desinteressiert ab.

»Mach dir doch 'ne Dose Katzenfutter dazu auf«, schlug Daniel vor.

»Soll ich dir vielleicht ...«, begann Tom, aber er kam nicht dazwischen.

»Das wär' bestimmt besser als der Fraß, den du mir hier andauernd vorsetzt«, konterte sie.

»Mann, dann sieh doch demnächst selber zu, wie du satt wirst, du kleine Zicke.«

»Wie soll ich das denn machen? Du läßt mich ja nie selber was probieren, du bist doch nicht glücklich, wenn du mich nicht rumkommandieren kannst!«

»Ich kommandier' dich nicht rum, aber ich will nicht, daß du das Haus abfackelst, klar. Du neigst nämlich dazu, irgendwas anzufangen, was du gar nicht kontrollieren kannst. Wie gewisse andere Leute in dieser Familie auch.«

Ich streute Oregano auf meine Gemüsepfanne. »He, Leute, würdet ihr bitte ...«

»Nur gut, daß du immer alles unter Kontrolle hast, du Kotzbrocken!«

»Das hab' ich nicht behauptet. Aber ich leide auch nicht an chronischer Selbstüberschätzung.«

»Nein, du bist ja so cool. Nur als du beinah klebengeblieben wärst, hast du dir höchstens ein bißchen ins Hemd gemacht.«

»Komm du mal in mein Alter. Als wir noch Blümchen in der Schule gemalt haben, hatte ich auch keine Versetzungsprobleme.« Ich hörte das Grinsen in seiner Stimme und mußte mich ihm unwillkürlich anschließen. Zum Glück wurden nur die Zucchinischeiben Zeuge.

Für Anna war die Sache nicht zum Lachen. Sie kam immer mehr in Fahrt. »Ob du's glaubst oder nicht, du Klugscheißer: Ich bin im Versuchsmodellkurs Englisch ... oder wie heißt das? Ich hab' damit jedenfalls keine Probleme!«

»Glückwunsch. Es heißt Modellversuch, nicht umgekehrt.«

»O Mann, du kommst dir so toll vor, was? Dann sag mir doch mal, wieso das mit Anette Schmitz-Becker nicht geklappt hat, wenn du so toll bist, he? Also, ich könnt' schwören, ich hätt' sie gestern mit deinem Kumpel Sascha im Schwimmbad gesehen ...«

Daniel machte einen Schritt auf sie zu und scheuerte ihr eine.

Es war passiert, ehe ich irgendwas tun konnte. Er war zu schnell, und ich hätte auch nie im Leben damit gerechnet. So abwechslungsreich das Programm in unserem Theater auch war, das hatte es noch nie gegeben. Anna starrte ihren Bruder eine Sekunde fassungslos an, dann fing sie an zu heulen und rannte nach draußen.

Tom hatte sich offenbar aus der Küche gebeamt. Ich hatte jedenfalls nicht mitbekommen, daß er zur Tür gegangen war, aber er war verschwunden. Nur mein Sohn, mein Kater und ich waren übrig. Grafiti lag auf der Fensterbank, hatte den Kopf angehoben und sah blinzelnd von einem zum anderen. Daniel war kreidebleich und starrte auf die Kühlschranktür.

Ich wandte mich zum Herd und zog die Pfanne von der Flamme. Sie zischte und brutzelte unheilvoll.

»Scheiße, Scheiße, Scheiße«, murmelte er in meinem Rücken.

Ich zündete mir eine Zigarette an und legte beide Hände um meine Bierflasche. Wer behauptete, ich hielt mich daran fest, hatte völlig recht.

»Na los«, forderte er mich angriffslustig auf.

»Was?«

»Keine Ahnung. Irgendwas. Seit Wochen legt sie's drauf an. Ich war schon ein paarmal soweit. Aber ich hab' mich immer im letzten Moment gebremst, weil ich dachte, du reißt mir den Kopf ab.«

»Bring mich lieber nicht auf solche Ideen.«

Ich hörte ihn tief durchatmen. »Es tut mir leid.«

Ich drehte mich um. »Das nützt nichts! Im nachhinein ist das einen Dreck wert! Du hättest das niemals tun dürfen!«

»Ja, meinst du, das wüßte ich nicht selbst ...«

»O doch. Natürlich weißt du das. Aber das macht es nur schlimmer, oder?«

»Herrgott noch mal ...« Er ließ sich auf einen Stuhl fallen, stützte die Ellenbogen auf die Knie und die Stirn auf die Handballen. »Irgendwie geht wieder mal alles den Bach runter. Seit Tagen herrscht hier eine Stimmung wic vor einem Bombenangriff. Und ich hab' mir eingebildet, solche Geschichten hätten wir hinter uns. Aber ausgerechnet jetzt, wo Ilona nur darauf wartet, verhängst du wieder den Ausnahmezustand.« Er hob den Kopf und sah mich an. »Und wo endet es diesmal?«

»Oh, klar doch. Es ist wieder mal alles meine Schuld, richtig?«

Er schüttelte den Kopf. »Ich würde sagen, du konntest nichts dafür. Jedenfalls bis vorgestern.«

»Was soll das heißen?«

»Wir sind vom Supermarkt aus im Krankenhaus vorbeigefahren. Und sie sah beschissen aus, und sie hat gesagt, du warst seit zwei Tagen nicht da. Mehr hat sie nicht gesagt. Aber das war ja auch nicht nötig. Wie würdest du das nennen, was du da betreibst? Verbrannte Erde? He?«

Ich zertrümmerte meine Flasche auf der Kante der Arbeitsplatte. *»Hau bloß ab!«*

Ein paar Minuten saß ich vor meiner Ratatouille und brachte keinen Bissen runter. Dann ging ich raus in den Garten. Anna fütterte die neue Goldfischgeneration. Diejenigen, die Grafiti sich nicht holte, verreckten, weil sie sie überfütterte, aber da ließ sie sich nicht reinreden.

Ich legte mich neben ihr ins Gras und sah ihr zu. Sie beachtete mich nicht. Ich ließ sie zufrieden.

Schließlich schraubte sie die Dose mit dem Fischfutter zu, stellte sie neben sich auf einen Stein und hielt das Gesicht in die Sonne. »Er ist ein Scheißkerl«, verkündete sie unvermittelt.

»Jeder ist das manchmal.«

»Das werd' ich ihm heimzahlen.«

»Das kann ich dir nicht verübeln. Sag mal, weißt du, was ein Schlag unter die Gürtellinie ist?«

Sie stöhnte genervt. »Natürlich. Du hältst wieder zu ihm.«

»Komm, komm. Was das angeht, kannst du dich wirklich nicht ernsthaft beklagen. Also, weißt du's?«

Sie nickte langsam, verzog den Mund zu einem winzigen, spöttischen Grinsen und warf einen Kiesel in den Teich. »Ja, klar weiß ich das. Es wirkt nur bei Jungs. Was guckst du so komisch? Etwa nicht?«

»Na ja, ich bin nicht sicher. Ich glaub', der Bereich unterhalb der Gürtellinie ist bei Mädchen auch ziemlich empfindlich, oder?«

»Ja. Aber nicht *so*.«

»Schön, das weißt du mit Sicherheit besser als ich. Worauf ich hinauswill, ist das: Es ist gemein. Unfair. Egal, ob man mit Fäusten oder mit Worten kämpft.«

»Willst du etwa sagen, ich müßte mich entschuldigen?«

»Nein, ich denke, den Anspruch hat er verwirkt. Du könntest dir höchstens überlegen, ob du den ersten Schritt machen willst. Wobei ich zugebe, daß das eine

Sache ist, die meistens von Mädchen ausgeht, ich will dir das nicht aufschwatzen. Du mußt entscheiden.«

Sie antwortete nicht.

»Laß uns was essen, ja?«

»Nein, kein Hunger.«

Sie war so schrecklich dürr. Viele Kinder waren das in ihrem Alter, und ich hatte mir geschworen, mir frühestens in vier oder fünf Jahren Sorgen deswegen zu machen, aber ich fand es wie so oft schwer, meinen guten Vorsätzen treu zu bleiben. »Komm schon. Ich kann das Zeug doch nicht wegschmeißen. Schmeckt gut, ehrlich.«

»Hach, wenn's sein muß ...«

Sie trippelte neben mir her, und auf halbem Weg zum Haus packte ich sie, warf sie mir über die Schulter, ließ sie meinen Rücken runterrutschen, packte sie unter meinem Arm durch wieder von vorn und hievte sie über die andere Schulter. Sie krallte sich fest und jauchzte. Damit hatte ich sie immer schon schwach machen können, je rauher es abging, um so besser gefiel es ihr. Für ein paar Sekunden war alles wie früher.

Am frühen Abend brachte ein geleckter Azubi der Secura einen gepolsterten Umschlag, der drei Schnellhefter enthielt. Tom und ich setzten uns damit auf die Terrasse und studierten, was Ferwerda innerhalb von acht Stunden über unsere Zielobjekte zusammengetragen hatte.

Die Sonne war von einem feinen, weißen Schleier verhüllt und leuchtete dahinter wie eine Scheibe aus geschmolzenem Messing. Ich hatte mir genau wie Tom eine Flasche Wasser geholt. Es schmeckte widerlich, ehrlich, ich kann nicht verstehen, was die Welt an dem

Zeug findet, es schmeckt nach Waschpulver und ist obendrein salzig. Aber es war einfach unmöglich, bei diesem Wetter seinen Durst nur mit Kaffee und Bier zu löschen, es hätte bedeutet, permanent auf Speed oder besoffen zu sein. Und das konnte ich mir im Augenblick nicht leisten.

»Mann, wie hat er das in so kurzer Zeit geschafft?« staunte Tom.

»Er setzt ehrgeizige Trainees darauf an. Jeder bekommt eine der Personen zugeteilt und den Auftrag, bis dann und dann alles über sie rauszukriegen, was er finden kann. Dann kriegt er noch ein paar Telefonnummern. Wer nach Ablauf der Zeit die dickste Mappe zusammen hat, kriegt ein Lob in der nächsten Beurteilung oder sogar einen Job in Ferwerdas Abteilung. So hat er's jedenfalls früher gemacht.«

Tom nickte beeindruckt, und wir vertieften uns.

Über Plückebaum gab's nicht viel zu sagen. Der Alte hatte Speditionskaufmann gelernt und dann Mitte der Fünfziger mit einem Schrottlaster angefangen. Er war gerissen und geschäftstüchtig, und es war stetig bergauf gegangen. Anfang der Neunziger war er eher als die Konkurrenz auf den Osthandel aufgesprungen, und seither war so richtig die Post abgegangen. Er hatte keine nennenswerten Schulden, der Fuhrpark war mehrheitlich geleast. Dreiundsechzig geheiratet, keine Scheidung, gelegentlicher Puffbesuch mit Geschäftsfreunden, zwei Kinder. Der Schnösel hatte eine große Schwester, über die bis auf den Namen nichts gesagt wurde. Der Schnösel selbst galt als nicht besonders klug und trug bei den Fahrern der Firma den Ehrentitel ›Pannemann‹, weil er so ziemlich alles verbockte, was er in Angriff nahm. Sein Vater hielt ihn an der kurzen Leine. Entgegen seiner eigenen Behauptung hatte der

Junior in der Firma praktisch nichts zu sagen. Das konnte mir nur recht sein. Zweimal in der Woche legte er sich bei einem der teuersten Düsseldorfer Psychogurus auf die Couch, weil er glaubte, seine Freundinnen hätten es nur auf sein Geld abgesehen.

Harald Sieben gab schon mehr her. Er war ein schräger Vogel, zweimal wegen Betrugs vorbestraft, beim zweiten Mal hatte er vierzehn Monate gesessen. Er hatte einen dicken Konkurs hinter sich und war bis über beide Ohren verschuldet. Als er aus dem Knast kam, war er ins Müllgeschäft eingestiegen, erst als Strohmann für einen anderen Schieber, den hatte er dann ausgebootet und sein Geschäft übernommen. Er war Geschäftsführer der RECON. Als Anteilseigner der GmbH war eine Beate Granderath eingetragen ... Ich blätterte zurück zu Plückebaums Akte.

»Bingo.«

Tom sah auf. »Was?«

»Der alte Plückebaum hat eine Tochter, und ihr gehört die RECON. Wer hätte das gedacht.«

Er schlug eine seiner langen Stelzen unter. »Echt? Ha. Jetzt wissen wir, wie der Hase läuft.« Er nahm sich eine Zigarette, brach den Filter ab und drehte sie gedankenverloren zwischen Daumen und Mittelfinger. »Aber wie paßt Rashid ins Bild?«

Ich hob die Schultern. »Er war ein Hansdampf in allen Gassen. Angebot und Nachfrage werden sie zusammengeführt haben. Laß sehen, was Ferwerda über ihn rausgekriegt hat.«

Die Mappe über Hasan Rashid war die dickste, und alles, was ich über ihn gehört hatte, war nur die Spitze des Eisbergs. Er hatte tatsächlich Waffen verschoben, hatte ein Geschäft zwischen Saddam Hussein und zwei deutschen Unternehmern zum Bau einer Giftgasfabrik eingefädelt, er war ein richtig schlimmer Finger. Vor ungefähr fünf Jahren war er ins Müllgeschäft übergewechselt. Für jedes dicke Ding gründete er eine neue Firma, wo ein ganzes Heer von Strohmännern als Geschäftsführer ihre Köpfe hinhielten. Meistens schienen es Landsleute von ihm zu sein. Nachweisen konnte man weder ihm noch seinen Strohköpfen irgendwas, auf dem Papier war alles lupenrein. Er hatte nirgendwo Schulden, aber jede Bank, die etwas auf sich hielt, hatte ihm über kurz oder lang die Freundschaft und sämtliche Konten gekündigt. Nicht weil er seinen Kreditrahmen überspannte, sondern weil sie seine schmutzige Kohle lieber nicht in ihren schmucken Büchern wollten. In der Schweiz hatte er mindestens vier Konten bei vier verschiedenen Banken (ich hätte zu gerne gewußt, wie Ferwerdas Spürnasen das rausgekriegt hatten), in Luxemburg ebenfalls zwei. Er hinterließ eine trauernde Witwe, ein ehemaliges spanisches Model. Mit der Ehe hatte er sich zu Hause bei den Scheichs offenbar die letzten Sympathien verscherzt: Auf der Hochzeitsreise hatte man ihm und der spanischen Braut kurzerhand die Einreise nach Katar verweigert. Eine offenkundige Verbindung zu Plückebaum oder Sieben war nicht festzustellen, aber sein bewegter Lebenslauf hatte hier und da auch ein paar dicke Lücken. Alles hatten sie nicht über ihn rausgefunden.

Wir lasen, bis es dämmerte. Ab und zu ging in der Küche das Licht an, wenn eins meiner Kinder an den Kühlschrank schlich, aber sie kamen nicht zum Vorschein. Die interfamiliäre Kommunikation war mehr oder weniger zum Erliegen gekommen: Daniel redete nicht mehr mit Anna, ich redete nicht mehr mit Daniel. Wirklich klasse.

»Und wie geht's jetzt weiter?« fragte Tom schließlich, als er den letzten Hefter auf den Stapel fallen ließ.

»Wie besprochen. Sobald ich von Rashids Cousin die Dokumente kriege, mach' ich mich an Sieben ran. Wenn er anbeißt, haben wir ihn. Mit ein bißchen Glück die ganze Bande.«

Tom lehnte sich in seinem Sessel zurück, die Federn knarrten leise. »Das klingt zu einfach.«

»Nein, es wird nicht einfach. Irgendwas wird schon schieflaufen, keine Bange. Irgendwas läuft immer schief.«

»Und was wird das sein?«

»Wenn ich das wüßte, würd's ja nicht passieren. Das wahrscheinlichste ist, daß der Schnösel mir über den Weg läuft und mich wiedererkennt. Entweder den angeblichen Staatsanwalt – was ich nicht glaube – oder aber meine Stimme. Ich denke, soviel Erinnerungsvermögen müssen wir ihm schon zutrauen. Auch wenn er nicht der Hellste ist, aber es war eine Extremsituation.«

»Und du willst es trotzdem tun?«

Ich winkte ab. »Laß uns nicht immer wieder von vorn anfangen. Keine Grundsatzdebatte, ja.«

Er seufzte. »Ich werde so ein verdammt schlechtes Gewissen haben, wenn es in die Hose geht, ich halt's jetzt schon kaum noch aus.«

»Quatsch. Du warst der letzte, der mich gedrängt hat.«

»Das ist wahr, ich muß mich echt bewundern, wie subtil ich das wieder angestellt hab' ...«

»Schluß jetzt. Ich tu's nicht für dich, nicht für die Professorin, nicht für Sarah, nicht für den guten Zweck, ich tu's einfach, okay. Es hat mit keinem von euch was zu tun und geht deswegen auch keinen von euch was an.«

»Schön. Ich hol' uns ein Bier.«

Ich rutschte tiefer in meine Liege, verschränkte die Hände im Nacken und sah nach Westen. Jetzt glich die Sonne einer aufgeschnittenen Blutorange.

11. Kapitel

Omar Rashid hatte einen Sinn fürs Theatralische, der ihn beinah menschlich erscheinen ließ. Ich hatte nichts davon bemerkt, als ich in seinem schmucklosen Büro gewesen war. Aber als ich an diesem Morgen den Mülleimer reinholte, sah ich eine schwarze Limousine in unser Sträßchen einbiegen, die einfach kein Ende nehmen wollte. Ein leibhaftiger Lincoln Continental. Er beanspruchte beide Fahrbahnen, ein entgegenkommender Golf wich unterwürfig in eine Einfahrt aus. Die warme Morgensonne funkelte auf dem polierten Lack, ein deutsches und ein katarisches Fähnchen – ein weißer Kamm am linken Rand eines erdbraunen Rechtecks, das hatte ich in der Botschaft kennengelernt – flatterten links und rechts auf der Kühlerhaube. Ungläubig sah ich zu, wie dieses Schlachtschiff vor meinem Haus hielt. Mein Erstaunen war allerdings nichts verglichen mit dem meines Nachbarn von gegenüber. Er stand mit offenem Mund zwischen seinen Begonien, die Gartenschere baumelte kraftlos in seiner Rechten. Ich winkte ihm beruhigend zu.

Ein uniformierter Chauffeur sprang aus dem Lincoln, öffnete eine der sechs Türen und trat respektvoll zurück. Aus dem Fond stieg ein spindeldürres Männlein mit einem gewaltigen Schnurrbart, schnupperte die Luft, sah in beide Richtungen die Straße entlang und richtete seinen Adlerblick dann auf mich.

»Können Sie mir sagen, wo ich Herrn Markward Malecki finde?« erkundigte er sich höflich.

»Steht genau vor Ihnen.«

»Wie bitte?«

»Das bin ich.«

Er riß die Augen auf. Offenbar war er erschüttert, daß er diesen Auftritt an eine Figur in abgeschnittenen Jeans verschwendet hatte. Aber er faßte sich schnell. Er öffnete seine feine Lederaktenmappe und zog einen Papierstapel heraus. Dann kam er ein paar Schritte näher und streckte mir seine Gaben mit gesenktem Kopf entgegen, als sei ich der Priester an einem Opferaltar.

»Danke. Das ging schneller, als ich gehofft hatte.«

Er neigte den Kopf leicht zur Seite. »Vielleicht sind Ihre Beziehungen besser, als Sie dachten. Wünschen Sie, daß ich etwas ausrichte?«

Wir nannten keine Namen, wie die Typen mit den großen Hüten und den Trenchcoats in alten Spionagefilmen. Ich hatte Mühe, mir ein Grinsen zu versagen.

»Nein, ich glaub' nicht. Wenn's was Neues gibt, wird er das früh genug erfahren.« Ich wies die Straße runter. »Dahinten vor dem Feld ist ein Wendehammer. Mit sechs bis acht Zügen sollten Sie's schaffen.«

Er lächelte ein vollkommen ausdrucksloses Diplomatenlächeln, stieg in den Lincoln, und sie rollten lautlos Richtung Acker.

Inzwischen hatten sich Anna, Daniel und Tom an der Haustür eingefunden.

»Wer war das denn?« fragte Anna staunend. »Der Bundeskanzler?«

»Der fährt wohl kaum ein amerikanisches Auto«, murmelte Daniel.

Ich warf ihm einen finsteren Blick zu. »Das Klugscheißern ist dir immer noch nicht vergangen, was?«

Er verzog sarkastisch den Mund. »Am besten sag' ich gar nichts mehr.«

Anna lachte. »Au ja!« Sie hatte ihm offenbar verziehen.

Ich tat mich schwerer. Ich fand Daniels Neigung zu unkontrollierten Ausbrüchen eine seiner unsympathischsten Eigenschaften. So ist das eben, seine eigenen Fehler kann man anderen immer am schwersten nachsehen.

Er merkte sofort, daß er bei ihr wieder angemeldet war, und sein ganzer Körper schien sich zu entspannen. Er war mächtig erleichtert. Er legte von hinten die Arme um sie und zog sie so stürmisch an sich, daß er sie fast umriß. »Komm her, du kleine Zimtzicke. Was willst du zum Frühstück? Wünsch dir was.«

Sie nutzte die Gunst der Stunde. »Cornflakes mit Erdbeeren.«

Er zuckte nicht mit der Wimper, obwohl das einen kleinen Fahrradausflug zum Bauern bedeutete, um die Erdbeeren zu holen, und genau wie ich verabscheute er körperliche Anstrengungen vor dem Frühstück. »Sollst du kriegen.« Er angelte seinen Fahrradschlüssel aus der Tasche und machte einen Schritt Richtung Garage. Dann wandte er sich zu mir um und ging rückwärts weiter. »Und wird hier heute gearbeitet, oder was?«

»Nein. Sieht so aus, als wären hier für ein paar Tage Betriebsferien.«

»Klasse. Echt. Am besten bring' ich ein paar Eier mit. Die kann ich dann über mein Moped kloppen.«

»Bleibt immer noch der Gang zum Frisör.«

Er drehte mir den Rücken zu und hob beide Arme mit ausgestreckten Mittelfingern. »Nur gut, daß man sich auf dein Wort verlassen kann!«

»So felsenfest wie auf deine Beherrschung!«

»Du kannst mich doch mal!«

Ich ging ins Haus. Ich hatte plötzlich keine Lust mehr, mich über eine Distanz von zehn Metern mit ihm anzubrüllen, das beeindruckte ihn so oder so nicht, ihn kriegte ich viel eher, wenn ich ganz leise sprach. Außerdem stand der Nachbar immer noch im Begonienbeet, und seine fette Gattin war mit Ilona befreundet.

Sie berichtete ihr alles, was sie in den vielen Stunden mitbekam, die sie damit zubrachte, schokoladefressend hinter ihrer Küchengardine zu stehen und zu spionieren, was ihr bei uns den Namen IM Walroß eingebracht hatte.

Ich setzte Kaffeewasser auf, und Tom und Anna folgten mir in die Küche.

Anna stand an der Fensterbank und stopfte meinen ebenfalls übergewichtigen Kater mit Katzen-Milchdrops voll. »Hör auf, mit ihm zu streiten.«

»Besser, du hältst dich da raus, Anna.«

»Wieso? Wieso hältst du dich nicht raus? Was geht dich die Sache überhaupt an?«

»Also hör mal. Ihr seid meine Kinder, ich werd' mich wohl noch dazu äußern dürfen, wie ihr miteinander umgeht.«

Sie strich Grafiti über den Rücken, und er verrenkte sich den Hals, um an ihrer Hand zu schnuppern, in der Hoffnung, sie könnte irgendwo noch ein Milchdrops versteckt halten.

»Ach. Du meinst immer, du kannst über alles bestimmen, und dann machst du alles schrecklich kompliziert.«

Ich goß den Kaffee auf und fragte mich, was eigentlich dagegen sprach, sie für vierzehn Tage mit ihrer Mutter in die Karibik, von mir aus auch in die Karpaten zu schicken. Im Augenblick fand ich die Vorstellung unwiderstehlich. Und als Grafiti wenige Minuten später von der Fensterbank sprang, um in aller Seelenruhe seine Milchdrops auf den Küchenfußboden zu göbeln, war ich soweit, daß ich auch zu drei Wochen freudestrahlend ja gesagt hätte.

»Kamerun«, murmelte Tom verwundert. »Was in aller Welt hat der katarische Wirtschaftsattaché mit Kamerun zu tun?«

»Keine Ahnung. Vielleicht wollen wir das lieber gar nicht wissen. Was meinst du? Taugen sie was?«

Tom hatte eine geschlagene Stunde auf der Hollywoodschaukel gehockt und die Papiere studiert. Jetzt legte er das letzte Blatt beiseite. »Perfekt, soweit ich sehen kann. Wollen wir sie noch mal zusammen durchgehen? Du mußt sie genau kennen, sonst reißt du dich selbst rein.«

»Ja, gleich. Aber zuerst ruf' ich Sieben an. Je eher wir uns treffen, um so besser.«

Ich trug das Handy ins Wohnzimmer, schloß die Tür hinter mir und tippte die Nummer der RECON. Eine angenehme Frauenstimme teilte mir bedauernd mit, Herr Sieben sei in einer Besprechung und sie könne im Augenblick nicht stören. Ich ließ nicht locker und trug ihr auf, ihm auszurichten, ich sei ein Geschäftsfreund von Hasan Rashid. Das wirkte Wunder. Nach kaum einer Minute hatte ich ihn in der Leitung, und keine fünf Minuten später waren wir verabredet. Es war überhaupt nicht schwierig. Schon als er sich meldete, hörte ich an seiner Stimme, daß er ziemlich unter Strom stand. Ich hatte es früher immer ganz hilfreich gefunden, meine potentiellen Opfer erst mal per Telefon anzutesten. Eine körperlose Stimme kann einem viele Geheimnisse verraten, wenn man weiß, worauf man achten muß. Es sind die kleinen Vibrationen, das Auftreten oder Fehlen bestimmter Schwingungen, die einem sagen, ob der Mensch am anderen Ende lügt oder Angst hat. Ein visueller Eindruck kann über diese Feinheiten manchmal hinwegtäuschen. Ich deutete an, daß ich früher gelegentlich mit Hasan Rashid Geschäfte gemacht habe und wisse, in welcher Beziehung er zu Sieben gestanden hatte. Dann deutete ich an, daß ich in der Lage wäre, die Lücke zu füllen, die Rashids Ausfall in ihre Organisation gerissen hatte, vorausgesetzt, wir würden uns über den Preis einig. Heute abend, einundzwanzig Uhr, Breidenbacher Hof, sagte er.

»Und?« fragte Tom gespannt, als ich zurückkam.

»Ein Kinderspiel. Der Geifer tröpfelte förmlich durch die Leitung.«

»Ein Funktelefon hat keine Leitung, Mark.«

»Schande, noch ein Klugscheißer. Los, laß uns anfangen.«

Er nickte, zog die Papiere auf seinen Schoß, sah sie aber nicht an.

Ich seufzte. »Was ist jetzt wieder?«

»Tja, ich hab' mir überlegt ... Ich meine, ich frag' mich, ob's wohl besser wär', wenn ich verschwinden würde. Ich hab' irgendwie nicht das Gefühl, daß ich dem häuslichen Frieden hier besonders guttue.«

Ich winkte ab. »Das hat überhaupt nichts mit dir zu tun.«

»Hm, ich weiß nicht. Ich dachte, ich könnte vielleicht Charlotte fragen, ob ich ein paar Tage bei ihr pennen kann, bis diese Geschichte vorbei ist.«

»Ach, so ist das.« Seit ihrem Besuch in der letzten Woche hatte die Professorin sich hier nicht mehr blicken lassen, und ich hatte so eine Ahnung, daß er sich verzehrte.

Er lehnte den Kopf zurück und streckte die Beine aus. »Ich hab' sie gestern kurz im Krankenhaus gesehen.«

»Und?«

»Sie war nicht gerade gut auf uns zu sprechen. Sie sagt, dein Timing sei beschissen. Sie meinte, du hättest wenigstens warten können, bis Sarahs EKG wieder in Ordnung ist, ehe du sie abservierst ...«

»Moment mal ...«

»Selbstsüchtiges, rücksichtsloses Pack, allesamt, hat sie gesagt.«

»Sie wirft ein paar Sachen durcheinander. Ich hab' Sarah keineswegs abserviert, eher umgekehrt. Und was soll das mit dir zu tun haben?«

»Das hab' ich sie auch gefragt. Jedenfalls hat Charlotte einen Mordshaß auf dich, und das ... könnte meine Stunde sein.«

»Dann laß dich nicht aufhalten.« Ich hatte insgeheim darauf gehofft, daß er die nächsten Tage hiersein würde, wenn ich unterwegs war. Aber es ging natürlich auch so. Es hieß lediglich, daß ich Daniel einseifen mußte, damit er sich bereit fand, seine Schwester öfter als gewöhnlich zu hüten. Das war in der augenblicklichen Situation vielleicht nicht ganz einfach, aber ich würde notfalls die Moped-Frage noch mal in die Waagschale werfen. »Und jetzt klär mich auf, was das ganze Zeug bedeutet.«

Er setzte sich auf und räusperte sich, als hätte ich ihn aufgefordert, ein Gedicht vorzutragen. »Also. Das wichtigste ist das hier. Die Importlizenz.«

Er reichte mir ein mehrseitiges Dokument aus cremeweißem Papier mit Siegeln und vielen Stempeln, es sah hochoffiziell aus.

»O nein, das ist ja Englisch.«

»Was hast du denn gedacht? Sag nicht, du kannst kein Englisch.«

»Na ja, das ist alles ein bißchen lange her, und Sprachbegabung liegt bei uns nicht in der Familie ...«

»Macht nichts. Dann hör gut zu und vergiß nicht, was ich sage. Das ist eine Lizenz zum Import von drei Millionen Tonnen Müll pro Jahr. ›*Industrial and chemical waste, metal by-products & off-cuts for recycling and re-processing*‹ steht hier. Darunter kannst du so ziemlich alles fassen, was du willst. Und ›*recycling and re-processing*‹ ist natürlich nie ernst gemeint. In keinem der gängigen Abnehmerländer gibt es Recyclinganlagen zur Verwertung von Sondermüll. Aber das kümmert ja weiter keinen. Die Formulierung in der Lizenz reicht, um hier bei den Behörden die Ausfuhrgenehmigung zu kriegen. In der Regel behaupten die Müllschieber, daß sie beabsichtigen, die erforderlichen Recyclinganlagen mit den Gewinnen aus den ersten Entsorgungsaufträgen zu bauen. Soweit klar?«

»Hör mal, ich bin nicht blöd. Weiter.«

»Hier haben wir einen Stapel Begleitpapiere und Empfangsbestätigungen der Behörden in Kamerun über Waren wie Altreifen, Auto- und Maschinenteile und so weiter. Recyclingfähiges Material. Auch diese Papiere sind dazu da, den deutschen oder europäischen Behörden Sand in die Augen zu streuen, also das Gewäsch von Recycling and Re-processing zu untermauern. Was in Wirklichkeit geliefert wird, ist scheißegal, bestätigt wird schon hier und jetzt der Empfang von recyclingfähigem Material.« Er reichte mir das nächste Blatt.

»Das hier ist nicht, wiederhole *nicht* für die Behörden gedacht, sondern hier drin wird vereinbart, wie's wirklich laufen soll: Die Regierung von Kamerun sichert zu, daß im Hafen von Douala ein Silotank zur Verfügung steht, in dem jeweils etwa fünfzigtausend Tonnen zwischengelagert werden können. Von Douala aus wird das Zeug mit einem Güterzug quer durchs Land transportiert und am Ende in einen stillgelegten Bergwerksstollen gekippt ...« Er ließ das Blatt sinken und runzelte die Stirn. »Das klingt so gut durchdacht, daß man beinah meinen könnte, sie hätten's schon mal so gemacht.«

»Also Endlagerung in einem Stollen statt Recycling?«

»Genau. Absolut unkontrolliert, niemand weiß wirklich, was genau reingekippt wird. Chemikalien? Vielleicht auch mal ein bißchen Reaktormüll? Und wenn der Stollen voll ist, nageln sie eine Stahlplatte über die Öffnung und vergessen ihn, und die Bombe tickt.«

Ich nickte. Ich wußte inzwischen, daß das keine von Umweltfanatikern erfundene Schauergeschichte war. In aller Heimlichkeit hatte ich das Buch gelesen, das Tom bei uns eingeschleppt hatte, und ich hatte gelernt, daß solche Geschichten überall in der dritten Welt passierten und daß es nicht so sicher war, Müll in ein tiefes Erdloch zu kippen, wie es auf den ersten Blick vielleicht schien, denn nicht nur Wasser findet mit der Zeit einen Weg durch Gesteinsschichten hindurch. Aber das vertrackte am Müll ist eben das: Wer ihn nimmt, kriegt Geld. Anders als bei allen anderen Handelsgeschäften läuft es hier so, daß der Lieferant bezahlt und der Abnehmer kassiert. Müll aus westlichen Industrienationen abzunehmen bedeutet also, harte, westliche Devisen zu kriegen. Was sollen sie schon tun? Und selbst wenn die Regierungen UN-Resolutionen unterschreiben, verhindert das noch lange nicht, daß kleine

Beamte sich schmieren lassen und alles so weiterläuft wie bisher. Wenn ich an ihrer Stelle wäre, würd' ich's bestimmt auch tun.

»Mark, hörst du noch zu?«

»Was?«

Er schüttelte ungeduldig den Kopf. »Ich sagte, das allerbeste an dieser Sache ist der Preis. Das wird Sieben ködern, selbst wenn er mißtrauisch ist. Sie verlangen nur hundert Mark pro Tonne. Das ist ein Witz.«

»Und was kriegt Sieben hier pro Tonne, die er abnimmt? Wie hoch ist seine Gewinnspanne? Und wieviel soll ich als Zwischenhändler pro Tonne verlangen?«

Er breitete kurz die Arme aus. »Das hängt ganz davon ab, was für Müllarten er anwirbt. Die ordnungsgemäße Entsorgung von, sagen wir mal, einer Tonne Lackschlamm liegt etwa bei zweitausend Mark. Bei PCB-haltigen Abfällen kommst du schnell auf über dreitausend. Für Pestizide kannst du rund elftausend pro Tonne veranschlagen. Für die ordnungsgemäße Entsorgung, wohlgemerkt. Sieben wird vermutlich etwa um die tausend Mark pro Tonne verlangen.«

»Scheiße, vielleicht sollte ich wirklich einsteigen ...«

Tom grinste und winkte ab. »Davon muß er den Transport zum nächsten Hafen bezahlen. Sagen wir, zwanzig Mark pro Tonne. Dann den Seetransport. Ungefähr zweihundertfünfzig. Und dich. Verlange dreihundertfünfzig und laß dich auf zweihundert runterhandeln. Bei Pestiziden oder Laborabfällen das Doppelte.«

»Okay.« Ich rechnete. »Wenn dieses Geschäft tatsächlich stattfände und die Typen in Kamerun alle weiteren Kosten ab Douala übernehmen würden, blieben für Sieben immer noch fünfhundertdreißig Mark pro

Tonne, macht … eins Komma fünf neun Milliarden pro Jahr.«

»Mann, du kannst echt gut kopfrechnen. Fast könnte ich glauben, du warst wirklich mal bei der Bank.«

»Glaub's ruhig.«

»Erst mal müßte Sieben ja die drei Millionen Tonnen Müll pro Jahr akquirieren. Jetzt werden wir vermutlich rausfinden, ob er wirklich so groß geworden ist, wie Wolfgang und Charlotte glauben. Gib ihm zu verstehen, daß du fürchtest, das Geschäft könnte eine Nummer zu groß für ihn sein. Wär' interessant zu wissen, wie er darauf reagiert.«

»Quatsch mir nicht in meinen Job rein, ja.«

Er zog verblüfft die Brauen hoch. »Da bist du empfindlich, was?«

Ich fegte die Unterlagen zusammen und stand auf. »Sonst noch was?«

Er sah einen Moment blinzelnd zu mir hoch, dann nahm er sich eine Zigarette, zündete sie aber wie so oft nicht gleich an, sondern klopfte damit auf seine Fingerknöchel. »Nein, ich denke, jetzt weißt du alles.«

»Also dann. Ich hab' noch ein paar Sachen zu erledigen.«

»Sei bloß vorsichtig, Mark.«

»Bin ich. Ehrlich. Mach dir keine Sorgen.«

Es war ungefähr halb acht, als ich an Ferwerdas Tür klingelte. Ich konnte nur hoffen, daß er schon zu Hause war, ich hatte nicht angerufen.

Er selbst öffnete, in Hemdsärmeln und die Krawatte auf Halbmast, seine Version von leger. Er kaute auf irgendwas und winkte mich wortlos rein.

Bis wir im Arbeitszimmer ankamen, hatte er geschluckt. »Ich wußte bis heute nicht, daß Sie eine Hose mit Bügelfalten besitzen, Malecki.«

»Da sehen Sie's, man lernt nie aus.«

»Wären Sie beleidigt, wenn ich sage, daß Sie mir in Ihren Jeans besser gefallen?«

Ich verdrehte die Augen. »Hören Sie, ich weiß selbst, daß es ein vulgärer Aufzug ist, das ist ja der Zweck der Übung.«

Er sah mich mit einem erwartungsvollen Lächeln an. »Vulgär ist übertrieben. Der Anzug ist nicht einmal übel. Mit einer Krawatte wäre es akzeptabel.«

»Gott, das alte Lied ...«

»Wo haben Sie diese schauderhafte Uhr her?«

»Eine Leihgabe. Von einem flüchtigen Bekannten aus der Altstadt. Er war sehr zögerlich, sie rauszurücken. Ich hab' ihm mein Motorrad als Sicherheit geboten, und er hat mich ausgelacht. Wenn ich sie verliere, bin ich in Schwierigkeiten.«

Er gluckste. »Ein Bourbon?«

»Ja. Einer kann nicht schaden.«

Er schenkte uns beiden ein, hob mir sein Glas entgegen und trank genüßlich. Dann stützte er die Unterarme auf, lehnte sich vor und sah mich scharf an. Keine Spur mehr von einem Lächeln. »Was führt Sie her?«

»Ich brauche ... eine Versicherung.«

Er blinzelte irritiert. »Wenden Sie sich vertrauensvoll an eine unserer Agenturen ...«

»Quatsch.« Ich rang mit mir. Ich war mir immer noch nicht sicher, ob es eine gute Idee gewesen war, herzukommen. Aber wo ich einmal hier war, blieb mir nicht viel anderes übrig, als weiterzumachen. »Würden Sie ... ich meine...«

»Raus damit.«

»Wären Sie bereit, im Notfall eine Art Leumundszeuge für mich zu sein?«

»Selbstverständlich.«

Das kam so spontan und rückhaltlos, daß ich ihn verblüfft anstarrte.

Er zog die Brauen hoch und betrachtete mich amüsiert. »Und wie könnte dieser Notfall aussehen?«

»Augenblick. Ich hab' noch eine Frage. Können wir uns darauf einigen, daß die Geschichte unter uns bleibt? Ich meine wirklich, absolut unter uns?«

Er nickte. »Einverstanden.«

Ich atmete tief durch, reichte ihm einen Stapel Kopien der Dokumente, die Omar Rashid mir beschafft hatte, und erklärte ihm, was ich vorhatte. »Ich weiß natürlich nicht genau, wie es laufen wird, an welchem Punkt ich die Behörden einschalte. Aber wenn die Falle zuschnappt, möchte ich nach Möglichkeit verhindern, daß ich selber mit drinstecke. Für den Fall, daß es passiert, könnten Sie diese Kopien vorlegen und bezeugen, was ich Ihnen gerade erklärt habe.«

»Das war ein sehr weiser Entschluß.«

Das fand ich auch. Schließlich war ich ein gebranntes Kind. Ich hatte lange über mögliche Sicherheitsmaßnahmen nachgedacht.

Ich sah auf das protzige, brillantenumringte Ungeheuer an meinem Handgelenk. »Also dann. Ich mach' mich auf den Weg.«

»Gedenken Sie, in Ihrem Pick-up vorzufahren?«

»Ich hab' mir einen Kindheitstraum erfüllt und einen feuerroten Lamborghini gemietet.«

»Ich sehe, Sie haben weder Kosten noch Mühen gescheut.«

Da hatte er recht. Ich hatte mein Konto geplündert, meinen Dispo bis auf den letzten Pfennig abgeräumt, die Steuerrücklagen abgehoben. Meine gesamte Barschaft steckte in Form eines kleinen Bündels aus Fünfhundertern und Tausendern in einer goldenen Geldklammer, die aus derselben Quelle stammte wie die Uhr. Das Geld, der Wagen, die Uhr, der Anzug, sie waren mein Kostüm. Blieb abzuwarten, ob ich meine Rolle überzeugend spielen konnte.

Ich stand auf, und er brachte mich zur Tür.

»Frau Goldstein geht es besser, sagte man mir«, bemerkte er, als wir in der Halle standen.

»Scheint, als würde es langsam wieder, ja.«

»Gott sei Dank. Ich habe übrigens immer noch ihr Handy. Ich verabscheue diese Dinger, aber ich denke, ich werde es noch ein paar Tage hüten. Und es ist Tag und Nacht eingeschaltet.«

»Okay.«

Er öffnete die Tür und scheuchte mich mit einem Winken raus. Ich schlenderte die Reihe geparkter Wagen entlang und erwischte mich dabei, daß ich ihm irgendwie dankbar war. Ohne es so richtig zu merken, ohne jeden bewußten Entschluß hatte ich ihm all die unerhörten Scheußlichkeiten verziehen, die er mir damals an den Kopf geschmissen hatte. Es erleichterte mich ziemlich, ihn im Rücken zu haben. Es war ein vertrautes Gefühl, es hatte sogar einen Hauch von Nostalgie.

Ich stieg in die gemietete Flunder – ich mußte tief in die Knie gehen, um reinzukriechen, und man hatte das Gefühl, mit dem Hintern direkt auf der Straße zu sitzen. Ich hatte noch ein bißchen Zeit, zumal ich ein paar Minuten zu spät kommen wollte. Also drehte ich eine kleine Runde über die Autobahn. Den Spaß durfte ich mir schon gönnen, fand ich, wo ich doch im Begriff war, meine Haut zu Markte zu tragen. Ich ließ den Arm zum

Fenster rausbaumeln, lenkte mit einem Finger und fegte alles von der linken Spur, was mir vor den Kühler kam. Es war sagenhaft. Dabei ging ich meine Pläne Schritt für Schritt noch mal durch, rief mir ins Gedächtnis, was ich nicht vergessen durfte, und versuchte, meine flatternden Nerven zu beruhigen.

Sie waren zu dritt, saßen in einer abgelegenen Ecke des Hotelrestaurants und schlürften Champagner. Viele ähnliche Gruppen saßen zu Geschäftsessen an anderen Tischen, aber ich erkannte sie trotzdem auf den ersten Blick. Ich erkannte die Frau. Klein, rundlich, hübsch, elegant, dunkler Typ. Genauso hatte Carlo die Frau beschrieben, die ihm die Kassette gebracht hatte. Seit ich wußte, daß Plückebaum eine Tochter hatte, hatte ich über sie gerätselt.

Ich trat an den Tisch, nahm die Sonnenbrille ab und nickte.

Der ältere der beiden Männer, ein massiger Kerl um die fünfzig, sprang auf. »Herr Schumann?«

Ich hatte mir den Namen meines toten Freundes Paul geborgt. Meinen eigenen wollte ich lieber aus dem Spiel lassen, und Pauls Name bot sich an, weil ich seinen Reisepaß besaß. Er war mir in die Hände gefallen, als ich damals sein Zeug zusammengepackt hatte, und ich hatte ihn behalten, weil all die Einreisestempel der vielen Länder darin waren, die wir für unsere behämmerten Sondereinsätze bereist hatten. Es war ein Erinnerungsstück, aber der Paß war noch nicht abgelaufen. Das Foto war wie alle Paßfotos, völlig nichtssagend, es hätte mein Gesicht sein können ebenso wie seins. Sollte ich also irgendwie in die Verlegenheit kommen, meine Identität nachweisen zu müssen, konnte ich notfalls seinen Paß zücken. Außerdem war sein Name mir vertraut wie mein eigener.

Ich schüttelte die dargebotene Hand. »Ja. Herr Sieben?«

Er nickte und stellte die anderen vor. »Frau Granderath, meine Geschäftspartnerin, Herr Fiedler.«

Welche Rolle Fiedler spielte, sagte mir niemand. Er war ein richtiger Brecher in einem zerknitterten Leinenanzug, und er grüßte mich nur mit einem gelangweilten Nicken. Beate Granderath hingegen schenkte mir ein kühles, abschätzendes Lächeln und reichte mir eine rundliche, beringte Hand.

»Nehmen Sie Platz.« Sieben schien gelöst, fast zutraulich. Er deutete auf den Stuhl ihm gegenüber und winkte einen Kellner heran. »Noch eine Flasche, bitte.«

Ich betrachtete ihn. Sein fleischiges Gesicht hatte eine ungesunde, gelbliche Farbe, in seinem linken Auge war ein Äderchen geplatzt. Er war nicht in Topform. Aber er zeigte keine äußeren Anzeichen von Nervosität. Seine großen Hände waren ruhig, und wenn er hin und wieder kurz seine breiten Schultern kreisen ließ, dann wohl deswegen, weil sein Jackett ihn beengte. Er redete belangloses Zeug, die Hitze, der Mangel an Parkplätzen in der Innenstadt und ähnliches Gewäsch, und er hatte einen leichten rheinischen Dialekt.

»Tja, Herr Schumann«, sagte er schließlich in einem Jetzt-woll'n-wir-mal-Ton. »Auf gute Geschäfte.« Er hob mir sein Glas entgegen.

Ich nahm meins und nippte. Ich finde, Champagner schmeckt ungefähr genauso schlimm wie Mineralwasser. Sprudelt wie Brause auf der Zunge, furchtbar. Aber ich ließ mir nichts anmerken.

»Sie sind ein Freund von Rashid?« fragte die Frau.

Ich schüttelte den Kopf. »Wir haben gelegentlich Geschäfte gemacht, das war alles.«

»Was für Geschäfte?«

Ich sah ihr in die Augen. »Das kann Ihnen doch gleich sein.«

»Ist es nicht. Die meisten von Rashids sogenannten Geschäftsfreunden waren Schaumschläger. Ich habe keine Lust, meine Zeit zu verschwenden, verstehen Sie.« Sie sagte das ohne Aggression. Ich sollte wohl nur verstehen, daß sie ein Profi war. Na ja, meinetwegen.

»Seien Sie unbesorgt. Vielleicht zeig' ich Ihnen einfach, was ich habe, und wir ersparen uns das ganze Geplänkel.« Ich ließ meinen Aktenkoffer aufschnappen und holte zwei weitere Kopien der Einfuhrlizenz heraus, gab eine Sieben, eine ihr.

Ich lehnte mich zurück, steckte mir eine Kippe an und beobachtete sie möglichst unauffällig. Fiedler las über ihre Schulter mit. Er hatte die Stirn gerunzelt, entweder hatte er Mühe mit dem Lesen oder einfach schlechte Laune. Seine Hand lag auf ihrem Oberschenkel. Vielleicht war das seine Rolle, vielleicht war er ihr Freund. Ich fragte mich, ob's wohl irgendwo auch einen Herrn Granderath gab. Sieben hatte eine Brille aufgesetzt und las konzentriert. Ein halb ungläubiges, halb seliges Lächeln erschien nach und nach auf seinem Gesicht und erhärtete meinen ersten Eindruck: Er war irgendwie ein schmieriger Typ. Nicht äußerlich, er sah gepflegt aus, seine Klamotten waren vermutlich ziemlich neu und ziemlich teuer, er sah aus wie jeder x-beliebige Geschäftsmann, aber ich blieb dabei, er war schmierig.

Sie ließen sich viel Zeit. Dann verständigten sie sich mit einem Blick, und er fragte: »Wo ist das Original?«

»Wie heißt das so schön? An einem sicheren Ort.«

»Aber es ist in Ihrem Besitz?« hakte sie nach. Die Zweifel in ihrer Stimme waren unüberhörbar. Was sie sich wohl davon versprach, mich auf die Palme zu bringen.

»Ja, es ist in meinem Besitz, Schätzchen, sonst wär' ich nämlich nicht hier, okay.«

Sie lief rot an, stützte die Hände auf das weiße Tischtuch und lehnte sich leicht vor. »Kommen Sie mir bloß nicht so, Mann. Auch auf die Gefahr hin, daß es Ihr Weltbild erschüttert, Herr Schumann: Mit wem wir Geschäfte machen, entscheide *ich*.«

Diese klaren Worte machten Sieben nicht glücklich, aber er widersprach nicht. »Bitte, beruhige dich, so kommen wir doch nicht weiter.«

Sie schoß noch einen wütenden Blick auf mich ab, und mir wurde auf einen Schlag glasklar, wohin diese Sache führen würde. Die Erkenntnis brachte mich für ein paar Sekunden aus der Fassung, aber ich drängte das beiseite und beschloß, mir später Gedanken darüber zu machen. Jetzt galt es erst mal, mein Siegerlächeln intakt zu halten. »Na schön. Vielleicht gehen wir einfach mal von dem Grundsatz aus, daß wir hier nicht säßen, wenn wir nicht alle prinzipiell an einem Geschäft interessiert wären.«

Sie nickte versöhnlich. »Verraten Sie mir, warum Sie ausgerechnet auf uns gekommen sind?«

»Sie sind nicht mein erster Kontakt. Aber diejenigen, mit denen ich bisher gesprochen habe, waren zu kleine Fische. Ich werde nur mit jemandem abschließen, der wenigstens einen Großteil des Kontingents von drei Millionen Tonnen pro Jahr erfüllen kann, alles andere wäre Verschwendung. Und eins sollte von vornherein klar sein, wir kommen nur ins Geschäft, wenn Sie mir nachweisen können, daß Sie Müll in solchen Größenordnungen beschaffen können.«

Damit hatten sie kein Problem. Sieben nickte. »Natürlich. Da können Sie ganz unbesorgt sein. Drei Millionen ist ein Kinderspiel.«

Das klang nicht, als würde er bluffen. Ich spürte meine Hände feucht werden. »Das will ich hoffen. Wenn ich ehrlich sein soll, muß ich sagen, ich hatte Zweifel, ob Rashid nicht ein bißchen übertrieben hat, als er mir von Ihnen erzählte. Ich hab' mir erlaubt, letzte Woche mal bei Ihrem Betrieb vorbeizufahren. Er ist nicht gerade … na ja.«

Er winkte ab. »Mein Betrieb ist ungefähr so wie der Eingang zu einer Ameisenburg, ein kleiner Sandhügel über einem weitverzweigten, unsichtbaren System, verstehen Sie. Wenn wir uns über die Konditionen einig werden, kann ich Ihnen binnen weniger Tage Entsorgungsaufträge für die erste Million Tonnen vorlegen.«

Ich nickte skeptisch. »Klingt vernünftig.«

»Was haben Sie sonst noch?« fragte sie und wies auf die Lizenz. »Was ist mit Lagerung und Transport?«

Ich erzählte ihnen von den restlichen Dokumenten und verteilte Kopien. »Nur der Transport bis nach Douala geht zu unseren Lasten, alles weitere übernehmen meine Partner in Kamerun.«

Das versetzte selbst sie in Aufregung. Ich konnte förmlich zusehen, wie sie die Summen im Kopf überschlug, es hätte mich nicht gewundert, wenn plötzlich Dollarzeichen in ihren Augen gestanden hätten.

»Wie sind Sie an diese Leute gekommen? Wer sind sie?«

Ich lachte ihr ins Gesicht. »Wir kennen uns noch keine Stunde, und schon wollen Sie mich ausbooten?«

Sie gestattete sich ein schelmisches Lächeln. »Woher denn …«

»Und was haben Sie sich finanziell vorgestellt?« fragte Sieben beiläufig.

»Das kommt drauf an. Wenn es um normalen Sondermüll geht«, was für ein kranker Widerspruch in sich, »dreihundertfünfzig. Bei Pestiziden und so weiter verhandeln wir gesondert.«

Er nahm die Brille ab. »Was immer Sie bisher getrieben haben, Sie haben sich auf jeden Fall schlau gemacht auf diesem Gebiet.«

»Darauf können Sie … wetten.« *Gift nehmen* schluckte ich im letzten Moment runter.

»Dreihundertfünfzig ist viel zu viel. Ich muß den Seetransport bezahlen, das kostet mich allein fünfhundert. Mehr als hundertfünfzig pro Tonne kann ich Ihnen nicht zahlen.«

»Der Seetransport kostet Sie höchstens zweihundertfünfzig. Versuchen Sie nicht, mich zu verscheißern, Sieben. Ich bin in Vorleistung getreten. Vielleicht können Sie sich vorstellen, was ich für diese Dokumente an Schmiergeldern bezahlt habe. Kamerun ist kein so armes Land wie andere in Afrika. Das heißt, daß sie es auch nicht so nötig haben, darum sind sie teuer. Dafür aber auch hundert Prozent verläßlich. Ich biete Ihnen einen langfristigen Vertrag, der nicht platzt. Aber ich verlange dreihundert pro Tonne, oder es läuft nichts.«

»Abgemacht«, sagte sie, obwohl Sieben widersprechen wollte.

Er zuckte kurz die Schultern und nickte unwillig.

Ich mußte mir wirklich gratulieren. Ich hatte hundert Mark mehr pro Tonne rausgeschlagen, als Tom gesagt hatte. Vielleicht war ich ja begabt für solche Sachen. Der Gedanke gefiel mir nicht besonders.

Wir aßen irgendwelche Tierkadaver in feinen Sößchen, und sie erzählten mir von ihren wildesten Entsorgungscoups. Ich hörte fasziniert zu. Es war wirklich so einfach. Wenn auch nur die Hälfte von dem stimmte, was sie mir auftischten, dann mußten sie schon jetzt märchenhaft reich sein. Und sie schämten sich kein bißchen, sie betrachteten den Handel mit Giftmüll als ein völlig normales Geschäft, nicht anders als Rohstoffe oder sonst irgendein Handelsgut. Sie verstiegen sich sogar zu der Behauptung, daß sie der Gesellschaft letztlich einen Dienst erwiesen. Jeder wolle im Wohlstand leben, Wohlstand produziere Müll, aber keiner wolle eine Mülldeponie vor der Tür haben. Das Florians-Prinzip. Und das Haus unseres Nachbarn war in diesen Fällen eben irgendein Hungerleiderland, das die Müllentsorgung als Dienstleistung gegen harte Dollars anbot. Ein ganz normales Geschäft eben.

Sieben war derjenige, der den Müll akquirierte. Er war ein Verkäufertyp vom Kaliber Kühlschränke an Eskimos. Beate Granderath machte die Logistik. Im Transportwesen konnte ihr offenbar keiner was vormachen. Fiedler schaufelte sein Essen in sich rein und sagte keinen Ton.

So gegen halb zwölf ließ Sieben sich die Rechnung bringen. »Sie müssen mich entschuldigen, ich habe morgen einen frühen Termin.«

Er warf eine goldene Kreditkarte auf die Rechnung, ohne sie eines Blickes zu würdigen. Sah so aus, als sollte ich mein Tausenderbündel nicht vorführen können. Na ja, vielleicht beim nächsten Mal.

»Tja, wenn's am schönsten ist, sollte man gehen«, murmelte Beate Granderath bissig vor sich hin. Sie spürte meinen Blick, sah kurz auf, und ihre Mundwinkel verzogen sich leicht nach oben. Dann nickte sie

Fiedler zu. »Bring Harald nach Hause. Ich nehm' ein Taxi.«

Fiedler machte zum ersten Mal das Maul auf. »Aber …«

»Tu, was ich sage«, herrschte sie ihn an, um ein Haar wäre ich zusammengefahren.

Er nahm es gelassen. Er stand auf, ohne sie noch mal anzusehen, und wartete geduldig, bis Sieben sein Plastikgeld zurückbekam.

Er streckte mir die Hand entgegen und strahlte. »Hab' ich eigentlich Ihre Karte?«

Ich schrieb ihm meine Handynummer auf eine Papierserviette. »Ich bin umgezogen, und die neuen Karten sind noch nicht fertig. Hier.«

»Gut. Ich denke, Sie hören morgen von mir. Faxen Sie mir Ihre Provisionsvereinbarung, damit wir das schon mal geregelt haben.« Er war wirklich heiß auf das Geschäft.

»Einverstanden.«

Er beugte sich zu Beate runter und küßte sie auf die Wange. »Gute Nacht.«

»Bis morgen.«

Dann schüttelte er mir kräftig die Hand und folgte Fiedler zum Ausgang.

Ich steckte meine Kippen ein. »Trinken wir noch ein Glas?«

Sie hob kurz die Schultern. »Aber nicht hier.«

»Kommen Sie.« Ich reichte ihr ihre Handtasche und hielt ihr die Tür auf, als wir das Restaurant verließen. Sie stand auf so was, das sah man gleich, und ich bin durchaus in der Lage, diese kleinen Rituale auszuführen, wenn ich mir ein bißchen Mühe gebe. Wir schlenderten über die nächtliche Heinrich-Heine-Allee. Es war noch ziemlich viel Verkehr, und als ich den Kopf in den Nacken legte, stellte ich fest, daß die Sterne von einem Dunstschleier verborgen waren.

»Wohin möchten Sie?«

»Nicht in die Altstadt. Nicht mein Pflaster«, erklärte sie.

»Und ich dachte, da gäbe es für jeden Geschmack das Richtige.«

»Ich bin sehr wählerisch.«

»Ja, das glaub' ich aufs Wort.«

Sie lachte leise. Ein bißchen affektiert vielleicht. Sie war nicht entspannt.

Sie lotste mich in ein kleines Straßencafé auf der Kö, was nun ganz entschieden nicht mein Pflaster war, aber das spielte im Augenblick keine Rolle. Alles an diesem Abend kam mir ein bißchen unecht vor, nicht zuletzt ich selbst, also war's nur passend, wenn das Ambiente mir fremd war. Abgesehen davon wäre es fatal gewesen, wenn ich in der Altstadt irgendwem über den Weg gelaufen wär', der mich mit ›Hey, Mark!‹ begrüßte.

Ich rückte ihr den Stuhl zurecht, warf einen verstohlenen Blick auf den beinah üppigen, runden Hintern in ihrem engen Rock und mußte gestehen, daß mein Schicksal grausamer hätte sein können.

Sie bestellte einen Cappuccino und ich, weil es so was Ordinäres wie Kaffee hier nicht gab, einen Espresso.

Ich beschränkte mich auf drei Löffel Zucker. »Wer ist Fiedler?«

Sie senkte ein bißchen verschämt den Blick. »Mein Bodyguard.«

»Oh.« Ich bot ihr meine Zigaretten an und gab ihr Feuer. Diese kleinen Gentleman-Jobs hielten einen richtig in Atem.

Sie inhalierte tief. »Tja. Sehen Sie, mein Bruder ist

letzte Woche entführt worden. Mein Vater war sehr erschüttert und hat darauf bestanden, daß ich Vorsichtsmaßnahmen ergreife. Fiedler ist ein langjähriger Mitarbeiter meines Vaters, er vertraut ihm. Darum hab' ich ihn jetzt am Hals.«

»Ist Ihr Bruder wieder frei?«

»O ja. Nach einem Tag war er wieder da. Und seitdem geht er seiner Umwelt permanent mit seinen Storys auf den Wecker, was er alles durchgemacht hat.«

Ich biß die Zähne zusammen. Der kleine Drecksack sollte sich bloß nicht beklagen. Er war wirklich billig davongekommen.

»Mußte Ihr Vater ein hohes Lösegeld bezahlen?«

Sie schüttelte den Kopf. »Ich weiß es nicht genau. Er hat nichts darüber gesagt.«

Ich fragte mich, ob sie wirklich nicht Bescheid wußte. Das konnte ich mir irgendwie kaum vorstellen. »Und Sie haben nichts Besseres zu tun, als Ihren Bodyguard wegzuschicken und mit einem wildfremden Kerl einen Kaffee zu trinken?«

Ihre Lippen kräuselten sich verächtlich. »Mein Bodyguard geht mir auf die Nerven. Seine Hände sind ständig zur falschen Zeit am falschen Platz. Ich kann mir ganz gut selber helfen. Außerdem glaube ich, daß ich ein ziemlich guter Menschenkenner bin. Sie sind harmlos ... Was gibt's denn da zu lachen?«

»Nichts. Es klingt nicht sehr schmeichelhaft, wie Sie das sagen. Aber Sie haben natürlich recht.«

Sie stützte einen Ellenbogen auf den kleinen Tisch und das Kinn auf die Faust. So kam sie mir ein gutes Stück näher. »Verraten Sie mir, woher Sie Hasan Rashid kannten?«

»Wir saßen beide in einer Hotelbar in Macau und warteten auf einen Geschäftspartner, der nicht erschien. Wir kamen ins Gespräch und stellten fest, daß wir auf denselben Mann warteten. Und dann ... na ja, wie das manchmal so geht, wir taten uns kurzerhand zusammen, statt uns Konkurrenz zu machen, und suchten uns einen neuen Kunden. Das war vor ungefähr zwei Jahren. Seitdem haben wir das ab und zu wieder getan. Ich hab' gern Geschäfte mit ihm gemacht. Er war sympathisch, wenn auch nicht besonders zuverlässig.«

Sie seufzte leise. »Das sollte man auf seinen Grabstein meißeln.«

»Was ist mit ihm passiert? Wissen Sie's?«

»Nein. Wer kann schon sagen, wo er überall die Finger drin hatte. Vermutlich hat er irgendwen aufs Kreuz gelegt. Das tat er ja andauernd.«

»Stimmt. Sie auch?«

Sie lächelte. »Wenn ich in der Stimmung war ...«

So hatte ich es eigentlich nicht gemeint, aber es war immerhin eine erhellende Antwort. Ich erwiderte ihr Lächeln und mußte mir ins Gedächtnis rufen, daß sie nicht das nette Mädchen war, das sie zu sein schien. »Noch ein Cappuccino? Oder was anderes?«

Sie schüttelte den Kopf. »Danke.«

»Dann bring' ich Sie nach Hause.«

»Okay.«

Mein Geldbündel kam doch noch zum Einsatz. Sie zeigte keine Regung, vermutlich war sie den Anblick gewöhnt, und der Kellner verzog ebenfalls keine Miene. Er hatte reichlich Wechselgeld. Bei dieser Adresse passierte es wahrscheinlich alle naselang, daß einer zwei Kaffee mit einem Fünfhunderter bezahlt und sagt, stimmt so.

Der Wagen versetzte sie in Euphorie. »Oh, Wahnsinn. So was wollte ich auch immer mal haben.«

»Warum kaufen Sie sich keinen?«

»Ach, ich weiß nicht. Vermutlich brauch' ich jemanden, der mir gut zuredet.«

»Das kann ich irgendwie kaum glauben ...«

Sie lächelte und biß sich auf die Unterlippe.

Ich hielt ihr den Schlüssel hin. »Wollen Sie?«

»*Was?*«

»Na los. Sie haben doch fast nichts getrunken.«

Ihre Augen leuchteten auf, und sie schnappte mir den Schlüssel aus der Hand, als befürchte sie, ich könne meine Meinung noch ändern. Sie schloß die Tür auf, streifte die Schuhe ab und warf sie hinter den Sitz. Dann stieg sie ein. »Los, kommen Sie.«

Der Innenraum roch nach Leder und nach neuem Auto. Der Wagen war gerade mal eingefahren. Ich zog die Tür zu und schnallte mich an.

Sie steckte den Schlüssel ins Zündschloß und startete den Motor, lauschte einen Moment mit geneigtem Kopf. »Man hört ihn kaum.«

»Hm.«

Sie warf mir einen kurzen Seitenblick zu. »Ob ich wohl ein Stückchen Autobahn fahren kann?«

»Klar.«

Der Versuchung hatte ich ja selbst auch nicht widerstehen können.

Sie fuhr sicher und ohne übertriebene Vorsicht. Bis wir aus der Innenstadt kamen, keinmal schneller als sechzig, obwohl kaum Verkehr war. Auf dem vierspurigen Zubringer Richtung Rath wurde sie rasanter. Und auf der Autobahn ging dann die Post ab.

Sie trat das Pedal durch, so daß ich sanft in den Sitz gepreßt wurde. Bei knapp zweihundert nahm sie den

Fuß vom Gas, ließ sich auf hundertzwanzig zurückfallen und zog ihn dann ganz langsam und genüßlich wieder hoch. Ihre Hände lagen locker auf dem kleinen Lenkrad, ihr Blick war unverwandt auf die Straße gerichtet.

Ich beobachtete sie aus dem Augenwinkel, ein bißchen unentschlossen, ob ich die Signale richtig deutete, oder ob meine unfreiwillige Abstinenz der letzten Wochen meine Wahrnehmung trübte. Vermutlich blieb mir nichts anderes übrig, als es auszuprobieren.

Irgendwo hinter dem Breitscheider Kreuz legte ich meine Hand auf ihr Bein. Ihr Mundwinkel zuckte, aber sie sagte nichts.

Ich schob die Hand unter ihren Rock. Er war so eng, daß ich kaum vorwärts kam. Trotzdem öffneten sich ihre Schenkel ein paar Millimeter, so daß ich dazwischen konnte. Ich hatte mich absolut nicht getäuscht. Der Geschwindigkeitsrausch hatte sie in mehr als nur einer Hinsicht in Fahrt gebracht, und sie tat etwas total Irrsinniges. Sie schloß die Augen.

»Hey, bist du verrückt ...«

»Mach weiter.«

Sie driftete nach rechts. Bei knapp zweihundertfünfzig ist der Weg zur Leitplanke schweißtreibend kurz. Ich griff mit der freien Rechten ins Lenkrad. »Mach die Augen auf, sei so gut.«

Sie tat mir den Gefallen, warf mir einen sekundenschnellen Koboldblick zu und sah wieder auf die Straße. Dann ließ sie sich ein bißchen tiefer in den Sitz gleiten, wobei sich ihr Rock weiter hochschob. Jetzt hatten wir Platz, sie spreizte die Beine, und meine Hand glitt unter ihren Slip. Sie fuhr sich mit der Zunge über die Lippen und stöhnte. Darauf verstand sie sich wirklich. Sie gab noch ein bißchen mehr Gas, zweihundertfünfzig gehörte der Vergangenheit an. Mir kam der Gedanke, daß ich unter Umständen im Begriff war, uns umzubringen, aber das hier war irgendwie nicht der richtige Zeitpunkt, um aufzuhören. Sie schaffte es, gleichzeitig Gas zu geben, zu lenken und sich in ihrem Sitz zu winden, sie war absolut souverän, und sie machte mich unglaublich scharf.

Die Götter schickten mir ein Parkplatzschild. »Halt an.«

»Was ...«

»Herrgott noch mal, halt an!«

Sie nahm den Fuß vom Gas und mußte hart bremsen, aber wir erwischten die Ausfahrt. Zum Glück war's einer von diesen kleinen Rastplätzen ohne Tankstelle, absolut finster. Wir kämpften mit den Gurten, stolperten aus dem Wagen auf ein mickriges Stück Wiese mit einem Campingtisch zu, und ich zerrte mit den Zähnen an ihrer Bluse und mit den Händen an ihrem Rock. Sie lachte, und sie sagte die unglaublichsten Sachen zu mir, ließ sich auf der Tischkante nieder, zog mich zwischen ihre Schenkel, und als ich ihren Seidenslip zerfetzte, verweigerte sie sich. Sie entwand sich meinen Händen, ließ mich betteln, ließ mich fluchen, schließlich lief sie weg, komm, hol dir, was du willst. Und dann ließ sie sich fangen. Sie war ein göttliches Luder. Wir trieben es ziemlich wild, ein Akt ohne Zärtlichkeit. Aber sie schien es nicht zu vermissen, und mir war das natürlich nur recht. Es war ja heikel genug, wie es war.

Trotzdem fragte sie mich, ob ich mit raufkommen wollte, als wir schließlich vor ihrem Haus unweit des Worringer Platzes standen.

»Daraus schließe ich, du bist nicht verheiratet.«

Sie schüttelte den Kopf. »Glücklich geschieden. Du?«

»Ja, auch.« Selbst wenn ich diesen dämlichen Ausdruck zum Kotzen fand.

»Also, was ist?«

Was blieb mir schon übrig. Das kam eben davon, wenn man sich auf solche Mata-Hari-Geschichten einließ. »Gern.«

Sie bewohnte das Penthouse, eine Flucht großzügiger Räume auf zwei Ebenen mit üppigen Fensterfronten. Es war sagenhaft. Sie führte mich durch eine geräumige, beinah klinisch blanke Küche ins Wohnzimmer, zwei Stufen runter zu einem kleinen Glastisch mit weichen, italienischen, sündhaft teuren Ledersofas. Sie legte irgendwas Klassisches auf, süßliche, irgendwie klebrige Klänge, die mir nicht besonders zusagten und überhaupt nicht zu ihr zu passen schienen.

Sie erhaschte einen Blick auf ihre zerwühlte Frisur in einem großen, antiken Spiegel mit verschnörkeltem Goldrahmen an der Wand. »Gott ...« Sie lachte verlegen, zog ein paar Nadeln aus den Haaren und fuhr mit beiden Händen hindurch. Sie fielen ihr glatt bis auf die Schultern. »Möchtest du was trinken oder duschen oder schlafen?«

»Erst duschen, dann trinken, dann fahr' ich nach Hause.«

Sie nickte, das schien ihr durchaus recht zu sein. Ich ließ ihr den Vortritt unter der Dusche, und während das Wasser rauschte, warf ich einen kurzen Blick in ihr Arbeitszimmer und den Aktenkoffer, der dort stand. Er enthielt ein paar Schreiben mit dem Briefkopf einer Firma Worldic Trans, Agentur Düsseldorf, Worringer Straße. Sie war offenbar die Geschäftsführerin. Jedenfalls hatte sie die Briefe unterschrieben. Sie waren nicht besonders spannend, es ging um Termine, Häfen, Zollbehörden, Bruttoregistertonnen und anderen Krempel, der mit Seetransporten zu tun hatte. Worldic Trans. Ich war absolut sicher, ich hatte den Namen schon mal gehört. Aber natürlich fiel mir nicht ein, wo. Und heute würde ich auch nicht mehr drauf kommen. Ich war müde und leer und auf diffuse Weise deprimiert. Ich wollte nach Hause.

Ich schlich aus dem Arbeitszimmer und steckte den Kopf durch die Tür zum Bad. Es war ungefähr so groß wie mein Wohnzimmer und voller Dampf. Die Dusche rauschte nicht mehr.

»Ich dachte, ich könnte dir vielleicht den Rücken abtrocknen.«

Sie lachte leise. »Dann komm her.«

Ich entdeckte sie hinter einem gewaltigen Blumenkübel mit Schlingpflanzen und einer Palme. Es war das erste Mal, daß ich sie bei Licht sah, aber da war nichts, was mich überraschte, nichts, was ich nicht schon ertastet hatte. Ich stellte mich hinter sie, nahm ihr das Handtuch ab, wickelte sie darin ein und rubbelte ihr den Rücken ab. Sie zog die Schultern hoch und seufzte genüßlich. »Das ist eines der wenigen Dinge, für die sich ein Partner echt lohnt. Soll ich dich allein lassen?«

»Sei so gut.«

Ich trödelte nicht, machte das Wasser langsam immer kälter, um mich selber anzutreiben, und nach kaum fünf Minuten war ich wieder im Wohnzimmer. Ich erwischte sie prompt mit meinem Aktenkoffer. Es war fast zum Lachen. »Hey. Was fällt dir ein?«

Sie wandte den Kopf, war nicht erschrocken. »Schon fertig?«

»Laß die Finger von meinen Unterlagen, ja. Die Originale sind sowieso nicht dabei.«

»Leider nicht. Aber ich mußte es wenigstens versuchen, die Gelegenheit war zu günstig.« Sie reichte mir ein Kristallglas. »Bourbon war doch richtig, oder.«

»Goldrichtig. Sei nicht so gierig. Bei diesem Geschäft ist für uns alle genug zu holen.«

»Darauf trink' ich.«

Wir leerten unsere Gläser in Ruhe, ohne noch viel zu reden, sie hockte neben mir auf dem Sofa, legte den Kopf an meine Schulter und schlief schließlich einfach ein. Ich stand vorsichtig auf und ließ sie aufs Sofa gleiten. Sie wachte nicht auf. Sie sah wirklich süß aus im Schlaf, der leicht zynische Ausdruck war von ihrem Gesicht verschwunden. Ich wandte mich schleunigst ab, suchte Zettel und Stift und schrieb ihr meine Handynummer auf. Sonst nichts. Ich war zu erledigt, um noch weiterzulügen.

12. Kapitel

Etwas Kaltes, Nasses landete in meinem Gesicht, und ich fuhr fluchend aus dem Schlaf auf.

Anna stand neben meinem Bett, ein tropfnasses Handtuch in der Linken.

»'tschuldige. Alles andere hat nichts genützt.« Sie bemühte sich ohne großen Erfolg, ein schadenfrohes Grinsen niederzukämpfen.

Ich ließ mich wieder zurückfallen und legte einen Arm über die Augen. »Ich hoffe, du hast einen verdammt guten Grund für diese Schandtat.«

»Ja. Ilona ist da.«

Ich stöhnte und zog mir das Laken über den Kopf. »Wie spät ist es?«

»Keine Ahnung. Elf oder so. Sag mal, kommst du jetzt?«

Ich knurrte.

»Ich könnte dir sonst auch Eiswürfel zwischen die Zehen stecken. Deine Füße gucken raus.«

Ich wackelte mit den Zehen. »Überleg dir gut, was du tust.«

Sie kicherte.

»Sag ihr, ich komm' gleich. Und irgendwer soll ein Herz zeigen und Kaffee kochen.«

»Okay.« Ich hörte ihren hüpfenden Schritt und wähnte mich in Sicherheit, aber sie schlich sich von der anderen Seite noch mal an und wrang das Handtuch über mir aus, so daß sich ein kühler Sturzbach auf das Laken über meinem Hals und der Brust ergoß. Ich streckte blitzartig die Hand aus, aber erwischte sie nicht.

Sie sprang quiekend zurück. »Du hast zehn Minuten. Sonst ...«

»Ja, ja. Eiswürfel. Schieb ab. Ich komm' schon.«

Ich blieb liegen, bis ich sie auf der Treppe hörte, aber dann sah ich zu, daß ich aus den Federn kam. Nicht so sehr wegen ihrer fürchterlichen Drohung, auch nicht, weil ich es nicht erwarten konnte, mich meiner Exfrau ans Messer zu liefern, sondern weil ich überhaupt keine Zeit hatte, den halben Tag im Bett rumzuliegen. Ich hatte mir für heute ziemlich viel vorgenommen, und elf war schon das Äußerste, was ich mir leisten konnte.

Keine Viertelstunde später kam ich in die Küche runter. Sie saßen draußen und frühstückten. Anna sah mit verschränkten Armen und engelsgleicher Unschuldsmiene zu, wie ihre Mutter ihr ein Brötchen schmierte, dabei konnte sie das sehr gut selbst. Daniel hockte ein Stück abseits mit angezogenen Beinen auf der Hollywoodschaukel, balancierte einen Kaffeebecher auf dem linken Knie und übte sich in der Kunst, die Welt mit Blicken in Stein zu verwandeln. Grafiti lag neben ihm und träumte einen seiner glückseligen Jägerträume, seine Ohren zuckten dann und wann.

Ich setzte meine Sonnenbrille auf und trat nach draußen. Die Hitze traf mich wie ein Vorschlaghammer. »Morgen. Wo ist Tom?«

»Wolfgang hat ihn vorhin abgeholt«, sagte Anna. »Weißt du noch, der Typ mit dem Seeräuberbart. In ein paar Stunden zurück, hat Tom gesagt.«

»Okay.« Ich schenkte mir einen Kaffee ein und setzte mich Ilona gegenüber, mit dem Rücken zur Sonne.

»Was tut dieser Typ eigentlich hier?« erkundigte sich Ilona, und als sie feststellte, daß offenbar alle der Meinung waren, daß sie das einen Scheißdreck anging, fragte sie. »Warum hast du mich nicht zurückgerufen, Mark?«

»Tut mir leid, ich hatte wirklich viel um die Ohren.«

»Du glaubst immer noch, daß man Konflikte am besten löst, indem man sich weigert, sie zur Kenntnis zu nehmen, was?«

»Wenn du streiten willst, warte wenigstens, bis ich den ersten Kaffee getrunken hab'.« Ich beäugte die Brötchen, die sie vermutlich mitgebracht hatte, und wählte das dunkelste aus. Es versprühte einen feinen Krümelregen und knusperte verheißungsvoll, als ich es aufschnitt. »Reichst du mir mal die Marmelade rüber?«

Sie legte statt dessen das Messer beiseite und lehnte sich zurück. »Ich dachte, vielleicht kommen wir am ehesten weiter, wenn wir alle vier mal in Ruhe über die Sache reden.«

»O Scheiße. Wir machen einen auf Familie«, raunte Daniel Grafiti zu.

»Könnte ich vielleicht die Marmelade ...«

»Daniel, kannst du nicht zumindest versuchen, fair zu sein? Können wir nicht wenigstens darüber reden?«

»Schon wieder? Wozu? Du kennst meine Meinung. Ich werd' sie nicht ändern, ganz gleich, was du sagst.«

»Okay. Alles klar. Aber kannst du mir mal erklären, warum?«

»Ach, das hab' ich irgendwie schon ein paarmal versucht, du kapierst es einfach nicht.«

Anna angelte das Marmeladenglas vom Tisch und reichte es mir rüber. »Hier.«

»Danke.«

»Du sagst, du hast keinen Bock hinzufahren, dabei gibst du zu, daß du überhaupt keine Ahnung hast, wie es dort ist. Ich geb' dir einen Reiseführer, du wirfst keinen Blick rein. Das ist ... borniert.«

»Du willst, daß ich mir die Haare abschneide, nur weil dir nicht gefällt, wofür lange Haare deinem überholten Kenntnisstand nach stehen. Ich finde, *das* ist borniert.«

»Was bedeutet borniert?« fragte Anna mich leise.

»Stur.«

»Nein«, verbesserte Ilona wütend. »Borniertheit ist durch Unwissenheit und geistige Armut bedingte Engstirnigkeit.«

Ich nickte Anna zu. »Glaub deiner Mutter, sie kennt sich mit Borniertheit besser aus als ich.«

Anna, die gefühlsmäßig den größten Abstand zu der ganzen Misere hatte, machte einen Kompromißvorschlag. »Warum fahren wir nicht in den Herbstferien?«

Ilona sah sie verdutzt an. »Was würde das für einen Unterschied machen?«

»Was schon? In den Herbstferien ist kein Eishockeykurs.«

»Das war wirklich der Grund, warum du nicht wolltest?«

Anna biß in ihr Brötchen, dachte einen Augenblick nach und nickte dann. »Klar.«

»Und im Herbst ... hättest du Lust, mit uns zu fahren?«

Anna hob kurz die Schultern. »Na ja. Nicht besonders.«

Ich fand diese Art von schonungsloser Kinderehrlichkeit auch manchmal schwer wegzustecken, aber Ilona mißverstand sie als Heimtücke. »Ja, Anna, das ist wirklich klasse.«

Anna sah mich an, als wolle sie fragen, was will sie denn von mir?

Daniel stand auf, stellte seinen Becher ab und blieb mit verschränkten Armen vor Ilona stehen. »Anna und ich haben da unterschiedliche Standpunkte. Ich will dich überhaupt nicht auflaufen lassen, aber ich hab' andererseits ehrlich keinen Bock, deinem Ego meine Ferien zu opfern. Ich hab' auch nicht das Gefühl, daß du das im umgekehrten Fall für mich tun würdest. Also. Ich würde mit dir fahren, in die Karibik oder ins Sauerland, das ist mir scheißegal, jetzt oder ein andermal. Aber ich werde weder jetzt noch irgendwann mit deinem beknackten Freund zusammen irgendwohin fahren.« Er atmete tief durch, als erleichtere es ihn um einige Tonnen, das endlich mal losgeworden zu sein. »Klar?«

Sie sah ihm ein paar Sekunden in die Augen. Dann stand sie auf, ohne Eile und ohne ein Wort, schnappte sich ihre Tasche von der Stuhllehne und ging ins Haus. Ich verspürte einen fast instinktiven Impuls, ihr zu folgen, es ihr zu erklären, es abzuschwächen, was auch immer. Aber ich hielt mich zurück. Es hätte bedeutet, eine volle Breitseite auf mich zu nehmen. Und warum in aller Welt sollte ich das tun? Ich hatte es schließlich schwarz auf weiß, mit richterlichem Siegel und Rechtskraftattest: Die Ehe der Parteien wird geschieden, die Kosten werden gegeneinander aufgerechnet. Und das, fand ich, galt nicht nur für die Kosten, die sich in Mark und Pfennig beziffern ließen.

Das Haus erzitterte bis in die Grundmauern, als die Vordertür zuschlug.

»Na ja, aber die Brötchen sind wirklich toll«, sagte Anna.

Gegen Mittag kam Tom zurück. Pfeifend kam er in die Küche geschlendert, nahm sich eine Flasche Wasser und entdeckte mich erst, als er trinkend an der Anrichte lehnte. Er verschluckte sich um ein Haar.

»Hey, Mark.«

Ich saß mit Sarahs Laptop am Küchentisch und schwitzte Blut und Wasser. »Das wurde auch Zeit, Mann. Komm her und hilf mir. Ich schmeiß' das Ding gleich aus dem Fenster.«

Er kam zu mir rüber und setzte sich. »Was soll's denn werden?«

»Eine Provisionsvereinbarung. Sieben will, daß ich sie ihm heute faxe.«

»Also hat er angebissen?«

Ich nickte.

Tom verzog den Mund zu einem klitzekleinen, gefährlichen Lächeln. »Gut. Also ehrlich, ich hab' kein Auge zugetan, bis du nach Hause gekommen bist.«

»Tatsächlich?« Ich schob ihm den Laptop rüber.

»Hm. Muß nach drei gewesen sein.«

»Tja. Entweder mußt du deine Einstellung ändern, oder du wirst in nächster Zeit nicht mehr Schlaf kriegen als ich.«

Er nickte ergeben. »Wie ist es gelaufen?«

Ich erzählte ihm alles bis auf die etwas heißeren Episoden. Was er sich zusammenreimte, konnte ich nur raten.

»Und was jetzt?« fragte er schließlich.

»Jetzt schreiben wir diese Provisionsvereinbarung, und damit fahr' ich dann zu Sieben. Ich seh' nicht ein, für diesen Zirkus auch noch ein Fax zu kaufen. Außerdem will ich nicht, daß er diese Telefonnummer hier rauskriegt. Mal sehen, was er schon in Bewegung gebracht hat, er wollte sofort damit anfangen, Müll anzuwerben. Weißt du, wie so eine Vereinbarung aussieht?«

Er nickte. »Das ist nicht weiter schwierig.« Er fing an, in die Tasten zu hauen. »Wolfgang und zwei andere Leute haben während der letzten achtundvierzig Stunden die Spedition Plückebaum observiert«, erzählte er beiläufig. »Plückebaum hat weder geeignete Fahrzeuge noch eine Genehmigung zum Gefahrenguttransport, aber innerhalb der letzten zwei Tage sind zweimal Wagen von ihm zu Sieben gefahren. Wolfgang hat alles auf Fotos festgehalten. Sie haben beide Male Big Bags geladen. Man darf spekulieren, was drin ist. Einer der Lkw ist anscheinend Richtung Polen unterwegs. Wir haben Greenpeace alarmiert. Der Lkw wird verfolgt. Aber es wird weiter nichts unternommen, bis du die Sache mit Sieben abgeschlossen hast. Derzeit beobachten sie nur und wollen eben sehen, wo die Ladung hingebracht wird.«

»Wenn das mal gutgeht ...«

»Was meinst du?«

»Na ja. Mir ist nie wohl dabei, wenn zu viele Leute an einer Sache dran sind.«

»Sei unbesorgt. Wir machen so was nicht zum ersten Mal.«

Ich nickte und nahm mir eine Zigarette. »Okay.«

Er schloß den kleinen Tintenstrahldrucker an, ließ die Provisionsvereinbarung zweimal ausdrucken und schob mir die Blätter rüber. »Sieh zu, daß du später bezeugen kannst, daß Sieben das Ding persönlich unterschrieben hat.«

»Ja. Da fällt mir ein ... Was ist Worldic Trans?«

»Eine Reederei. Ihnen gehörte das Lagerhaus, das abgebrannt ist.«

»Natürlich.«

»Wieso?«

»Tja, Junge, das wirst du nicht glauben. Plückebaums Tochter leitet die Agentur von Worldic Trans hier in Düsseldorf. Und sie kannte Hasan Rashid ziemlich gut.«

Er pfiff leise vor sich hin. Dann legte er die Hände um die Wasserflasche, beugte sich leicht vor, und sein Gesicht war mit einemmal verdächtig ernst. »Da fällt mir ein, ich war im Krankenhaus.«

Ich stand auf. »Ich muß los …«

Er ließ sich nicht abhalten. »Charlotte hat mir trotz all meiner suggestiven Überredungsbemühungen nicht angeboten, für ein paar Tage zu ihr zu ziehen.«

»Ich hab' dir gesagt, es hat keinerlei Eile, daß du hier ausziehst.«

»Danke, Mark. Ich weiß das zu schätzen, ehrlich. Aber deswegen fang' ich nicht davon an. Ich hab' mit Sarah gesprochen. Es … ging ihr nicht gerade besonders.«

»Was heißt das? Irgendwelche Komplikationen?«

Er schüttelte den Kopf. »Weiß nicht. Charlotte sagt, nein, aber ich bin nicht sicher, ob das die Wahrheit war. Na ja, du kannst dir vermutlich denken, wer jede freie Sekunde an Sarahs Krankenbett verbringt, oder?«

»Was soll die Scheiße, he? Worauf willst du hinaus?«

»Ich wollte nur, daß du weißt, wie's aussieht.«

»Toll. Ehrlich.« Ich faltete die beiden Blätter zusammen und sah zu, daß ich aus der Küche kam.

Bei RECON war richtig was los. Vor der großen Halle auf dem Innenhof standen zwei olivgrüne Lkw. Sie hatten keine Bundeswehrkennzeichen, aber irgendwie fand ich, sie wirkten militärisch. Mehrere Figuren mit Atemschutzmasken und dicken Handschuhen luden große Blechfässer ab. Irgendwas war wohl furchtbar schiefgelaufen mit diesen Fässern, sie waren von außen mit einer grünlichen Kruste überzogen. Das Zeug sah aus wie die Suppe, die Batterien früher ausschwitzten.

Ich starrte ein paar Minuten gebannt rüber, dann parkte ich meine feuerrote Flunder vor der kleinen Bude, wo ich das Büro vermutete, und stieg aus. Es war ein Flachbau aus Fertigteilen, ziemlich schäbig, wie alles hier. Ich dachte daran, was Sieben über seine Firma und die Ameisenburg gesagt hatte. Wenn das stimmte, war seine Tarnung wirklich perfekt. Alles hier wirkte verlottert, ein bißchen runtergekommen, so als wär' der Gerichtsvollzieher letzte Woche schon mal dagewesen.

Ich schälte mich aus dem Wagen, und Sieben winkte mir durchs Fenster zu. Er telefonierte. Ich wedelte mit meinem Aktendeckel, und er wies mit seinem fleischigen Daumen nach rechts. Da war die Tür.

Seine Sekretärin war mit ihrem Schreibtischstuhl einen halben Meter zurückgerollt, hatte einen Fuß auf die Tischkante gestützt und lackierte die Nägel in einem tiefen Indigo.

»Ja bitte?« Sie sah nicht auf.

»Schöne Farbe.«

Ihr Kopf ruckte hoch, sie begutachtete mich und lächelte dann flüchtig. »Warten Sie's ab, es kommen noch Sternchen aus Silberglitter drauf.«

»Ich hoffe, ich werd' lang genug hiersein, um das zu erleben.«

»Haben Sie einen Termin?«

»Herr Sieben erwartet mich, mein Name ist Schumann. Ich hab' hier ein paar Unterlagen, die er unterschreiben muß.«

Sie nickte, betrachtete kritisch ihre Zehen, wechselte die Position und machte sich dann an den anderen Fuß. »Provisionsvereinbarung, ich weiß. Seit heute morgen um acht fragt er alle fünf Minuten, ob Ihr Fax noch nicht da ist. Er brennt darauf.« Sie hielt kurz mit dem Pinselchen auf halbem Weg zwischen Nagellack und Zeh inne. »Und wahrscheinlich sollte ich Ihnen das nicht sagen.«

Sie war ziemlich hübsch, eine sympathische Frau, ich fand's irgendwie schade, daß sie hier arbeitete. Ich trat ein paar Schritte auf sie zu, damit es nicht so furchtbar auffiel, daß ich unter ihren Rock linste. »Spielt keine Rolle, wir sind uns schon einig geworden.«

Sie schien auch das zu wissen, offenbar war sie über die Sachen auf dem laufenden, die hier so abgingen. »Ich kannte mal einen Typen, der hieß auch Paul Schumann«, vertraute sie mir an. »Aber der ist tot. Autounfall. War wirklich ein netter Kerl.«

Ich versuchte zu schlucken, aber ich schluckte nur Luft. Was für ein beschissener Zufall. »Na ja. Nicht gerade ein seltener Name.«

»Nein.« Sie warf einen kurzen Blick auf das Display ihres Telefons. »Er hat aufgehört. Gehen Sie nur rein.«

Ich ging mit wackligen Knien auf die Tür zum Nebenraum zu. Irgendwie hatte ich geahnt, das die Sache mit dem Namen sich rächen würde. Ich hatte versucht, mich dagegen zu wappnen, daß mich irgendwer irgendwann mit Paul ansprach. Aber wie hätte ich damit rechnen können, einer Frau über den Weg zu laufen, die ihn gekannt hatte? Nicht, daß es mein Risiko irgendwie erhöhte, aber es machte dieses ganze, verfluchte Trauma so gegenwärtig, daß es drohte, mich komplett zu lähmen.

Und das konnte ich jetzt wirklich nicht gebrauchen, zusätzlich zu allem anderen.

Ich riß mich zusammen und ging in sein Büro. »Tut mir leid, daß ich hier so einfach reinplatze …«

Er lächelte sein schmieriges Müllschieberlächeln. »Macht nichts, macht nichts. Kommen Sie rein.«

»Ich hatte die Hoffnung, Sie könnten mir schon irgendwas zeigen.«

»Sie sind immer noch mißtrauisch, ja?« Er war nicht sauer. Jedenfalls sah er nicht so aus.

»Sagen wir, vorsichtig.«

Er bot mir einen Kunstledersessel ihm gegenüber an. »Na ja, ich kann nicht hexen, solche Sachen dauern für gewöhnlich ein paar Tage. Andererseits mußte ich in den letzten Wochen ein paar Kunden vertrösten, durch Rashids ... Ausfall waren meine Möglichkeiten vorübergehend eingeschränkt. Ein paar von diesen Kunden hab' ich heute morgen angerufen, und wie der Zufall es will, hab' ich wirklich schon einen Entsorgungsauftrag über zweihunderttausend Tonnen Chemieklärschlämme. Die bekommen wir, wenn wir sie schnell abnehmen können.«

»Wie schnell?«

»Anfangen müßten wir spätestens nächste Woche.«

Ich sah ihn abwartend an, und nach einem kurzen Zögern reichte er mir ein zweiseitiges Fax. Der Briefkopf erschütterte mich ziemlich, denn das Firmenlogo war einem aus jedem Apothekenschaufenster vertraut, einer der ganz großen Chemiekonzerne eben. Wahrscheinlich war's blöd zu glauben, die Großen entsorgen ordnungsgemäß, nur weil sie's sich leisten könnten. Ich überflog den Auftrag. Zweihunderttausend Tonnen Rückstände aus diversen chemischen Filter- und Kläranlagen, fünfzehnhundert Mark die Tonne, die Abnahme mußte innerhalb von drei Wochen über die Bühne sein.

Ich gab ihm das glitschige Thermopapier zurück. »Sie haben gute Kontakte, was.«

Er lehnte sich zufrieden zurück. »Ich bin froh, daß ich Ihre Zweifel zerstreuen konnte.«

»Und klappt das? Können Sie so schnell abnehmen?«

»Wenn wir sofort anfangen können, nach Kamerun zu verschiffen, ja.«

»Das ist kein Problem, die Jungs da stehen in den Startlöchern. Warum eilt die Sache so?« Ich tippte auf das Fax.

Er hob kurz die Hände. »Vermutlich platzt ihr Zwischenlager aus den Nähten, oder das Umweltministerium beanstandet Sicherheitsmängel bei der Lagerung. Die armen Schweine können einem richtig leid tun mit einer grünen Zicke von Umweltministerin im Nacken.«

Es fiel mir nicht schwer, hämisch zu grinsen, weil ich nämlich ziemlich sicher war, daß ich ihn jetzt bei den Eiern hatte, und es würde gar nicht mehr lange dauern, bis er selbst der grünen Zicke anheimfiel.

»Und wo wollen Sie das Zeug zwischenlagern, wenn Sie es abnehmen?«

Er winkte ab. »Einen kleinen Teil vielleicht hier, oder ich verteile es in der näheren Umgebung. Ich hab' da die ein oder andere abgelegene Halle, für die sich kein Mensch interessiert. Hunderttausend Tonnen werd' ich der Reederei aufs Auge drücken, die sollen sie in Rotterdam einlagern.«

Er hatte eine konkrete Antwort absichtlich umgangen, und ich fragte lieber nicht, welche Reederei das sein würde. Es war zu riskant, ihn mißtrauisch zu stimmen, außerdem konnt' ich's mir ja denken.

Ich zog meine Provisionsvereinbarung aus dem Aktendeckel. »Wenn Sie fünfzehnhundert pro Tonne kriegen, sind dreihundert für mich eigentlich viel zu wenig.«

»Ich wußte, ich hätt's Ihnen nicht zeigen sollen ...«

Ich winkte großspurig ab. »Lassen wir's für dieses Mal dabei. Freundschaftspreis zum Einstieg.«

Mit einem seligen Lächeln unterschrieb er sein Todesurteil.

Es war später Nachmittag, als ich nach Düsseldorf zurückkam. Ich fuhr zur Worringer Straße, um einen Blick auf das Büro von Worldic Trans zu werfen, und da erlebte ich eine ziemliche Überraschung. Es war noch nicht so lange her, daß ich in diesem Haus gewesen war. Nur hatte ich beim letzten Mal nicht so richtig zur Kenntnis genommen, daß es ein Eckhaus war. Ein Eckhaus mit zwei Eingängen. Durch den Eingang Worringer Straße gelangte man zur Agentur der Reederei Worldic Trans. Durch den Eingang Am Wehrhahn erreichte man eine chemische Reinigung im Erdgeschoß und darüber die Detektei Müller und das Büro des unlängst verstorbenen Hasan Rashid.

Langsam schlenderte ich die Straße entlang, und als ich an ein paar kleinen Tischen und Stühlchen vorbeikam, ließ ich mich im Schatten nieder, um ein Ründchen zu denken.

»Was darf's sein?« fragte ein schlechtgelaunter Kellner.

»Ein Pils.«

»Gibt's hier nicht.«

Ich sah irritiert auf und erkannte, daß ich in einem Eiscafé gelandet war. Na ja, warum nicht. »Dann ein Erdbeerbecher.«

Er stierte mich einen Moment an, drehte dann ab und brachte mir schließlich einen regelrechten Eisberg mit ein paar halbvergammelten Erdbeeren, verlangte sage und schreibe neun Mark für diese Zumutung und machte keinerlei Anstalten, mir meine Mark Wechselgeld zu bringen.

Ich löffelte ergeben. Also. Hasan Rashid hatte seine Altlacke in einem Lagerhaus der Reederei Worldic Trans untergebracht. Hasan Rashids Büro und das Büro von Worldic Trans lagen im selben Haus. Beate Granderath, Vertreterin der Worldic Trans in Düsseldorf, hatte nach eigenen Angaben gelegentlich mit Hasan Rashid gevögelt. Außerdem war sie Inhaberin der RECON und Plückebaums Tochter. Rashid hatte Geschäfte mit der RECON gemacht, ebenso mit Plückebaum. Es war das reinste Karussell, immer wieder kam man von einem Namen zum anderen, sie waren auf diversen Ebenen miteinander verknüpft. Und wohin brachte mich das?

»Schmeckt's?« fragte der Kellner desinteressiert im Vorbeigehen.

»Eindeutig das miserabelste Eis dieser Saison.«

Er hob gleichmütig die Schultern. »Wenigstens schön kalt.«

»Ich warte noch auf mein Wechselgeld.«

Er rauschte wieder ab.

Es brachte mich auf jeden Fall zu der Überzeugung, daß Beate Granderath mich mindestens einmal belogen hatte gestern abend. Sie mußte wissen, wer Rashid erschossen hatte und warum. Es mußte irgendwie mit ihren Geschäften zusammenhängen. Keinen anderen Grund konnte es geben, warum Sarahs Entführer in ihre Wohnung gegangen und ihre Unterlagen über Rashids Versicherung weggeschafft hatte. Das war der eindeutige Beweis dafür, daß eine Verbindung bestand. Ich zückte mein Handy. Wirklich, ich konnt's nicht leugnen, das Ding war irgendwie praktisch.

»Nicht hier«, schnauzte der Kellner. »Telefonieren können Sie anderswo.«

»Ich gehe, sobald ich mein Wechselgeld kriege.«

»Haben Sie doch längst.«

Ich steckte mein Telefon weg. »Okay, ich geb's auf.«

Mit einem zufriedenen Grinsen ging er zum Nachbartisch. Ich stand auf, fischte die Sonnenbrille aus der Brusttasche, und mein Blick fiel auf den fast unberührten, inzwischen gut angeschmolzenen Eisberg. Ich nahm den Becher in die Linke, machte einen Schritt auf den Kellner zu, faßte ihn am Arm und drehte ihn zu mir um. Er glotzte mich verwundert an, und ehe er irgendwas tun konnte, packte ich ihn am Kragen und kippte ihm die Pampe ins Hemd.

Er schrie auf, als hätte ich ihm ein Messer zwischen die Rippen gerammt.

Ich tätschelte ihm die eingesaute Brust. »Wenigstens schön kalt.« Dann nahm ich ihm das Portemonnaie aus der Schürze, fischte eine Mark raus und drückte sie ihm in die erschlaffte Hand. »Stimmt so.«

Ich machte mich auf den Weg zurück zum Wagen und zog das Handy wieder aus der Tasche. Ehe ich es einschalten konnte, fing es an zu piepsen.

»Ja?«

Ein warmes Lachen. »Das war eine wunderbare Vorstellung.«

Ich blieb wie angenagelt stehen und konnte mich im letzten Moment bremsen, zu ihren Bürofenstern rüberzusehen. »Aber wo ...«

»Komm rauf. Bring mir ein Eis mit.«

Ich versuchte, ein entspanntes Lächeln in meine Stimme zu zaubern. »Und wo finde ich dich?«

»Du weißt genau, wo. Also, was ist? Kommst du jetzt, oder soll ich mich wieder anziehen?«

Oh, Schande … »Bloß nicht.«

Ich ging wieder auf ihre Straßenseite zurück, und als ich dem Gebäude so nahe war, daß sie mich nicht mehr sehen konnte, ohne sich aus dem Fenster zu lehnen, rief ich Ferwerda an.

»Malecki!« grüßte er aufgeräumt, als seine Sekretärin mich durchstellte. »Wie läuft es?«

»Na ja, ich glaub', ganz gut. Ich hab' nur ein paar Sekunden Zeit.«

»Was brauchen Sie?«

»Könnten Sie einen Ihrer eifrigen Nachwuchsschnüffler darauf ansetzen rauszukriegen, wem das Haus am Wehrhahn Ecke Worringer Straße gehört?«

»Welches? Ich nehme an, es gibt vier Eckhäuser.«

»Ich weiß die Nummer nicht. Hasan Rashids Adresse.«

»In Ordnung. Ich ruf' Sie an, sobald ich es weiß.«

»Besser, ich ruf' an.«

»Wie Sie wollen. Was ist mit dem Haus?«

»Das weiß ich, wenn ich den Namen des Eigentümers kenne.«

»Na schön. Geben Sie mir ein halbes Stündchen.«

Der Hauseingang an ihrer Seite des Gebäudes sah nach ein bißchen mehr aus als der mit der Reinigung. Hier war vor nicht allzu langer Zeit renoviert worden, ein eher teurer Naturstein lag im Flur und auf den Treppenstufen, gestylte Firmenschildchen waren neben die Sensortasten im Edelstahlaufzug geschraubt.

Worldic Trans lag im zweiten Stock. Ich klingelte an der einzigen Tür. Ein Summer ertönte, ein Klicken, ich ging rein. Es war ein ziemlich schickes Büro, Klimaanlage, flauschiger Teppich und jede Menge Hydrokulturen. Der Vorraum mit der kleinen Sitzgruppe war leer. Ich ging auf eine hölzerne Doppeltür zu und drückte die Klinke.

Sie saß auf ihrem Schreibtisch, hatte die Beine übereinandergeschlagen, wippte mit einem ihrer zierlichen Füße und war vollständig bekleidet.

»Wo ist mein Eis?«

»Aus dem Laden wollte ich dir nichts anbieten.«

Ich trat zu ihr, legte die Hände um ihre Taille und zog sie ein Stück näher. »Hm. Du riechst gut.«

Das tat sie wirklich. Und sie schmeckte auch gut. Es war nicht so furchtbar schwierig, mit ihr in Fahrt zu kommen, alles andere wäre gelogen. Und wenn ich mich beschissen dabei fühlte, dann spielte das vielleicht keine so große Rolle. Ich brauchte meine Phantasie nicht zu bemühen, sie sagte mir auf den Kopf zu, was sie wollte. Also riß ich ihr die Klamotten runter, und wir lieferten uns eine wüste Nummer auf ihrem Schreibtisch. Es war vermutlich ein Segen, daß ihr Büro klimatisiert war. Wir verausgabten uns ziemlich.

Nichtsdestotrotz schlug sie vor, zusammen zu duschen.

»Nein, geh nur. Ich lass' dir großmütig den Vortritt.«

Sie schüttelte mit einem kleinen Lächeln den Kopf. »Den Fehler mach' ich nicht noch mal. Du warst in meinem Arbeitszimmer.«

Ich war neugierig. »Woran hast du's gemerkt?«

»Die Briefkopien in meinem Aktenkoffer sind immer nach Datum sortiert. Du hast sie durcheinandergebracht.«

»O nein. Ich hab's geahnt, ich bin ein Dilettant in solchen Sachen ...«

Sie drückte ihre Zigarette aus und ließ mich nicht aus den Augen. »Wonach hast du denn gesucht?«

»Nach Entsorgungsaufträgen natürlich. Ich hätte nichts dagegen, das Geschäft ohne Partner zu machen, weißt du.«

»Und da sagst du, *ich* sei gierig. Abgesehen davon, wie hättest du denn den Transport organisiert?«

Ich hob kurz die Schultern. »Keine Ahnung. Ich hätte irgendeine Spedition damit beauftragt oder so.«

Sie lachte mich aus. »Da hättest du dein blaues Wunder erlebt.«

»Wieso?«

»Weil die Kosten deinen Gewinn aufgefressen hätten, schneller, als du gucken kannst. Die Speditionskosten, vor allem aber der Seetransport.«

»Und? Den müßt ihr auch bezahlen, oder.«

Sie stand auf und zog mich mit sich. »Los, komm duschen.«

»Und dann essen, was meinst du?«

Sie nickte eifrig. »Ganz bei mir in der Nähe hat ein sagenhafter Argentinier aufgemacht.«

Auch das noch. Ein Batzen halbrohes Fleisch und ein fader Salat. »Klingt wunderbar.«

Es wurde nicht so schlimm, wie ich befürchtet hatte, denn der Argentinier machte auch Tapas, und ich bekam Riesenchampignons in Tomaten-Knoblauchsauce, überbackene Auberginen, Tortillas und verschiedenes mehr.

»Du ißt kein Fleisch«, bemerkte sie schließlich ungläubig.

»Dann und wann. Aber ich glaub', es wird immer seltener.«

Sie schüttelte fassungslos den Kopf und streifte ihr blutiges Steak mit einem verliebten Blick. »Da würd' mir echt was fehlen.«

Ich hob leicht die Schultern und winkte dem Kellner, mir noch ein Pils und ihr noch ein Glas Wein zu bringen.

»Du bist ziemlich still heute abend«, sagte sie zwischen zwei Gabeln.

Ich riß mich zusammen. »Tut mir leid. Mir geht so allerhand durch den Kopf.«

»Ah ja? Was, zum Beispiel?«

Zum Beispiel, wie ich es anstellen sollte, diesen Abend zu beenden, ohne in ihrem Bett zu landen. Zum Beispiel, ob ich es riskieren konnte, in ihr Büro einzubrechen, um mich in Ruhe da umzusehen. Wenn ich es tat, mußte ich jedenfalls höllisch vorsichtig sein.

»Na ja, zum Beispiel frag' ich mich, ob ihr mich nicht über den Tisch zieht, Sieben und du.«

Sie legte das Besteck beiseite und runzelte die Stirn. »Wie kommst du darauf?«

Ich zündete mir eine Zigarette an und strich mir mit dem Daumen übers Kinn. »Es kam mir vom ersten Moment an verdächtig vor, daß du so bereitwillig zugestimmt hast, als ich gesagt hab', ich will dreihundert pro Tonne. Dann erfahre ich, daß du für eine Reederei arbeitest. Und ich frag' mich, ob du es nicht vielleicht irgendwie so drehst, daß ihr den Seetransport billiger bekommt, und damit würde euer Reibach dann wirklich astronomisch. Wenn es so ist, hab' ich mich mit viel zu wenig abspeisen lassen.«

Sie sah mir tief in die Augen. »Aber jetzt hast du die Provisionsvereinbarung unterschrieben, Schätzchen.«

»Dann müssen wir die eben nachbessern.«

Sie lachte leise. »Träum weiter.«

»Fühl dich nur nicht zu sicher. Ich kann die ganze Sache immer noch platzen lassen. Ohne meine Importlizenz und die Einfuhrbestätigungen steht ihr ganz schön auf dem Schlauch mit euren Müllbergen.«

Sie schob ihren Teller beiseite und stützte die Ellenbogen auf den Tisch. »So was solltest du nicht mal denken.«

Ich versuchte ein verächtliches Grinsen. »Weil sonst was passiert?«

»Geschäft ist Geschäft. Wir haben eine Vereinbarung getroffen. Wenn du deinen Teil nicht erfüllst, dann ... könnte das sehr unangenehme Folgen für dich haben.«

Ich lehnte mich auch ein bißchen vor. »Deine Drohungen kannst du dir in deinen zuckersüßen Arsch schieben.«

Sie verzog einen Mundwinkel, stand auf und schnappte sich ihre Tasche. Mit einem letzten, vernichtenden Blick stolzierte sie zum Ausgang.

Ich wartete, bis sie verschwunden war, bezahlte eilig und ging ihr nach. Ich erwischte sie kurz vor ihrer Haustür, packte sie nicht gerade sanft am Arm und riß sie herum.

»So läuft das nicht.«

Sie machte sich los. »Ach nein? Was erwartest du denn? Verdammt, was willst du eigentlich?«

»Ich will, daß du fair zu mir bist.«

»Ich *bin* fair zu dir. Wir haben uns auf Konditionen geeinigt. Faire Konditionen. Du bist derjenige, der sich rausmogeln will.«

Ich trat noch einen Schritt näher an sie heran. »Davon ist überhaupt keine Rede. Ich will nur wissen, was läuft. Ich lass' mich nicht zu eurem Hampelmann machen, verdammt.«

Ihre Augen waren unruhig. Weiß der Teufel, vielleicht machte ich ihr angst. Das wollte ich überhaupt nicht. Es war irgendwie zum Lachen, sie hatte Angst vor einem Typen, den es überhaupt nicht gab, vor einem Phantom.

Sie lehnte sich mit der Schulter an ihre Haustür. »Es besteht wirklich kein Grund, daß du mir so mißtraust, weißt du. Ich will dich nicht über den Tisch ziehen, ehrlich. Vielleicht bist du ein bißchen nervös, weil du neu in der Branche bist, aber dreihundert pro Tonne ist gut, glaub mir. Mehr, als die meisten Zwischenhändler kassieren.«

»Ich nehme an, mein Angebot ist auch besser als das der meisten anderen.«

Sie nickte. »Darum habe ich dreihundert zugestimmt. Es ist angemessen. Mehr ist nicht drin. Und mehr solltest du nicht verlangen. Harald Sieben … na ja, er ist ein netter Kerl, aber er … wie soll ich sagen, er kann ziemlich unangenehm werden, wenn er das Gefühl hat, es will ihn einer unter Druck setzen oder verschaukeln.«

»Ja, das glaub' ich aufs Wort. Darum möchte ich lieber denken, ich mach' das Geschäft mit dir, nicht mit ihm.«

»Das läuft auf dasselbe hinaus.«

»Okay. Du kannst beruhigt sein, ich werd' mich an die Provisionsvereinbarung halten. Aber ich will, daß du mir offen und ehrlich sagt, was Sieben für den Seetransport bezahlt. Damit ich weiß, was läuft. Damit ich mir nicht verscheißert vorkomme.«

Sie hob eine Hand und fuhr mir damit durch die Haare. Instinktiv bog ich den Kopf weg.

Sie nickte kurz und lächelte ein bißchen. »Er bezahlt keinen Pfennig dafür. Nicht einen.«

Ich starrte sie an. »Aber wie …«

»Es ist ganz einfach. Die Länder, die unseren Abfall abnehmen, sind in der Regel Dritte-Welt-Länder. Dritte-Welt-Länder exportieren Rohstoffe, wenn sie überhaupt irgendwas exportieren. Das heißt, die Tanker bringen ihre Rohstoffe nach Rotterdam oder Antwerpen oder Hamburg oder sonst wohin, und fahren leer wieder zurück. Oft müssen Tanker auf dem Hinweg nach Afrika Seewasser in die Laderäume pumpen, damit sie das nötige Gewicht kriegen, um manövrierfähig zu sein. Na ja, und die Tanker, die ich verwalte, haben eben auch schon mal anderen Ballast. Kein Meerwasser.«

Ich schüttelte ziemlich benommen den Kopf. »Hast du keine Angst, daß die Typen von Worldic das rauskriegen könnten?«

Sie schnaubte verächtlich. »Wie denn? Das interessiert doch kein Schwein. Und selbst wenn. Ich besitze inzwischen selber drei Tanker. Die würden uns notfalls reichen.«

»Ich glaube, ich könnte wirklich noch allerhand von dir lernen.«

»Aber nicht mehr heute abend.« Sie legte kurz eine Hand auf meine Schulter und küßte mich auf die Wange. »Sei nicht böse. Ich wär' gern allein.«

»Natürlich. Ich ruf' dich morgen an, okay?«

»Gut.«

Es war noch nicht so furchtbar spät, als ich nach Hause kam. Daniel und Anna hockten vor der Kiste und sahen sich *Die Rückkehr der Jedi-Ritter* an, *Special Edition* in Dolby Surround, man hätte meinen können, die kleinen Abfangjäger der imperialen Flotte sausten mitten durchs Wohnzimmer. Die Eroberung des Schutzschildgenerators war gerade in die Hose gegangen, der Stoßtrupp der Allianz wurde von Angehörigen der Sturmtruppen verhaftet.

»Das reicht, ihr dreckigen Rebellen«, murmelte Daniel.

»Das reicht, ihr dreckigen Rebellen«, bellte der Offizier der imperialen Einheit.

Ich schnappte mir die Fernbedienung und stellte den Ton leiser.

»Hey!« protestierten sie zweistimmig.

»Was regt ihr euch auf, ihr kennt doch sowieso jedes Wort auswendig.«

»Schon zu Hause?« fragte Anna betont genervt, ohne den Blick vom Fernseher zu wenden. »Warum gehst du nicht in den Garten?«

»Ich seh' den Rest mit, wenn's nicht stört.«

»Dann mach wieder lauter.«

Ich stellte wieder auf volle Dröhnung, ließ mich in meinen Sessel fallen und starrte mehr oder minder blicklos auf den Bildschirm. Ich mochte den Film auch, so war's nicht. Aber meine Gedanken waren noch ziemlich mit dem Tag beschäftigt, den ich hinter mir hatte. Alles in allem war ich ganz zufrieden. Ich hatte sie. Den Rest konnten Tom und seine Umweltengel erledigen. Was ich ihnen zu erzählen hatte, würde ausreichen, um Sieben das Kreuz zu brechen und den ganzen Laden hochgehen zu lassen. Ich hatte seine Unterschrift auf der Provisionsvereinbarung. Ich wußte, woher er die erste Ladung Müll beziehen würde. Ich hatte rausgekriegt, wie sie die Transporte abwickelten. Es konnte nicht so schwierig sein, Beweise zu finden. Im schlimmsten Fall brauchten sie nur zu warten, bis der erste Tanker mit chemischem Klärschlamm in See stach. Den konnten sie dann aufbringen. Das würde

Anna gefallen. Für mich blieb jetzt eigentlich nur noch eins zu tun, nämlich das, was der Zweck dieser ganzen Übung war. Morgen, dachte ich mir und gähnte. Für heute soll's reichen.

Luke Skywalker war inzwischen dem Imperator in die Hände gefallen, und da erging es ihm ziemlich übel. Anna rutschte Zentimeter um Zentimeter zu mir rüber, vergewisserte sich mit einem verstohlenen Blick, daß ihr Bruder sie nicht beobachtete, krallte die Linke in meine Wade und kniff die Augen zu. Ich hatte ihr hundert Mal erklärt, daß solche Filme nicht das Wahre für sie seien, daß sie dafür schlicht und einfach noch zu klein war, aber das hatte überhaupt nichts genutzt. Wir kriegten uns nur in die Haare, und sie guckte sie heimlich, wenn ich nicht zu Hause war. Da war's mir schon lieber, wenn wenigstens Daniel das Programm ein bißchen kontrollierte. Als die Ereignisse an Bord des Todessterns eskalierten, nahm sie meine Hand. Sie merkte es nicht mal so richtig. Ich rührte mich nicht und atmete nur ganz flach, ungefähr so, wie wenn man einen Schmetterling auf der Hand hat.

Daniel ließ den ganzen Nachspann laufen, weil die Musik in der überarbeiteten Fassung wirklich grandios war. Dann schaltete er ab, holte die Kassette aus dem Recorder und wollte damit rausspazieren.

»He, warte mal.«

Er nahm die Hand von der Klinke. »Keine Aussprache zu später Stunde, hoffentlich. Für heute reicht's mir. Wenn du mir erzählen willst, daß ich nicht nett genug zu meiner Mutter bin, wird mir schlecht, ehrlich.«

»Hör doch auf. Du weißt genau, daß ich mich da nicht reinhänge.«

Er kam zurück und ließ sich wieder in seinem Sessel nieder. »Also?«

Ich zündete mir eine Zigarette an und suchte einen Moment nach Worten, die wenigstens halbwegs richtig waren. »Ich finde es völlig in Ordnung, daß du deine Meinung gesagt hast. Die Sache ist nur so: Wenn du so was zu ihr sagst, überzeugt sie sich in Windeseile davon, daß ich dich beeinflußt habe. Sie hat ein ziemlich schlechtes Gewissen, daß sie sich jahrelang nicht vernünftig um euch gekümmert hat. Jetzt hat sie sich entschlossen, das nachzuholen, und du kannst wetten, daß sie keine halben Sachen macht.«

Er legte den Kopf zur Seite. »Kommst du irgendwann noch auf das, worauf du hinauswillst?«

Anna gähnte wie ein Scheunentor.

»Warum gehst du nicht ins Bett, hm?«

Sie schüttelte den Kopf.

»Es ist nach elf, Anna.«

»Ferien«, wandte sie entrüstet ein.

»Aber du bist todmüde.«

»Ich will hören, was du sagst.«

Ich hatte eher den Verdacht, daß sie Schiß hatte, allein nach oben zu gehen. Der Film saß ihr noch in den Knochen. Aber ich wußte es besser, als meine Vermutung zu äußern. Wahrscheinlich war's das beste, wenn Daniel oder ich gleich irgendwann scheinbar zufällig mit ihr zusammen nach oben ging. Gesicht zu wahren war momentan enorm wichtig für Anna. Und wenn man ihr das vermasselte, trat sie in den Hungerstreik.

Ich wuschelte ihr über die Stoppeln und sah ihren Bruder wieder an. »Schön. Ich will auf folgendes hinaus.« Ich fuhr mir mit der Hand übers Kinn. »Rechtlich gesehen hat sie mit ihrer Kampagne gute Karten. Und wenn ihr sie weiterhin vor verschlossene Türen rennen laßt, wird sie hier früher oder später mit Polizeieskorte auflaufen und euch in den verdammten Flieger zerren.

Glaub mir, wenn sie sich was in den Kopf gesetzt hat, bringt sie so leicht nichts davon ab. Ganz sicher kein offener Widerstand.«

Daniel richtete sich kerzengerade auf. »Das glaubst du nicht im Ernst.«

»Doch, das halte ich für absolut möglich.«

»Das würde ich mir an ihrer Stelle gut überlegen. Im Grunde hab' ich schon ernst gemeint, was ich ihr neulich gesagt hab'. Ich werd' nicht nach ihrer Pfeife tanzen und zu ihr ziehen. Ich kann mit diesem Hampelmann nicht unter einem Dach leben. Ich werd' mich absetzen, ehrlich.«

»Oh, klar doch. Das glaub' ich aufs Wort, daß du Anna da allein zurücklassen würdest.« Er wollte mich unterbrechen, aber ich winkte ab. »Wie auch immer. Wenn's irgendwie geht, würde ich das ganze Theater gern vermeiden. Uns allen ersparen, euch, ihr, mir selbst. Ich bitte euch nur abzuwägen, was das kleinere Übel ist.«

Er stand wieder auf, bohrte die Hände in die Hosentaschen und baute sich vor mir auf. »Das Thema ist erledigt. Das war's für mich von der ersten Sekunde an.«

»Meine Güte, wie wär's, wenn du mal nachdenkst?«

Er schüttelte entschieden den Kopf. »Das mußt du gerade sagen. Kompromisse sind nicht gerade deine starke Seite.«

»Ich gebe mir alle Mühe ...«

»Ich lach' mich tot.«

»Daniel, ich hab's schon mal gesagt, sie meint es nicht böse. Im Gegenteil. Sie will was gutmachen.«

»Aber nur zu ihren Bedingungen.«

Da hatte er recht. Ich sagte nichts.

Er sah mir ins Gesicht, nickte zweimal kurz und ging

zur Tür. »Soll sie doch mit den Bullen kommen. Sie wird schon sehen, was sie davon hat.« Er streckte Anna die Hand entgegen. »Komm, Zicke. Ich bring' dich ins Bett. Wenn du nicht nervst, les' ich dir was vor.«

Sie verschwanden, und ich zermarterte mir das Hirn, was die Lösung dieser vertrackten Geschichte sein mochte. Unser kleines Familiendrama drohte mehr und mehr auszuufern, und alles, was ich tat oder sagte, schien die Fronten eher zu verhärten. Dabei war ich vermutlich der einzige, der sich so richtig zerrissen fühlte, der sämtliche Motive verstand. Ich hätte mir wirklich gewünscht, es gäbe einen Weg, die drohende Eskalation abzuwenden. Es war eine schaurige Vorstellung, daß Ilona hier mit den besten Absichten und einer GSG-9-Einheit anrückte, um ihre Kinder zu ihrem angeblichen Glück zu zwingen. Daniel würde damit zurechtkommen. Insgeheim würde er es sogar genießen, die Sache auf die Spitze zu treiben, ihnen keine Wahl zu lassen, als ihn zu packen und in den Mannschaftswagen zu verfrachten. Daniel hatte eine echte Schwäche fürs Dramatische. Es war Anna, um die ich mir bei der Sache ernstliche Sorgen machte. Manchmal kam es mir so vor, als hüpfte Anna am Rand eines Abgrunds entlang, ohne es selber so richtig zu merken. Wir hatten sie dahin getrieben, kein Zweifel. Ich vor allem. Der Augenblick war denkbar ungeeignet, um ihr einen Schubs zu versetzen. Und ich wäre bereit gewesen, so ziemlich alles zu tun, um das zu verhindern, aber ich wußte beim besten Willen nicht, wie ich das machen sollte.

Letzten Sommer, an dem Tag, als wir in der Eifel waren, hatte ich mein Herz in beide Hände genommen und Sarah gefragt, ob sich an ihrer Meinung übers Heiraten vielleicht irgendwas geändert hätte. Sie hatte in sich hineingelacht. Dir geht's nicht ums Heiraten, Mark, hatte sie gesagt. Du willst nur ein Bollwerk gegen deine Exfrau. Ich hatte ihr nicht geglaubt. Ich hatte gedacht, natürlich, du machst es dir wieder leicht, Goldstein. Jetzt wurde mir langsam klar, was sie gemeint hatte.

Ich ergab mich den Gedanken an sie, die ich ungefähr zwei Tage lang weggeschoben hatte. Ich hatte mich beschäftigt, hatte einen Krieg gegen die Müllschieber angefangen, hatte mit einer anderen Frau geschlafen, hatte eine Rolle gespielt, um sie mir vom Leibe zu halten, alles umsonst. Jetzt hatte ich mein Pulver verschossen. Ich dachte an sie, ich stellte sie mir vor in ihrem Krankenhausbett, und sie war so weit weg, als sei einer von uns gestorben, als trenne uns ein unüberwindlicher Graben. Ich stand noch mal auf, löschte die Lampen und holte mir aus der Küche eine Flasche. Damit verzog ich mich unter die Kirschbäume, ließ mich auf der Steinbank nieder und haderte.

13. Kapitel

»Mann, was ist denn mit dir los?« fragte Tom.

»Laß mich bloß zufrieden.«

Er wandte den Blick zur Decke, brachte mir einen Becher Kaffee und die Zuckerdose an den Küchentisch und verschwand in den Garten. Ich sah ihm blinzelnd nach. Der Morgen da draußen schien mir übernatürlich hell, regelrecht gleißend. Selbst mit Sonnenbrille konnte man kaum hinsehen. Vielleicht hatte die Erde ja klammheimlich ihre Flugbahn verlassen und raste auf die Sonne zu. Wenn es so sein sollte, mir war's egal. Ich stellte mir vor, wie die Sonnenscheibe am Himmel immer größer und größer wurde, die Luft immer heißer. Irgendwann würden die Felder hinterm Haus in Flammen stehen. Oh, und der Fischteich würde anfangen zu kochen. Ungefähr zur gleichen Zeit würde auch unser Blut anfangen zu kochen. Ich hatte das Gefühl, ich war nicht mehr weit davon entfernt. Mit eingezogenem Kopf stand ich auf, holte mir ein Glas Leitungswasser und schmiß zwei Aspirin ein.

Als sie anfingen zu wirken, ging ich nach draußen und setzte mich in die Hollywoodschaukel.

Tom las die TAZ. Er las konzentriert, manchmal brummte er verstimmt, einmal kicherte er hämisch. Ich sah nur seine Finger und die obere Rundung seines Schädels. Wahrscheinlich konnte man auch in diesem Fall sagen: *Dahinter steckt immer ein kluger Kopf.*

Schließlich faltete er die Zeitung zusammen und warf sie achtlos auf den Tisch, stand auf und holte sich die unvermeidliche Wasserflasche. Dann setzte er sich wieder, und eine Zeitlang herrschte ein einträchtiges, wohltuendes Schweigen. Ich fragte mich, wo meine Brut steckte.

Tom übte sich neuerdings offenbar in Telepathie. »Daniel ist mit Anna zum Ponyhof gefahren. Er war ausgesprochen aufgeräumter Stimmung, nachdem hier irgendwer für ihn angerufen hatte.«

»Ein Mädchen?«

»Jede Wette. Jedenfalls fährt er heute nachmittag an den Baggersee, und du sollst ausnahmsweise mal selber sehen, wo du mit Anna bleibst. Seine Worte.«

Ich seufzte. »Gut gemacht, Daniel. Nur das Timing ist beschissen.« Ich stellte meinen Becher auf den Boden. »Ich glaub', ich hab' sie, Tom. Sieben hat vor meinen Augen die Provisionsvereinbarung unterschrieben. Dann hat er mir den ersten Entsorgungsauftrag gezeigt. Zweihunderttausend Tonnen Klärschlämme aus einem Chemiewerk. Fünfzehnhundert Mark die Tonne.«

Tom fuhr auf. »Und das erzählst du mir so nebenbei?«

»Nein, nein. Wenn ich einen dicken Schädel hab', hör' ich mich immer so an, als wär' mir alles egal. Ich denke, es wird Zeit zu handeln. Der Auftrag war eilig. Ich weiß nicht, wo genau die Klärschlämme abgeholt werden sollen. Vermutlich wissen deine Leute, wo so was zwischengelagert wird. Wenn sie den Abtransport beobachten – möglicherweise mit Lkws von Plückebaum – und bis zu einem von Siebens Zwischenlagern verfolgen, ist die Sache perfekt. Mir wär's lieber, wenn *ihr* die Behörden einschaltet. Ihr seid eine Umweltorganisation, ihr müßt nichts großartig erklären.«

Seine Augen leuchteten. »Ich glaub's einfach nicht. Du hast es geschafft.«

»Da ist allerdings noch eine Sache ...«

»Was?«

Ich erzählte ihm von Beate Granderath und den Tankern von Worldic Trans, die den Giftmüll an den Behörden vorbei und kostenlos ans Ziel brachten. »Wenn ihr die Ladung bis zu einem dieser Tanker verfolgen könntet und dann erst losschlagt, hättet ihr die ganze Organisation auf einen Streich erledigt. Sonst besteht die Gefahr, daß diese Granderath sich einen anderen Typen wie Sieben sucht und wieder von vorn anfängt. Sieben ist ja im Grunde beliebig austauschbar. Letzten Endes ist auch Plückebaum austauschbar. *Sie* zieht die Fäden.«

Tom stützte das Kinn auf die Faust und dachte eine Weile nach. »Hm. Aber wenn wir das tun, besteht die Gefahr, daß sie uns durch die Lappen gehen. Die Meere sind so verdammt riesig, da kann man einen Tanker leicht aus den Augen verlieren. Vielleicht ist der Spatz in der Hand in diesem Fall wirklich besser als die Taube auf dem Dach.«

»Tja. Das könnt nur ihr entscheiden.«

Er stand auf. »Gib mir die Provisionsvereinbarung, ja? Ich muß mit Wolfgang reden. Und mit den Greenpeace-Leuten. Am besten jetzt gleich.«

Ich fuhr mir mit der Hand über die Stirn. »Du könntest nicht vielleicht warten, bis Anna und Daniel zurück sind? Und Anna hüten, falls ich wegmuß?«

»Aber vermutlich muß ich auch weg.«

»Besser sie ist da, wo du hingehst, als da, wo ich hingeh'.«

»Und das ist wo?«

»Die Höhle der Löwin.«

Aber ich hörte den ganzen Tag nichts von Beate Granderath, und weil sie gesagt hatte, sie würde mich anrufen, rührte ich mich nicht. Das Handy immer in Reichweite erledigte ich ein paar dringende Sachen, wie meine mal wieder überfällige Umsatzsteuervoranmeldung zum Beispiel. Ich nahm das Getriebe der BMW auseinander, nur um festzustellen, daß ich ein neues besorgen mußte, ich rief den Typen in Pempelfort an und verabredete mich für Montag mit ihm, um die Electra Glide abzuholen. Dann rief ich Ferwerda an.

»Beate Granderath«, sagte er grußlos.

»Im Ernst?«

»Sie hat das Haus in der Worringer Straße vor achtzehn Monaten gekauft und bar bezahlt. Dreieinhalb Millionen.«

Ich atmete tief durch. »Gut. Vielen Dank.«

»Wer ist diese Frau?«

Ich erklärte es ihm, und nach zwei Sätzen fiel er mir ins Wort. »*Worldic Trans?* Wie in aller Welt kommen Sie auf so absurde Zusammenhänge?« fuhr er mich an.

»Wenn Sie mich ausreden lassen, hören Sie's.«

Dazu hatte er keine Lust. »Wollen Sie im Ernst behaupten, Worldic Trans habe irgend etwas mit Rashids Versicherungsbetrug zu tun? Oder mit seiner Ermordung?«

»Worüber regen Sie sich eigentlich auf? Worldic Trans ist kein Kunde der Secura, oder?«

Er schnaubte mir ins Ohr. »Einer der größten Neukunden der letzten zwei Jahre.«

Mir blieb die Luft weg. Ich setzte mich auf den Garagenboden. »Aber Sarah sagte, das abgebrannte Lagerhaus sei nicht bei der Secura versichert gewesen ...«

»Bei diesem Versicherungsvertrag geht es nicht um

kleine Fische wie Lagerhäuser für ein paar hunderttausend ...«

»Sondern um Tanker.«

»Völlig richtig. Und es wäre sehr bedauerlich, wenn wir feststellen müßten, daß wir uns da einen faulen Kunden an Land gezogen hätten. Sie müßten mir auch verdammt gute Indizien bringen, damit ich das glauben kann. Die Reederei genießt international einen einwandfreien Ruf. Und bisher lagen die Schadensfälle im unteren Bereich des statistischen Mittels.«

Bis eben hatte ich noch vor einem unordentlichen Häuflein aus Puzzlestückchen gestanden, nur ein paar hatte ich zusammengefügt. Jetzt lagen sie auf einmal wie durch Zauberhand alle am richtigen Platz, und ich konnte das gesamte Bild erkennen.

»Was ist los, hat es Ihnen die Sprache verschlagen, Malecki?«

»So leicht nicht. Kommen Sie wieder auf den Teppich, denken Sie an Ihren Blutdruck. Im Augenblick spricht alles dafür, daß eine Verbindung besteht. Aber gut möglich, daß ich mich irre. Tun Sie mir trotzdem den Gefallen und halten Sie den Deckel drauf. In ein, zwei Tagen werd' ich es genau wissen.«

»Sie verschwenden Ihre Zeit. Sie sind auf dem Holzweg.«

»Tja. Wär' nicht das erste Mal. Also dann.«

Ich schaltete das Telefon aus, setzte mich mit einer Flasche Bier in den Schatten, planschte mit den Zehen im Fischteich und zog ein paar Schlüsse.

Um halb zehn surrte das Handy.

»Ja?«

Es war Beate. »Bist du beschäftigt?«

»Nichts, was ich nicht stehen- und liegenlassen könnte.«

»Dann hol mich in einer halben Stunde im Büro ab, was meinst du?«

Das paßte mir ausgesprochen gut. Ich mußte dringend ein paar ihrer Akten einsehen. Ich wußte zwar noch nicht so genau, wie ich das anstellen sollte, aber eine Einladung in ihr Büro war ein Schritt in die richtige Richtung.

Vielleicht sollte ich sie fesseln und ihr die Augen verbinden, fuhr es mir durch den Kopf. Ich war überzeugt, daß sie für so was zu haben war. Und dann, na ja, mal sehen ...

»Ziemlich lange Arbeitstage, was?«

»Manchmal. Das macht mir nichts. Ich habe nichts gegen viel Arbeit, solange das Vergnügen nicht zu kurz kommt.« Ihr schönes Lächeln lag in ihrer Stimme.

»Tja. Dann will ich mich mal schleunigst auf den Weg machen.«

Ich war allein zu Hause. Daniel war vermutlich noch auf seinem Rückeroberungsfeldzug, Tom und Anna waren seit dem Nachmittag unterwegs. Ich schmiß mich in Schale – wenn das noch lange so ging, mußte ich mir ein paar neue Klamotten kaufen –, versteckte wie üblich einen Schlüssel im Polsterbezug der Hollywoodschaukel und stieg in die Flunder.

Ich beeilte mich nicht, ich brauchte höchstens eine Viertelstunde bis zu ihrem Büro. Ich gönnte mir noch mal einen kurzen Ausflug auf die Autobahn. Ich hatte so ein Gefühl, als ginge der Kindheitstraum langsam dem Ende zu. Aber das war schon in Ordnung. Ich war froh, daß die Geschichte mehr oder minder gelaufen war. Es zog mich an meine Arbeit zurück. In den stillen Frieden meiner Werkstatt. Körperliche Arbeit, fand ich, hatte etwas Meditatives. Und ich brauchte dringend ein paar segensreiche Eingebungen.

Als ich den Wagen am Wehrhahn abstellte, dämmerte es. Die Erde kreiste offenbar doch noch auf ihrer alten Bahn, die Sonne kam nicht näher, im Gegenteil, sie versank am Ende der Straßenschlucht.

Ich bog in die Worringer Straße ein und betrat das Haus. Als ich an der Etagentür klingelte, ertönte fast augenblicklich der Summer, und ich ging rein. Im Büro war es dämmrig. Beate war nirgends zu entdecken.

»Wo steckst du?«

»Ich restauriere meine Erscheinung. Komme sofort. Nimm dir was zu trinken, und laß die Finger von meinen Akten.«

Die Tür zum Bad war verschlossen, ein dünner Lichtstreifen drang durch den unteren Spalt. Ich zögerte einen Augenblick, nahm mir dann was zu trinken und ließ die Finger nicht von ihren Akten. Bourbon war vermutlich keine sehr gute Idee, ich hatte richtigen Durst, aber es war außer süßem Sherry alles, was es gab. Ich nahm einen tiefen Zug, und mit dem Glas in der Hand stand ich vor einer Reihe mit Ordnern und studierte die Aufschriften auf ihren Rücken. Hauptsächlich Daten. Monate und Jahreszahlen, von ... bis. Der, den ich suchte, stand natürlich ganz am Ende, so ist das ja immer. Ich trank noch einen Schluck und warf einen nervösen Blick über die Schulter. Ich kannte sie nicht gut genug, um zu wissen, ob sie sich nur die Nase puderte oder komplett neu schminkte. Aber ich mußte es riskieren, eine bessere Gelegenheit würde sich nicht bieten. Ich zog den Ordner aus der Reihe, legte ihn auf ihrem Schreibtisch ab und schlug ihn auf. So geräuschlos wie möglich löste ich den Klemmverschluß und blätterte. Es vergingen zwei Minuten, drei, fünf. Ich hatte kein vernünftiges Licht, der Ordner enthielt hauptsächlich Durchschläge von Versicherungsanträgen, auf denen die Schrift nur schwach erkennbar war. Im Bad lief Wasser. Ich streckte die Hand aus, um die Schreibtischlampe einzuschalten, als mir das Glas aus der Linken rutschte und auf der Schreibtischplatte zerschellte. Winzige Splitter schlitterten über die aufgeschlagene Seite. »Scheiße ...«

Ich wollte sie mit dem Ärmel runterfegen, aber mein Arm glitt ab und ich schnitt mir ordentlich in die Hand. Ungläubig, ziemlich dümmlich vermutlich, starrte ich auf das Rinnsal aus Blut.

»Nun, Mark? Hast du gefunden, was du suchst?«

Ich fuhr entsetzt zusammen, und mein Kopf wollte hochrucken, aber er konnte nicht. Es waberte vor meinen Augen.

Statt einer blutenden Hand sah ich drei.

»Wie hast du mich genannt?«

Sie kam näher. Als sie direkt vor mir stand, konnte ich sie erkennen. Sie trug ein weißes Kleid, das um sie herum zu wallen schien, oder so kam es mir jedenfalls vor. Ihre Haare waren offen, ihre Lippen sehr dunkel geschminkt, und sie lächelte. Sie sah sehr schön aus. Und sie wirkte kein bißchen wütend. »Es ist doch gleich, wie du heißt.«

Auf einen Schlag verkrampften sich meine Arme und Beine, alle Muskeln gleichzeitig. Ich fiel um und öffnete den Mund, um wie ein Berserker zu brüllen, weil es gräßlich weh tat und ich irgendwie jegliche Kontrolle über mich verloren hatte, aber ich brüllte nicht, weil ich nicht mal mehr das konnte. Dann ließen die Krämpfe nach, so plötzlich, wie sie gekommen waren. Ich blieb einen Moment liegen, in Schweiß gebadet, ich war total fertig. Langsam richtete ich mich auf, kniete am Boden und wollte mich an ihrer Schreibtischkante hochhangeln. »Was … ist das?«

»Nitrostigmin«, sagte sie leise.

Ich schüttelte den Kopf. Das sagte mir nichts.

Sie hockte sich zu mir runter, legte einen Finger unter mein Kinn und hob meinen Kopf an. »Besser bekannt als E605. Ein ordentlicher Schuß in die Bourbon-Flasche, und schon ist alles geritzt. Seltsames Zeug, weißt du. Es riecht furchtbar, aber wenn man's auflöst, hat es anscheinend keinerlei Geschmack.«

Seit ein paar Sekunden fiel mir das Atmen schwer. Jetzt ging es auf einmal überhaupt nicht mehr. Meine Hand fuhr an die Kehle, ich kippte wieder um und rang nach Luft. Winzige Mengen quälten sich in meine Lungen, es war, als versuchten sie, ein völlig fremdes Element zu atmen.

Sie stand wieder auf. »Ja, ja. Im Grunde bist du schon tot, weißt du. Du röchelst noch, und du fühlst noch, hörst, siehst, aber trotzdem. Es arbeitet sich durch deine Blutbahn ins Gehirn vor, und dann macht es sich über dein zentrales Nervensystem her. Nichts wird mehr funktionieren. Irgendwann werden deine Lungen sich mit Wasser füllen, und du erstickst. Wenn dir genug Zeit bleibt, verlierst du vorher den Verstand …«

Ihre Stimme entfernte sich, schwebte davon. Die Muskelkrämpfe kamen wieder, jetzt auch im Gesicht. Länger als beim ersten Mal. Mir wurde unbeschreiblich schlecht.

Als ich die Welt um mich herum wieder wahrnehmen konnte, sah ich direkt vor meinem Gesicht ein paar gewienerte, schwarze Schuhe und helle Hosenbeine. Ich blinzelte nach oben. Es war Fiedler, der Brecher im

Leinenanzug, ihr Bodyguard. Er sah unverwandt auf mich hinab, und als er sicher war, daß ich es hinreichend würdigen konnte, trat er mir in die Eier. Dann packte er mich an den Armen, hievte mich hoch, und ich schwöre, es war keine Absicht, aber ich reiherte ihm mitten aufs Hemd.

Unwillig driftete ich in die böse Welt zurück. Ich fühlte mich furchtbar, es ging mir wirklich dreckig, aber tot war ich eindeutig noch nicht.

»Er ist wach«, sagte eine junge Männerstimme, die ich nicht auf Anhieb erkannte. Sie hallte ziemlich. Wir befanden uns anscheinend in einem großen, hohen Raum. Ich richtete mich auf und merkte jetzt erst, daß ich die Augen verbunden hatte. Da fiel mir ein, wem die Stimme gehörte. Es war der Schnösel.

Ich bewegte meine Hände. Sie lagen auf meinem Rücken und steckten offenbar in Handschellen, es klirrte leise. Meine Wahrnehmung wurde schärfer. Ich hatte keine Krämpfe mehr und konnte atmen. In meinem Oberarm war ein warmes, prickelndes Brennen. Sie hatten mir irgendwas injiziert, wovon mir besser wurde. Ob es ein Gegengift oder nur ein Muntermacher war, konnte ich nur raten.

Eine Schuhspitze stupste an meine Schulter. »Los, mach das Maul auf«, verlangte der Schnösel. »Sag was.«

»Mir …« Ich räusperte mich. »Mir fällt nichts ein. Nimm mir die Augenbinde ab.«

Ich hörte ihn tief durchatmen. »Es war seine Stimme. Das ist das Schwein.«

»Bist du sicher?« fragte Sieben.

»Hundertpro. So was vergißt du nicht. Und er war

auch der Typ, der in der Firma rumgeschnüffelt und sich als Staatsanwalt ausgegeben hat. Ich erkenn' ihn wieder.«

Man konnte hören, wie wütend er war. Und das war ja auch verständlich. Aber ich bekam noch ein bißchen mehr Angst. Die Rache des kleinen Mannes ist ja bekanntlich besonders furchtbar, und ich war wirklich nicht sicher, ob ich dem ins Auge sehen konnte. Ich überlegte kurz, wie viele Leute wohl um mich herumstanden, aber selbst wenn alle sich versammelt hatten, die an diesem Spiel beteiligt waren, es würde nicht einer darunter sein, der verhinderte, daß der Schnösel den Frust über die Minderwertigkeitsgefühle und Zurückweisungen aus zwei Jahrzehnten an mir ausließ.

»Er zittert«, bemerkte er zufrieden.

»Das kommt vom Atropin«, belehrte ihn seine Schwester.

Atropin ... Das wurde ja immer besser. Ein eindeutiger Fall von den Teufel mit Beelzebub austreiben. Ich wollte lieber nicht wissen, was sich in meinen Organen derzeit abspielte.

Ich mußte mich schon wieder räuspern. »Beate, nimm mir die Augenbinde ab.«

»Das könnte dir so passen.« Der Schnösel packte meinen Arm und zerrte mich auf die Füße. Es ging besser, als ich zu hoffen gewagt hätte, ich konnte stehen. Er stieß mich zwischen die Schultern. »Los, beweg dich.«

Ich machte einen Schritt, dann noch einen. Besonders viel Gefühl hatte ich nicht in den Füßen, aber ein Betonboden war das nicht. Zu nachgiebig. Wo immer wir waren, es war weder Siebens Lagerhalle noch Plückebaums Hangar.

Er ging direkt hinter mir, boxte mir dann und wann

auf die Schulter, und ich ging, obwohl ich ahnte, was er im Schilde führte. Als ich ins Leere trat, versuchte ich, mich zurückzuwerfen, aber ich schaffte es nicht ganz. Ich fiel, vielleicht einen Meter tief. Meine Zähne schlugen klirrend aufeinander, ich war im wahrsten Sinne des Wortes auf die Schnauze geflogen. Der Aufprall preßte die Luft aus meinen Lungen, und ich konnte mich einen Moment nicht rühren.

»Na, wie findest du das?«

»Meine Güte, hör doch auf damit, Walter«, schimpfte Beate leise.

Luft strömte zurück, wie sie es letzten Endes ja dann doch immer tut. Ich setzte mich wieder auf und tastete ein bißchen. Unter meinen Händen war Staub oder eigentlich mehr so was wie loser Dreck und Stroh. Scheune, dachte ich staunend.

Blut lief mir übers Kinn. Ich wischte es an meiner Schulter ab. »Ich hab' dich geführt, und du bist nicht gefallen.«

»Nein.« Sein Kopf kam näher, ich spürte seinen Atem. Er roch nach nichts. »Aber du hast mir die Luft abgedrückt, daß ich dachte, ich würd' sterben. Du hast mich vierundzwanzig Stunden in Todesangst schmoren lassen, du Drecksau.« Er trat mir in die Nieren. Für einen so anständigen Jungen traf er ganz beachtlich. Dann beugte er sich wieder zu mir runter und riß mir die Augenbinde ab. Ein paar Haare mußten mit dran glauben.

Ich sah ihm in die Augen. Sie verengten sich, sein ganzes Gesicht wurde verkniffen, und er wandte den Kopf. »Starr mich nicht so an!« schrie er. Seine Stimme überschlug sich.

»Hör zu ...«

»Halt's Maul! Das interessiert mich nicht!« Er hatte

die Hände zu Fäusten geballt und stapfte zwei Schritte auf mich zu. Aber er rührte mich nicht mehr an. Obwohl er seinen Zorn noch lange nicht abgearbeitet hatte. Mir ging auf, daß es Angst war, die ihm in die Quere kam. Er hatte eine Scheißangst. Nicht vor mir, ich war bestimmt kein sehr furchteinflößender Anblick, aber es war trotzdem so.

Im Grunde war ich einfach zu erledigt, um mich um seine Gemütsverfassung zu scheren. Ich wollte schlafen. Ungefähr ein Jahr lang.

»Es tut mir leid, daß du zwischen die Fronten geraten bist. Ich hab' versucht, es so leicht wie möglich für dich zu machen.«

»Einen Scheißdreck hast du!«

»Herrgott, glaub doch, was du willst ...«

Ich sah mich kurz um. Scheune war gar nicht mal so falsch gewesen. Zu dem Zweck war das Gebäude jedenfalls ganz bestimmt mal errichtet worden. Inzwischen hatte man es allerdings zum Zwischenlager für rostige Fässer mit Totenkopfsymbolen umfunktioniert. Hunderte standen da rum. Vielleicht Tausende. Sie füllten die Hälfte des Raums, dann hatte man große Spanplatten auf die Fässer gelegt und darauf die nächste Lage angefangen. Ich war von den Spanplatten auf den eigentlichen Scheunenboden runtergepurzelt. Hätte schlimmer kommen können.

Hinter dem Schnösel im Schatten standen die anderen. Ich mußte blinzeln, meine Augen brannten und wollten nicht richtig scharf stellen. Dann kamen sie ein bißchen näher. Beate, Sieben, Fiedler und der Mann, dem ich all das hier letztlich zu verdanken hatte.

Ich betrachtete ihn kopfschüttelnd. »Was tut ein anständiger Kerl wie du an einem Ort wie diesem, Bodo?«

Sein Adamsapfel fuhr einmal kurz auf und ab. »Hättest du doch Ruhe gegeben, als Sarah wieder da war. Du bist wirklich ein Vollidiot, Mark.«

Die Beweislage gab ihm eindeutig recht.

Ich rieb mir noch mal kurz das Kinn an der Schulter und sah zu Beate. »Wie bin ich aufgeflogen, hm? Sag's mir.«

Sie nickte in Bodos Richtung. »Sein Chef interessierte sich plötzlich für das Haus auf der Worringer Straße. Da wurde Bodo hellhörig. Er rief mich an und fragte, ob zufällig irgendein Fremder aufgetaucht wär', der versucht, uns in die Karten zu gucken, ein Typ namens Mark. Ich hab' direkt an dich gedacht und hab' Bodo gebeten, dich zu beschreiben.« Ein unfreiwilliges Lächeln huschte über ihr Gesicht. Ich wollte lieber nicht hören, was Bodo über mich zu sagen gehabt hatte. »Und er erwähnte unter anderem, daß du sozusagen Vegetarier bist. Da war der Fall klar.«

Es war unfaßbar. Aber eigentlich wußte ich es ja. Ich wußte, es waren immer die Kleinigkeiten, die einem letztlich gefährlich wurden.

Beate legte ihrem Bruder die Hand auf den Arm. »Komm, Walter. Du hast ihn gesehen, du hast erfahren, was du wissen wolltest. Jetzt laß uns gehen.« Sie würdigte mich keines Blickes mehr. Sie war gelassen, souverän wie immer, absolut Herr der Lage. Man mußte sich Mühe geben, sie nicht zu bewundern.

»Aber *ich* weiß noch nicht, was ich wissen wollte«, grollte Sieben.

Sie nickte. »Das erledigt Fiedler. Jetzt laßt uns verschwinden.«

Der Junior zögerte, faßte sich ein Herz und sah mich noch mal an. Dann ließ er den Blick über die hohe Scheune und die Fässerreihen wandern und wandte sich schaudernd ab.

Mein Kopf kam mir vor, als schwelle er mit jeder Sekunde um das Doppelte an. Ein schrilles Klingeln war in meinen Ohren. Und ich hatte nicht mal die Hände frei, um den Kopf zu stützen. Ich hob ihn trotzdem. »Was denkst du, Bodo? Fünf Minuten? Macht keinen großen Unterschied, oder?«

Er nickte. »Ich wüßte auch gern noch ein paar Sachen.« Er lächelte Beate flüchtig zu. »Fahrt ruhig. Ich komme gleich nach.«

Sieben, Beate und der Junior gingen raus. Für einen Augenblick konnte ich durch die Tür in die Nacht hinaus sehen, ein fast voller Mond stand prall am dunkelblauen Himmel. Er machte mir zu schaffen, dieser Mond, ich verlor fast die Nerven. Ich wollte ihn noch mal wiedersehen. Ich wollte noch so vieles und so viele wiedersehen, noch so vieles tun.

»Du bist nicht überrascht, Mark.«

»Nein.«

Er schlenderte zu mir rüber, die Hände in den Hosentaschen. »Wie hast du's rausgekriegt?«

Ich fuhr mir mit der Zunge über die Lippen. Sie waren ausgetrocknet, fast so ausgetrocknet wie meine Kehle. Ich hatte furchtbaren Durst, und ich hatte wieder Atembeschwerden. »Zum ersten Mal stutzig geworden bin ich, als Ferwerda mir erzählt hat, Hasan Rashid habe schon früher Versicherungsbetrügereien durchgezogen, und Sarah habe das nicht rausgekriegt. Das kam mir ziemlich unwahrscheinlich vor. Sie ist so was von gründlich, das kann einen glatt krank machen. Aber ihr arbeitet zusammen. Also hab' ich mir gedacht, du hast ihr falsche Informationen untergeschoben.«

»Wie kamst du auf mich?«

Ich hob die Schultern. »Wahrscheinlich wollte ich einfach, daß du es warst. Dann die Sache mit den Ordnern, die aus ihrer Wohnung verschwunden waren. Sie waren weg, aber die Wohnung war nicht mal durchsucht worden. Wer außer dir sollte auf Anhieb wissen, wo sie stehen? Dann erzählte Sarah mir, Sieben sei Kunde bei der Secura. Und dann zu guter Letzt Worldics Tankerversicherung bei der Secura. Zuviel Secura auf der ganzen Linie. Warum wollten sie, daß du die Tanker versicherst?«

»Damit kein allzu neugieriger Mitarbeiter irgendeiner anderen Versicherung mitkriegt, daß die versicherten Tanker etwas anderes geladen haben, als in den Frachtpapieren steht.«

Ich nickte. So war das also. Mir war schwindelig. Ich mußte mich zusammenreißen, um das Spielchen fortzuführen. Im Grunde war mir das alles von Herzen gleichgültig. »Und warum hast du Rashid erschossen?«

Er runzelte die Stirn. »Wie kommst du darauf?«

»Ich wüßte sonst niemanden. Wäre es Sieben oder Beate oder einer von dieser Partei gewesen, hätten sie Rashid vergiftet und verschwinden lassen. Erschießen paßt nicht ins Bild. Hast du's getan, weil er entgegen anderslautender Beteuerungen das Lager angesteckt und Sarah damit in Schwierigkeiten gebracht hat? Mord aus Liebe, sozusagen?«

Er warf mir einen ungläubigen Blick zu und lachte in sich hinein. »Blödsinn. Es stimmt, ich war wütend. Er hatte versprochen, höchstens ein Viertel des Bestandes anzuzünden und den Rest anderweitig loszuwerden. Das wäre erstens nicht so teuer und zweitens nicht so offenkundig betrügerisch gewesen. So war's verabredet, unter den Umständen hatte ich zugestimmt, die Versicherung zu deichseln. Der Idiot hat sich nicht daran gehalten und die ganze Organisation in Gefahr gebracht. Es tat mir ehrlich leid für Sarah. Ich bin zu ihm gegangen, um ihm zu sagen, was ich davon halte. Ich hab' ihm gedroht, ihn auffliegen zu lassen, ich war ehrlich wütend. Da hat er mich mit dieser verdammten Pistole bedroht. Na ja, es gab ein Gerangel, ich hab' sie ihm abgeknöpft und spontan beschlossen, daß die Welt, die Secura und vor allem Sarah ohne ihn glücklicher sein werden.« Er hob langsam seine breiten Schultern. »Kein großer Verlust, oder.«

Ich nickte. Darauf hätte ich kommen können, ich hatte schließlich selbst gesehen, daß Bodo unerwartet die Fäuste erheben konnte, wenn es ihm angemessen schien.

»War's das?« fragte er.

»Eins noch. Wie konntest du … ich meine, wie konntest du zulassen, was sie mit Sarah gemacht haben?«

Er schloß kurz die Augen und schüttelte langsam den Kopf. »Hab' ich ja gar nicht. Ich war genauso verzweifelt wie du. Nur deswegen hab' ich niemandem gesagt, daß vermutlich du Plückebaum junior hattest. Ich wollte sie ebenso wie du zurück. Verstehst du, Beate und Sieben und Plückebaum, sie hören nicht auf mich. Sie benutzen mich und bezahlen mich dafür. Das ist alles.«

»Warum, Bodo?«

»Was glaubst du wohl? Geld, natürlich.« Er hob vielsagend die Schultern und lächelte sein entwaffnendes Lächeln. Dann zog er eine Hand aus der Tasche und hob sie kurz. »Ich werd' jetzt gehen, ehe mein Gewissen mich zu irgendwelchen Dummheiten verleitet. *Bon voyage,* Mark.«

»Du wirst nicht damit durchkommen. Ferwerda weiß alles, was ich weiß. Vielleicht wird er ein bißchen länger brauchen, um die richtigen Schlüsse zu ziehen, weil er dich mit anderen Augen sieht als ich, aber er wird's rauskriegen. Da kannst du sicher sein. Er ist gerissener als jeder von uns. Er wird alles rauskriegen, du kannst einpacken, und Sarah wird dich aus ihrem Leben streichen. Sie verabscheut Unehrlichkeit, weißt du ja vermutlich, da ist sie richtig altmodisch. Also überleg's dir. Besser für dich, du hilfst mir.«

Er verzog amüsiert einen Mundwinkel. »Was immer Ferwerda rauskriegt, er wird's nicht beweisen können. Und ohne Beweise wird Sarah nicht so leicht zu überzeugen sein. Sie glaubt immer das Beste von jedem.« Er sah auf mich hinab und seufzte leise. »Irgendwie tut's mir leid, ehrlich. Aber du weißt ja. Alles ist erlaubt im Krieg und in der Liebe. Einer von uns beiden muß weichen. Lieber du als ich.«

»Verschone mein Haus und zünde das Dach meines Nachbarn an.«

»Gott ja, das Müllschieber-Credo. Aber sie haben schon ganz recht. So läuft es und nicht anders.« Er hob lässig die Hand zum Gruß und ging zur Tür.

»*Bodo.*«

Er legte einen Schritt zu, nur ein sekundenschneller Blick auf den Mond war mir vergönnt, dann war er verschwunden.

Endlich konnte ich meinen bleischweren Kopf auf die Brust sinken lassen. Mein Zustand hatte sich während der letzten Minuten akut verschlechtert. Ich bekam einen Krampf in der linken Wade und in der Herzgegend.

Schwere Schritte näherten sich. Fiedler. Er war mir scheißegal. Kleine Sorgen wie ihn hatte ich hinter mir gelassen.

Ich sah nicht auf, als er vor mir stehenblieb. Ich fuhr

mir mit der Zunge über die Zähne und gab mir Mühe, halbwegs deutlich zu sprechen. »Die Provisionsvereinbarung ist nicht mehr in meinem Besitz. Ich hab' sie an eine Umweltorganisation weitergeleitet, zusammen mit allem, was ich weiß. Und ganz gleich, was du mit mir tust, daran ist nichts mehr zu ändern.«

Er sagte irgendwas. Ich verstand ihn nicht. Und ich bekam nicht mehr viel von dem mit, was er tat. Ich war seinem Zugriff entrückt, befand mich in einer ganz eigenen, grünen Gifthölle. Was immer sie mir gegeben hatten, um die Wirkung abzuschwächen, war verbraucht. Die grüne Gifthölle zog mich langsam in ihr Inneres, wie eine Venusfliegenfalle. Unkontrollierbares Zittern und Muskelkrämpfe, auch in Gesicht und Nacken. Magenkrämpfe, Koliken. Ich erinnere mich nur bruchstückhaft. Ein zunehmendes Brodeln in Lungen und Bronchien, das das Atmen immer schwieriger machte. Panik, Erstickungsangst. Übelkeit. Ich meine mich zu entsinnen, daß meine Augen die meiste Zeit tränten. Ich glaube wirklich nicht, daß ich ständig geheult hab', dazu fehlte mir der nötige Kummer. Mein Kopf war ein schwarzes Loch. Ich wußte nicht mehr, wer ich war. Ich wußte nur noch, was Krämpfe waren und Atemnot. Und die ein oder andere Wahnvorstellung suchte mich heim. Verrückte Bilder, irrsinnige Szenen, in denen vertraute Gesichter vorbeisegelten wie Fesselballons. Sarah. Paul. Ilona. Anna. Dann blödsinnigerweise der Schnösel. Schließlich eine Horde von gespenstischen Gestalten in Schutzanzügen und weißen Atemmasken. Gleißendes Scheinwerferlicht, Stimmengewirr, blitzende Kameras, und jemand beugte sich über mich und zog mich an sich, und trotz der weißen Kapuze und der Schutzmaske sah er aus wie Tom. Im nächsten Moment schwebte ich unter einer Reihe von Neonröhren entlang, die sich über die Decke zogen wie ein Mittelstreifen auf einer einsamen Autobahn. Ein engelsgleiches Gesicht beugte sich über mich. Ich war nicht besonders verwundert, ich war irgendwie immer davon ausgegangen, daß ich mit ein bißchen Glück Einlaß ins Paradies finden würde. Dann erkannte ich Charlotte.

14. Kapitel

Ich fühlte mich, als sei ich in sämtliche Einzelteile zerlegt und nicht wieder richtig zusammengesetzt worden. Was vermutlich daran lag, erklärte Charlotte mir später, daß sie mich Faser für Faser dem Tod von der Schippe gekratzt hatten, vielleicht sei dabei irgendwas durcheinandergeraten. Aber das war erst nach ein paar Tagen. Erst mal existierte ich nur in einer dämmrigen Zwischenwelt, scheinbar schwerelos, ohne besondere Empfindungen, ich war eben einfach vorhanden.

Als ich das erstemal richtig wach wurde, fand ich mich in einem Krankenhausbett, von Kopf bis Fuß verkabelt und an zahllose Schläuche angeschlossen, und Tom hockte auf der Bettkante.

Ich bewegte meine Zunge. Sie schien halbwegs funktionstüchtig. »Wie geht's Sarah?«

Er nickte langsam. »Jedenfalls um Klassen besser als dir.«

Das war keine besondere Leistung, aber ich fand es zu mühsam, das zu sagen. »Meine Brut?«

»Inzwischen tragen sie's mit Fassung. Charlotte hat's schließlich geschafft, selbst Anna davon zu überzeugen, daß du durchkommst. Sie waren jeden Tag ein paarmal hier.«

»Wie lange?«

»Drei Tage. Heute ist Montag. Freitag nacht ist es passiert.«

»Aber wie ...«

Er hob abwehrend die Hand. »Nicht jetzt. Du mußt es langsam angehen lassen. Mach dir keine Sorgen. Es ist alles geregelt.«

»Erzähl schon.«

Er stand auf, stiefelte an der Wand entlang und warf einen kurzen Blick auf einen der Monitore, der zu den rhythmischen Klängen eines ›Plopp, plopp‹ irgendwelche Kurven anzeigte. Mein Herz? Ich hoffte jedenfalls, es war nicht mein Hirn, denn viel tat sich nicht auf dem Bildschirm. Dann wandte Tom sich mir wieder zu. »Tja. Da saß ich mit Anna und Daniel im Garten. Anna und ich waren noch nicht lange zurück. Wir hatten den ganzen Nachmittag damit zugebracht, die erste Ladung Klärschlämme zu verfolgen. Zwei Plückebaum-Laster brachten sie nach Duisburg in ein Lagerhaus. Du wirst es nicht glauben, das Lagerhaus gehört Worldic Trans. Wir waren also in absoluter Hochstimmung, als wir zurückkamen, und ich hab' uns was gekocht und Daniel saß in der Hollywoodschaukel und grinste wie ein Schwachkopf, weil er bei seiner Freundin wieder Land in Sicht hatte, da klingelt's. Ich bin an die Tür gegangen und fast umgefallen, als da Plückebaum junior vor mir stand.«

»*Was?*«

Er nickte und schüttelte gleichzeitig den Kopf. »Frau Malecki wollte er sprechen, sagt er. Gibt's hier nicht, sag' ich. Er war total fertig, furchtbar nervös, man konnte meinen, der Teufel sei hinter ihm her. Ich hab' ihn gefragt, ob ich ihm vielleicht irgendwie helfen könnte, ich sei dein Bruder – was Originelleres fiel mir auf den Schreck nicht ein –, und es hätte nicht viel gefehlt, er wär' heulend an meiner Brust zusammengesunken. Er brabbelte wirres Zeug, aber nach und nach kriegte ich raus, wo der Schuh drückte: Sie hatten dich mit E 605 vollgestopft und in eins ihrer supergeheimen Zwischenlager geschafft, wo du verrecken und anschließend in einem verschwiegenen Faß entsorgt werden solltest. Ich wollte ihn gerade packen und aus ihm rausprügeln, wo genau du bist, aber es kam alles von selbst. Der Junge ist einfach zart besaitet. Er hatte gesehen, wie dreckig es dir ging, und du hast irgendwas zu ihm gesagt, was ihm keine Ruhe ließ. Na ja, großartig nachgedacht hat er nicht, das ist ja wohl nicht seine starke Seite. Er ist einfach der Stimme seines Gewissens gefolgt. Ehrlich gesagt, hat er mir ziemlich imponiert. Jedenfalls sagte er mir, wo du warst. Und ich hab' einen Typen von Greenpeace angerufen, und wir haben uns an der Scheune getroffen.«

»Wo war das?«

»In der Nähe von Hilden. Eine riesige Obstplantage. Wirklich, das ist unfaßbar, drei große Obsthallen, wo Früchte aus aller Welt gelagert, sortiert und verkauft werden, und mitten darin eine illegale Mülldeponie. Mörderisch. Keiner weiß, was in den Fässern ist, die da stehen, nur eins ist sicher: Mehr als die Hälfte der Fässer ist undicht. Und was immer raussuppt, hat es nicht weit zum Obst. Na ja. Meine Greenpeace-Connection gehört zu den Typen, die ein Talent haben, in kürzester Zeit ein Menge in Bewegung zu setzen. In Windeseile hatte sich eine Busladung mit Aktivisten und Journalisten zusammengerottet, und wir sind zu diesen Obsthallen gefahren. Wir haben das Schloß aufgebrochen und dich gefunden. Irgendwer rief Polizei und Krankenwagen, während die Greenpeace-Chemiker umherstiefelten und Bodenproben nahmen und die Fässer untersuchten. Und ich hab' versucht, mit dir zu reden, damit du mir nicht einfach wegstirbst.«

»Ich erinnere mich.«

Er lächelte flüchtig und ließ sich wieder auf der Bettkante nieder. »Das Fernsehen war da. Fotografen. War in allen Zeitungen und in den Nachrichten.«

»Nicht ich, hoffentlich.«

Er schüttelte den Kopf. »Wir haben so 'ne Art menschlichen Schutzschild um dich gebildet, um das zu verhindern. Dabei waren sie ganz wild auf dich, du warst so ein herrlich drastischer Anblick.«

»Ich glaub's.«

»Es ist jedenfalls der größte Umweltskandal, den's in dieser Gegend je gegeben hat. Die Scheune gehörte der Granderath. Ihr gehören auch die Obsthallen. Sie sitzt ziemlich in der Scheiße. Ihr Bruder hat sie mehr oder weniger unfreiwillig alle auffliegen lassen. Sie hatten abgesprochen, sich gegenseitig ein Alibi für Freitag abend zu geben, der Junior, Sieben, die Granderath und … Bodo. Der Junior hat das platzen lassen, und jetzt sitzen alle außer ihm in U-Haft. Freiheitsberaubung, versuchter Mord, Betrug, illegale Abfallbeseitigung, die Latte ist endlos.«

»Was ist mit dem alten Plückebaum?«

Tom schüttelte den Kopf. »Er nicht. Er war nicht dabei und hat für den Abend ein stichhaltiges Alibi. Entweder war er schlauer als die anderen oder hing nicht so tief mit drin, wie wir dachten. Dr. Ferwerda hat sich daran gemacht rauszukriegen, was von beiden der Fall ist.«

Ich schloß die Augen. Ich war schon wieder todmüde, soviel auf einmal konnte ich noch nicht vertragen. »Und wenn ich hier rauskomme, werd' ich ihnen im Knast Gesellschaft leisten? Wegen Schnösel-Entführung?«

»Nein. Er hat dich nicht angezeigt.«

Ich erholte mich ziemlich schnell. Ich hab' eben eine Konstitution wie ein Pferd, völlig unverdient, trotz meines bedenklichen Lebenswandels. Über Langzeitwirkungen und Spätfolgen hatte noch niemand mit mir gesprochen. Ich fragte auch nicht. Wozu? Vorerst ging es mir jedenfalls von Tag zu Tag besser, und alle kamen mich besuchen: Ferwerda, der mir erzählte, daß Bodo sämtliche Versicherungsbetrügereien gestanden hatte, die er für Rashid und die anderen eingefädelt hatte. Offenbar hoffte er, bei der Staatsanwaltschaft Punkte zu machen. Die zwei Millionen konnten jedenfalls in der Portokasse der Secura bleiben. Tarik kam und schmuggelte eine Portion Schafskäseröllchen durch sämtliche Kontrollen für mich rein, sogar Ilona besuchte mich, und sie war so friedfertig, als fielen vergiftete Exmänner unter das Artenschutzgesetz. Anna und Daniel kamen täglich. Nur Sarah nicht. Sie war immer noch im Krankenhaus, lag nur ein paar Türen weiter, aber sie ließ sich einfach nicht blicken.

Als ich aufstehen konnte, ging ich zu ihr.

Sie ließ ihr Buch sinken und riß die Augen auf. »Gott … wie siehst du nur aus.«

Ich schloß die Tür. »Hör mal, ich hab' mich rasiert.«

»Charlotte sagt, es geht dir besser?«

Ich nickte und setzte mich auf das leere Bett neben ihrem. Ihr Gesicht war schmaler geworden, sie hatte wenigstens fünf Kilo abgenommen, und sie war vorher schon schlank gewesen. Jetzt war sie mager. Die dunkelrote Löwenmähne hing offen bis auf die Schultern ihres nachtblauen Bademantels und machte ihr Gesicht noch eine Spur schmaler. Sie wirkte hohlwangig und bleich, auf eine leicht morbide Weise schön, wie die Vampierfrauen in diesen Anne-Rice-Romanen.

Sie zog ein Knie an und legte die Hände darauf. »Ganz schön grotesk, daß es dich jetzt auch hierher verschlagen hat.«

»Das kann man wohl sagen.«

»Nur diesem Umstand hab' ich wohl die Ehre deines Besuches zu verdanken?«

Ich war ziemlich überrascht. Ich hatte mit allerhand gerechnet, aber nicht mit diesem Vorwurf. »Ich … wär' schon wiedergekommen. Früher oder später.«

Sie hob den Kopf und sah mir in die Augen. »Das kannst du ja jetzt gefahrlos behaupten. Aber ich bin mir da nicht so sicher. Du rennst weg, sobald Gefahr besteht, daß ich irgendwas sagen könnte, was du lieber nicht hören willst. Das find' ich ziemlich anstrengend, ehrlich.«

Ich stand auf und stiefelte zum Fenster rüber. »Was soll ich machen? Was soll ich dagegen tun, daß ich Angst davor hab', was du mir sagen willst, he? Erwartest du im Ernst von mir, daß ich wissentlich ins offene Messer renne?«

»Ist es das, was du glaubst? Daß ich dich ins offene Messer rennen lasse?«

»Nicht in böser Absicht. Aber das macht keinen großen Unterschied.«

»Und wenn ich's jetzt noch mal versuche, wohin rennst du dann?«

»Ich würde nicht weit kommen, die Gelegenheit ist günstig.« Ich kniff die Augen zusammen, meine Nägel bohrten sich in die Handflächen. »Mach schnell.«

»Tja, wie soll ich sagen. Du … hach, Mark, du bist einfach das Letzte, ehrlich. Du bist nicht in der Lage, auch nur einen Millimeter von deinem Standpunkt abzurücken, du denkst irgendwie, nur du machst es richtig. Und das unerträglichste daran ist, daß du in dieser Sache auch noch recht hattest. Als Ferwerda mir von Bodo erzählt hat, hab' ich dich so gehaßt, daß ich am liebsten zu dir rübergegangen wär' und alle Infusionen rausgerissen hätte. Du hast einen auf edelmütiger Retter gemacht, und dabei warst du in Wirklichkeit die ganze Zeit nur hinter ihm her, oder etwa nicht?«

»Sarah ...«

»Ja oder nein?«

»Ja. «

Sie atmete tief durch. Ihre Finger verknoteten sich wie aus eigenem Antrieb ineinander, und sie sah darauf hinab. »Inzwischen hab' ich mich beruhigt. Und über ein paar Sachen nachgedacht. Ich hatte ja so verflucht viel Zeit zum Nachdenken, ich liege hier seit zwei verdammten Wochen. Ich war krank. Oder bin immer noch krank. Ich wäre beinah gestorben. Es ist ... ein Einschnitt. Du fängst an, über viele Sachen nachzudenken, du siehst sie in einem anderen Licht. Ich bin nicht umgekrempelt. Ich hab' mich nicht verändert. Aber mir ist verschiedenes klargeworden. Du bist ein schrecklicher Egoist und kannst einfach nicht akzeptieren, daß ich keine Lust habe, mich immer und ewig auf dich einzustellen. Du bist nie zufrieden mit dem, was du bekommst. Außerdem leben wir in völlig verschiedenen Welten. Alles, was an meinem Leben einfach sein könnte, machst du unendlich kompliziert. Wenn es mir schlechtgeht, paßt du exakt diesen Zeitpunkt ab, um in eine deiner düstersten Depressionen zu stürzen oder eine deiner unnachahmlichen Katastrophen anzurichten, und ich hab' nicht nur meine eigene Misere, sondern obendrein auch noch deine am Hals. Und du *merkst* es nicht mal. Aber es hilft alles nichts. Ich kann trotzdem besser mit dir leben als ohne dich. Und wenn es das Wunder herbeiführen sollte, daß du endlich mal ein bißchen Vertrauen in unsere Beziehung entwickelst und nicht jedesmal Amok läufst, wenn ich einen anderen Mann auch nur eines Blickes würdige, dann können wir von mir aus in Gottes Namen auch heiraten.«

Ich wankte mit weichen Knien zu ihr hinüber und sank neben ihr aufs Bett. »Mann. Ich wette, das war der niederschmetterndste Antrag der Menschheitsgeschichte.«

Sie legte den Kopf an meine Schulter und eine ihrer schmalen, langfingrigen Hände auf meine Brust. Ich schloß sie vorsichtig in die Arme, als wäre sie eine Seifenblase, und ich hätte Stunden so mit ihr sitzen können. Wäre in diesem Moment ein Zauberer vom Orden des Geheimen Feuers hinzugekommen und hätte mich versteinert, ich hätte keine Einwände erhoben.

»Hey, das hier ist ein anständiges Krankenhaus.«

Wir ließen schuldbewußt voneinander ab und sahen auf. Charlotte stand in der Tür und schüttelte mißbilligend ihr Engelshaupt. Dann winkte sie mich mit einem Finger zu sich. »Wer hat dir erlaubt aufzustehen? Komm. Ich will wenigstens einen halben Liter von deinem Blut. Außerdem hast du Besuch.«

Ich stand widerstrebend auf und sah noch mal auf Sarah runter, obwohl mir davon noch schwindeliger wurde, als mir ohnehin schon war. »Lauf nicht weg.«

Sie winkte lächelnd ab. »Wenn du rechtzeitig zurück bist, kriegst du die Hälfte von meinem Schonkostsüppchen.«

»Ich komm' trotzdem.«

Omar Rashid saß in meinem Zimmer auf einem Besucherstuhl, die Knie zusammengedrückt, ein Aktenköfferchen, das heißt, in diesem Falle wohl eher ein

Diplomatenköfferchen, auf dem Schoß. »Ich weiß nicht, was ich sagen soll, Herr Malecki. Ich bin sehr betroffen. Hätte ich geahnt, was für Folgen ...«

Ich legte mich aufs Bett. »Ja, ja. Das ist alles geschenkt. Sie konnten überhaupt nichts dafür und sind auch nicht verantwortlich. Früher oder später werden die Polizei und die Umweltbehörde beim Regierungspräsidenten mir auf die Pelle rücken und mich fragen, wie es denn nun genau gelaufen ist, und ich werde nicht sagen, woher ich die Kamerun-Dokumente hatte. Okay?«

Er räusperte sich, aber er schaffte es nicht ganz, seine Erleichterung zu verbergen. »Und wissen Sie, wer meinen Cousin erschossen hat?«

»Ja.«

»Also?«

Ich schüttelte den Kopf. »Ich habe keinen Beweis. Er hat es mir gesagt, in einem Gespräch unter vier Augen, weil er der Meinung war, ich würde es nicht weitererzählen, aber das ist alles. Er wird nicht so dumm sein, das Geständnis zu wiederholen, und meine Aussage allein wäre als Beweis einen Dreck wert.«

»Werden Sie mir trotzdem seinen Namen sagen?«

»Und wenn ich es täte, was würden Sie machen?«

»Sie meinen, würde ich veranlassen, daß er einem bedauerlichen Unfall zum Opfer fällt?« Er schien fast amüsiert und schüttelte langsam den Kopf. »Das hier ist das ausgehende zwanzigste Jahrhundert, Herr Malecki.«

»Ja. Ein wirklich barbarisches Zeitalter.«

Er sah mich verdutzt an und wurde dann nachdenklich. Immerhin. Schließlich stellte er sein Köfferchen beiseite und schlug die Beine übereinander. »Ich würde die namhaftesten, seriösesten Leute engagieren, die es auf diesem Gebiet gibt, und sie so lange suchen lassen, bis sie die fehlenden Beweise finden. Was sagen Sie jetzt?«

Eine Viertelstunde später kam Tom. Er stieß an der Tür mit Charlotte zusammen, die immer noch nach meinem Blut gierte, und wandte seinen nicht unbeachtlichen Charme auf, mit dem Ergebnis, daß sie sich bereit fand, mich noch ein paar Minuten zu verschonen.

Er sah ihr seufzend nach und schloß die Tür. »Daniel und ich haben die Electra Glide abgeholt.«

»Phantastisch. Vielen Dank.«

»Du siehst echt beschissen aus, Mark.«

»Dabei ist es mir selten bessergegangen als heute. Sag mal, was würdest du mit hunderttausend Dollar machen, hm?«

Er überlegte nicht lange. »Einen Laborwagen kaufen. Ich hab' das Ding gesehen, das Greenpeace hat. Mann, ich war richtig neidisch. Ein Chemielabor auf Rädern. Damit kannst du deine Proben an Ort und Stelle untersuchen, ich meine, du hast ganz andere Möglichkeiten …«

»Dann bestell eines.«

»Sag mal, hast du Fieber oder so?«

Ich wies auf den Fußboden neben dem Stuhl. »Da, hol mal das Köfferchen, sei so gut. Mach es auf.«

Er ging zögernd darauf zu. »Und dann? Fliegt es mir um die Ohren?«

»Ich glaub' nicht.«

Er stellte den Koffer neben meinen Füßen aufs Bett, ließ die Schlösser aufschnappen und klappte ihn auf.

»O mein Gott …«

Ich sah grinsend zu ihm hoch. »Bestell dir dein

Labor. Ich kann's nicht behalten, ich hab's blöderweise entrüstet abgelehnt.«

»Behalt's trotzdem lieber. Daniel hat die Post aufgemacht. Ein wutentbrannter Brief der Mietwagenfirma mit einer Rechnung über siebeneinhalbtausend und Androhung einer Klage, wenn du den Lamborghini nicht binnen zwei Tagen rausrückst. Ein zweiter, kaum weniger deutlicher Brief von der Bank.«

Ich seufzte. »Also gut. Was würdest du mit neunzigtausend Dollar machen?«

»Mark, sei nicht verrückt. Es gehört dir. Es steht dir zu, du hast es dir verdammt sauer verdient.«

Ich schob einen Arm unter den Nacken und schloß die Augen. »Ich brauch' es aber nicht. Ich heirate eine Karrierefrau.«

ENDE

Band 13 917
Rebecca Gablé
Das Lächeln der Fortuna
Deutsche Erstveröffentlichung

England 1360: Nach dem Tod seines Vaters, des ehemaligen Earl of Waringham, reißt der zwölfjährige Robin aus der Klosterschule aus und verdingt sich als Stallknecht auf dem Gut, das einst seiner Familie gehörte. Als Sohn eines angeblichen Hochverräters zählt er zu den Besitzlosen und ist der Willkür der Obrigkeit ausgesetzt.
Besonders Mortimer, der Sohn des neuen Earl, schikaniert Robin, wo er kann. Zwischen den Jungen erwächst eine tödliche Feindschaft.
Aber Robin geht seinen Weg, der ihn schließlich zurück in die Welt von Hof, Adel und Ritterschaft führt. An der Seite des charismatischen Duke of Lancaster erlebt er Feldzüge, Aufstände und politische Triumphe – und begegnet Frauen, die ebenso schön wie gefährlich sind. Doch das Rad der Fortuna dreht sich unaufhörlich, und während ein junger, unfähiger König England ins Verderben zu reißen droht, steht Robin plötzlich wieder seinem alten Todfeind gegenüber …

BASTEI
LÜBBE

Band 14 170
Albert Wiedenhöfer
Das Fenster zur Straße
Originalausgabe

In jener denkwürdigen Nacht, als Sabine Christiansen im Fernsehen den Beginn des Golfkrieges bekanntgibt, marschiert der Tod mit donnerndem Trommelschlag durch die engen Gassen der Kölner Südstadt und treibt Ali und seine Freundin Marion aus dem Schlaf und ans Fenster. Am nächsten Morgen findet man in ihrer Straße einen alten Penner – erschlagen. Es ist der erste einer Reihe von Morden, für die es kein Motiv zu geben scheint. Aber dann wird Ali klar, daß nicht nur in Bagdad Krieg geführt wird, sondern auch vor der eigenen Tür. Es geht um offene Rechnungen aus den letzten Tagen des zweiten Weltkrieges – und um Menschen, die niemals vergessen haben ...

ALBERT WIEDENHÖFER ist ›echter Kölner und abgebrochener Anglist, Historiker, Galvaniseur und Straßenkämpfer‹. Der Mitinhaber einer Independent-Schallplattenfirma arbeitet als Journalist für Print-Medien und Rundfunk. Sein Roman-Debüt DAS FENSTER ZUR STRASSE ist ein Muß für alle Köln-Fans.

BASTEI LÜBBE